三年長屋

Sannennagaya

梶よう子

Yoko Kaji

角川書店

三年長屋

目次

装幀／原田郁麻
装画／山本祥子

第一章　差し出口

一

宵のうちから降り始めた雨は、薄っぺらな板葺《いたぶ》きの屋根を貫くかと思うほどに激しかったが、一晩で嘘のように上がった。通りのあちらこちらに出来た水溜《みずたま》りに射す春の陽の照り返しがまぶしい。

楊枝《ようじ》屋を営む左平次《さへいじ》は、炊いた飯にしじみ汁、そして漬け物という簡素な朝餉《あさげ》をとり終えると、店座敷に座り、小刀で丁寧に黒文字を削り始めた。

黒文字は、楠《くすのき》の仲間で、若木の頃に現れる黒い斑紋《はんもん》が文字のように見えることから、そう呼ばれている。楊枝には、黒文字の他、竹、柳、杉、桃などの樹木が用いられる。噛《か》み締めると、口中に広がる香りが、邪気を払うといわれているのだ。

店の揚げ縁には、楊枝以外に、歯磨き粉や、歯を磨くための房楊枝、お歯黒に用いる五倍子が並べられている。

左平次は一旦《いったん》、小刀を置き、大きく伸びをした。清々《すがすが》しい朝の空気が身体中を巡る。

「あと、二十か」

並べた黒文字を眺めながら左平次は、ひとりごちる。

一昨日《おととい》のことだ。花川戸町《はなかわどちょう》にある料理屋から、黒文字百本をこしらえてほしいと注文が入った。なんでも大きな宴席が急に開かれることになったらしい。黒文字は、見た目も美しいので、茶会の席や料理屋で、水菓子や練り菓子を食するのに使われる。

左平次の仕事は丁寧で、この山伏町界隈《やまぶしちょうかいわい》でも評判がいい。その料理屋にも噂が届き、幾度も購《あがな》ってもらっているため、断るのははばかられた。納めるのは今日だ。残り二十なら夕刻には間に合いそうだと、左平次は安堵《あんど》して再び小刀を手にした。

と、裏店《うらだな》のドブ板の上を幾人もが走る音が響いた。屋根に留まっていた雀らが、驚いて一斉に飛び立つ。そろそろお出ましか、と左平次は呟《つぶや》きながら、柔らかく目許《めもと》を細めた。

裏店の子どもたちが、遊びに出る頃合いだ。少しすると井戸端に集まった女たちの賑《にぎ》やかな声が聞こえてくる。

「おい、昨日の続きだ。鬼はだれだ」

「下駄屋の銀坊《ぎん》だ」

甲高い声とともに、裏店の木戸から、わっと子どもたちが駆け出して来る。通りへ最初に飛び出してきたのは、年長の吉助《きちすけ》だ。思わず腰を上げた左平次だったが遅かりし。運悪くこの界隈を流す棒手振《ぼてふ》りの豆腐屋が通りかかった。

「おっとっと、あぶねえ」

豆腐屋の仙蔵《せんぞう》がたたらを踏んで吉助を避けたが、その拍子に吊《つ》られた板台から、二丁の豆腐がすっ飛び出た。べしゃりべしゃりと地面に落ちる。ああ、やっぱりと左平次は嘆息した。

「こら！　吉坊」

仙蔵は怒鳴ると、天秤棒《てんびん》を放り投げ、吉助の襟首を後ろから引っ摑《つか》んだ。

「商売ものを反古《ほご》にしやがって。こいつはお得意さんに届ける分だ、どうしてくれる」

吉助は、仙蔵の剣幕に肩を縮ませ、いやいやをして逃れようとしている。だが、仙蔵は力をさらに強め、吉助の身を引き寄せた。

「十にもなろうってのにガキを引き連れて、遊んでんじゃねえ。父親の手伝いも出来ねえのか」

吉助の父親、吉五郎《きちごろう》は古手屋だ。今朝も雨上がりの道を、柳原《やなぎわら》土手まで古着を山積みにした荷車を引いて行った。その轍《わだち》がまだ雨後の地面にくっきりと残っている。いまは、真面目に商いに励んでいるが、かつては酒癖が悪く、二日酔いだ、腰が痛《いて》ぇだなどと、なにかしら勝手な理由をつけては仕事を休んだ。

そんな亭主に愛想をつかした女房は、まだ八つだった吉助を頭《かしら》に四人の子を置いて家を出て行った。それが心底こたえたのか、吉五郎は四人の子を抱え、見違えるような働き者になった。

吉五郎の女房も思い切ったものだと左平次は思う。自分が腹を痛めて産んだ子を、ぐうたら亭主に残していく不安はなかったのだろうか。情の薄い女だとしても、子どもたちに罪はない。

「仙蔵さん、少々差し出がましいようだが」

左平次は豆腐屋の仙蔵に声を掛けた。だが、仙蔵はこちらに耳を向けず、なおもいった。

「聞きゃあ、おっ母《か》さん、逃げちまったんだろ。甲斐性《かいしょう》のねぇ親父の子だ、仕方がねえか」

吉助は悔しげに唇を嚙み締めた。子どもらの中には、仙蔵を憎々しげに睨《ね》めつける者や、すでにべそをかいている女児もいた。

「これこれ、差し出がましいようだが」

左平次は再び仙蔵へ向けて声を掛けた。ようやく気づいた仙蔵が振り返る。

「なんでえ、左平次さん」

「おまえさんの怒りはもっともだが、そういう叱り方は感心せぬな。吉助は、近所の子どもたちの面倒を見ている立派な子だ。父親の吉五郎さんも、いまはきちんと商いに出ている。吉助の粗相は、この裏店の差配の私の粗相でもある。どうか許してやってくれ」

左平次は楊枝屋と、じつは裏店の差配も兼ねている。むろん雇われだ。

威儀を正して、その場で仙蔵へ頭を下げた。おいおい、と仙蔵が呆《あき》れた声を出した。

「子どもだろうがなんだろうが、ほんとのことといってなにが悪い。あんたも元はお武家だかなんだか知らねえが、その堅《かて》ぇ言葉もなんとかならねえか」

吉助への苛立《いらだ》ちが左平次にも向けられる。

「未《いま》だに抜けぬもので、まことにすまない。それより豆腐の代金は私が立て替えるゆえ、許していただけぬものだろうか」

すると、吉助が左平次を振り向き、鼻に皺《しわ》を寄せていい放った。

「お節介だな。うちにだって、豆腐買うくらいの銭はあらぁ」

「差配だからお節介だし、世話も焼くんだよ」と、左平次がいなすようにいう。

「あのな、おれん姉さんいってたぜ。町木戸で提灯《ちょうちん》持って待ってるのはやめてくれって」

おれんは、水茶屋勤めの娘だ。帰りが遅くなった時があり、町木戸まで迎えに行った。

「あと、易者の順斎のおじさんもだ」

辻《つじ》で易占いをしている順斎《じゅんさい》には、いつも客がいない。差配にとって店子は子も同然。ならば、せめて客になろうと連日通っているが、迷惑だったとは思いも寄らなかった。

「同じ顔が毎日いたら、さくらみてえだろ。そういうのをお節介っていうんだよ」

「長屋のいざこざは後にしろってんだ。こちとら、お得意先への豆腐が二丁、このざまだ」

仙蔵は視線を崩れた豆腐に落として苛々と声を荒らげた。

「まったく、朝からなんの騒ぎだえ」

しわがれ声がして、櫛《くし》や紅、白粉《おしろい》などを入れた箱を背負ったお増《ます》が木戸を出てきた。

左平次が事の次第を告げる前に、泥だらけの哀れな豆腐と、仙蔵、吉助と子どもらを見回し、「ふうん」と、ふくよかな顔をくしゃりとさせた。

お増は独り者で、還暦を過ぎた裏店一番の年長者だ。

六十を過ぎてなお、小間物を売り歩いている。

左平次の口出しや、お増の登場に、仙蔵の怒りは収まるどころかますますひどくなった。

「商いは信用が大《で》ぇ事《じ》なんだ。おれの豆腐を首ぃ長くして待ってるお得意さんがいるんだよ」

おや、とお増が眼を見開いた。

「なあ、仙さんよぉ、あんたのお得意ってのは、この先の菓子屋さんだよね」

仙蔵は、なぜかぎくりと首をすくめ、「そ、それがどうしたい」と、唇を尖らせた。

お増は、にたぁと不敵な笑顔を作って仙蔵へ向けた。

「だって、評判だよぉ。豆腐屋の仙さんは、いつも最後に菓子屋に寄るってさ。あすこの台所勤めの娘と、少しでも長く話がしたいからだろうって」

図星を指されたのか仙蔵は、吉助の襟からいつの間にか指を離していた。

「あたしゃ、そういう噂は聞き洩らさないよ。女相手の商いだから、なおさらさ」

お増が若い仙蔵をからかうようにいった。

「ああ、そうだよ。いけないかよ」

仙蔵はその物言いに開き直ったように、お増に食ってかかった。左平次が制しようとしたが、お増は動じることなく口を開く。

「いけないねえ。だって、嫁入り先が決まっているんだからさぁ」

仙蔵は、ぽかんと口を開けた。それでもお増の言葉を信じたくないのか、ぶるると首を振る。

こほん、と左平次が咳払《せきばら》いをした。

「そのなんだ、差し出がましいようだが、豆腐がおいしいといってくれたことが、すなわち、仙蔵さんに想いを寄せていることにはならんのではないかと、私は思うのだが」

仙蔵が顔にかあっと血を上らせたかと思うと、がくりと肩を落とした。左平次とお増が残念そうに眼を交わす。

「もういいだろう。おいらたち行くぜ」

吉助が子どもらを促して駆け出そうとする。

「こらこらこら、待ちなさい」と、左平次は、ぬかるみも構わず店座敷から通りへ飛んで出るや、吉助や子どもたちの前に立ちはだかった。

「なんだよ、差配さん」

勝ち気な目で吉助が左平次を見上げる。

「ちゃんと仙蔵さんに謝りなさい。大事な品物が駄目になったのは、おまえが前も見ずに木戸から飛び出したからだ」

吉助が、唇をとがらせる。

「お父っつぁんの商売物が踏みつけられたとしたら、おまえだって我慢出来んだろう？」ましてや、豆腐は食い物だ。皆の腹を満たしてくれる大事な物だ、粗末にしてはいけない、と左平次は我が子にいい聞かせるようにいった。

いいながら、左平次の中に後悔が渦巻く。あのとき、どうして手を離してしまったのか――。と、左平次の言葉が吉助に響いたのか、腰を屈《かが》めて地面に転がっている仙蔵の天秤棒を手に取り、差し出した。

「ごめんよ。おいら、木戸を出るときは気を付けるからさ。他の奴らにもいっておくよ」

「……吉坊、すまねえな。おれも、ついついいい過ぎた。許してくんな」

落胆が顔に張り付いた仙蔵は吉助から差し出された天秤棒を摑む。

「ま、元気出せよ、女なんていくらでもいらあ」

ははは、と小生意気に笑って、吉助は走り出した。仙蔵がぱきっと眼を開く。

「この！　ったく口の減らねえガキだ、待ちやがれっ」

大声ではあったが、仙蔵にもう怒りはなかった。左平次は、腰から提げた巾着《きんちゃく》から銭を出す。

「おれの心もこの豆腐みてえにぐっちゃぐちゃだなぁ。ちいっとかわいそうだなぁ」

左平次から差し出された銭を受け取ると、仙蔵はしゃがみ込んだ。泥にまみれた豆腐を手で丁寧にかき集め、板台に入れる。一欠片《かけら》も逃さぬように、摘《つ》まみ上げる。その様子が左平次の胸を打つ。仙蔵はまことに豆腐が大好きなのだ。

「なにもあんたは振られたわけじゃねえよぉ。それにあんたの豆腐はたしかにうめえ」

お増に、背を叩《たた》かれ、我に返った仙蔵は、天秤棒をのろのろ担いだ。

「あたしも独り身だけど、どうだえ」と、お増は歯を見せて笑った。

「け、冗談はよしてくれ。豆腐だけは売りに来てやるが、それ以上はごめんだね」

「その意気だ、その意気だ」

お増に励まされると、仙蔵は、ぐいと眼許を手の甲で拭《ぬぐ》い、

「いい天気だなぁ。陽射しが眼にしみやがる。くそう、もっと美味《うま》い豆腐を作ってやらあ」

板台を揺らしながら走って行った。その姿から哀愁が溢《あふ》れている。お増も左平次と同じように仙蔵の背を見送りながら、ぼそりと呟《つぶや》いた。

「ちょいと気の毒だったかねぇ」

「ですが、嫁入りが真実ならば、娘本人から告げられるより、傷は浅かったでしょう。もっと美味い豆腐を作るといっていましたし」

「色恋と商いが絡むと面倒だ。あたしもね、お得意先の旦那《だんな》に惚《ほ》れられたことがあってさ。けどね、妾奉公はまっぴら御免と尻をまくってやったよ」

「はあ」と、左平次は呆れてお増の顔をまじまじと見た。

「嫌だよぉ。そんなに女の顔を見るものじゃないよ。照れるじゃねえか」

視線を避けるように、お増が恥じらう。左平次は、すぐさま眼をあさっての方へ向けた。

「さて、あたしも商いに行って来るかね。差配さん、足が泥だらけだ。拭《ふ》いてからお上がりよ」

ほれ、とお増が帯に挟んだ手拭いを差し出した。

「これは、助かります」

左平次は、それを受け取り会釈したが、お増はまだ手を出したままでいる。

「使い古しだから五十文にまけとくよ」

お増が歯を見せた。ちゃっかりした婆さんだと苦笑いしながら、銭を渡す。

「では、お気をつけて」

お増が、大声で笑う。

「町人髷《まげ》にしても、なかなかお武家らしさってのは抜けないもんだ。そういうときは、おう気ぃつけて行きな、でいいんだよ」

「なるほど、左様なものですか。お、おう、気ぃつけて行きな。はは、難しいものですね」

左平次自身も多少気づいてはいるが、やはり武家臭さが抜けないせいだろうか、店子たちもどこかよそよそしいというか、うっとうしげだ。

「お武家を捨てて三月、差配になっても三月。ま、うちの裏店連中と馴染《なじ》めば、いい塩梅《あんばい》になろうってもんさ」と、お増は笑いを含みながらいった。

「すまぬな。気を遣わせて」

「だからさ、その言葉遣いだよ。いまいったばかりじゃないか」

お増は背を向けたが、なにを思い出したのか、すぐに踵《きびす》を返した。

「あのよう、この前、店子集めてお触れを読んで聞かせてくれたろう」

ええ、と左平次は頷《うなず》いた。

幕府や町奉行から出された町触れは、日本橋袂を始めとする高札場に掲げられるが、それだけでは江戸の町全体に行き渡らない。そのため各長屋の差配が店子に伝えることになっている。

「奢侈《しゃし》禁令ってのは平たくいうと、贅沢《ぜいたく》は駄目だってことだよね」

お増はその顔に不安を覗《のぞ》かせる。

「玳瑁《タイマイ》の櫛とか、きんきらの簪《かんざし》もそのうちいけなくなるのかね」

「私もそこまではわかりませんが」

いまの町触れのほとんどが、老中のお考えだと町名主から聞かされていた。

そうかえ、とお増は呟き、「差配さんも楊枝作り頑張んな」と、ゆっくり身を返した。

しまった、と左平次は、楊枝作りを思い出し、足裏を拭い、店座敷へ上がった。と、

「左平次さん」

少し暗い声に、左平次は振り返った。

頬被《ほおかむ》りに笠《かさ》を着けた男が揚げ縁の前に立っていた。顔は笠に隠れてよく見えないが声でわかる。捨吉《すてきち》だ。房楊枝と、歯磨き粉を手にしていた。捨吉はいつものように顔を伏せたまま、

「さっきのは、豆腐屋の仙蔵でしたね。あの若者、見込みはありそうですかい？」

くぐもった声でぼそぼそと話す。

「見込み、といわれると困るが、表店を出したい望みは強いようだったなぁ」

さきほどの騒ぎを、捨吉はどこからか窺《うかが》っていたのだろう。

「ふうん。棒手振りならそういう望みは持って当たり前ですね。まあ愚直な感じ、か」

ひとりごちるように呟いた。

「あの、お梅《うめ》さんから、なにか言伝《ことづて》ですか？」

左平次は、足の泥を早く洗い流したいのを堪《こら》えて、店座敷に腰を下ろし、捨吉を見る。

「そろそろ店賃を集めて、根岸《ねぎし》の家まで持ってきてほしいとのことでさ」

「承知しましたとお伝えください」

房楊枝と歯磨き粉の代金を店座敷に捨吉が置いて、身を翻す。捨吉が去ると、左平次はすぐさま台所へ入った。拭いきれなかった土は渇いて白っぽくなっていた。瓶《かめ》から水を汲み、足指にまで入り込んだ土を落とし、ようやくひと心地がついた気がした。

二

左平次が差配を務める裏店の家主は、お梅という六十を過ぎた年寄りで、根岸の地で隠棲《いんせい》している。月初めに集めた店賃を、お梅の処《ところ》へ持って行くのが、差配の左平次の役目である。なにかお梅から言伝があるたび、捨吉がふらりと現れる。ふたりがどのようなかかわりか、左平次は知らない。親子にしては歳が離れ過ぎている。お梅の雇い人と考えるのが無難であろう。

捨吉は常に頰被りに笠で、俯《うつむ》き加減。一度、覗きこもうと試みたが避けられた。歳は幾つだろうか。ひどく老成して見えるが、そのじつ、二十代かもしれない。

用件だけ済ませると、捨吉は、すぐに立ち去って行く。ただ、今日の豆腐屋の仙蔵のように、誰それに見込みはあるか、と唐突に訊《たず》ねてくる。ひと月ほど前にも、この界隈を流している八百屋のことを訊《き》いてきた。捨吉自らしているというより、お梅がなにか意図を持って捨吉にさせていると左平次は感じる。

だいたい、この裏店自体、少々風変わりだ。

左平次の楊枝屋と下駄《げた》屋の裏にある棟割り長屋で、五軒ずつが向かい合う十世帯の小さな長屋だ。表店は左平次の楊枝屋と半兵衛《はんべえ》夫婦の下駄屋、長屋の店子は、小間物商いのお増、古手屋の吉五郎一家と魚屋の定吉《さだきち》夫婦、八卦見《はっけみ》の順斎、屋根職人の正蔵《しょうぞう》、穴蔵職人の熊八《くまはち》夫婦、水茶屋勤めのおれん、おしんと甘酒売りの多助《たすけ》姉弟《きょうだい》、生業《なりわい》を持たない権助《ごんすけ》、勘当息子で戯作《げさく》者を夢見ている豊太郎《とよたろう》、だ。

ごくごく当たり前の長屋だが、変わっているのは裏店の名だった。ここは「三年長屋」という。この長屋に三年ほど暮らした者は、居職の者なら工房と弟子を抱え、棒手振り稼業なら、表店を出し、女子《おなご》は良縁に恵まれるというのが所以《ゆえん》だ。

そんな不思議は眉唾《まゆつば》と、左平次は思っていたが、つい先日、大店の主《あるじ》のような者が突然、訪ねて来た。六年前、ここで世話になり、いまは日本橋《にほんばし》通りに油屋を開いている。店も軌道に乗り、今日は近くを通りかかったので懐かしく、桐《きり》箱入りの練り菓子を置いていった。かと思えば、立派な女駕籠《かご》が止まり、旗本家に輿入《こしい》れした祝いだと、鯛《たい》を三尾持って来られたこともある。

まことに不思議はあるのだと、左平次は思わず唸《うな》ってしまった。そのまことの根っこが、井戸と厠《かわや》の間の奥にある祠《ほこら》らしい。その祠に祀《まつ》られているのは、狐ではなく、なんと、河童《かっぱ》だ。

お梅に連れられ、差配として初めてここを訪れたとき、左平次は祠を覗いた。木造の河童の像がこちらを見ていた。お梅がついと細い指で羽織の襟を引き上げながらいった。

「あたしが彫ったのさ」

河童は口許に笑みを浮かべた可愛らしい姿をしていた。河童は妖《あやかし》であるが、その一方で、水難除《よ》け、商売繁盛の霊験があるといわれている。

店子たちは、毎朝、順繰りで、河童の好物である魚や水菓子、とくに時季になると胡瓜《きゅうり》を欠かさず供える。その座像が、店子たちに運をはこんでくるのかどうかは知れないが、「三年長屋」は、その祠から「かっぱ長屋」ともいわれていた。

長屋からさほど遠くないところに河童大明神が祀られている曹源寺《そうげんじ》がある。左平次が差配になって間もない頃、そこの河童大明神にあやかっているのかと、お梅に訊ねたことがあった。

お梅は、長火鉢を前に銀煙管《きせる》から煙をふうと吐き、

「違うよ。あたしが河童に逢《あ》ったのさ」

冗談めかしていうや、六十過ぎとは思えないほど、妖艶《ようえん》な笑みを浮かべた。

若い頃は大層な美人であったのだろう。

お梅は、白く光る髪をいつもきれいに結い上げ、梅花の透かし彫りの櫛と、赤珊瑚《さんご》の簪を挿している。色白の細い顔には年相応の皺があるが、薄化粧をし、仕草も、どことなく上品な立ち居振る舞いも、町場で育ったおきゃんな娘とは、遠い隔たりがある。身に着ける物も垢抜《あかぬ》けている。こういってはなんだが、小間物売りのお増とお梅は、女性《にょしょう》としての質が異なる。いやいや、お増が大多数で、お梅が珍しいのだ。

店賃を届けに行ったとき、見るからに文人墨客の類《たぐ》いが集まっていたことがあった。

お梅は自身のことを話さないが、お大尽家のお嬢さまだったのであろうと勝手に左平次は思っている。そうでなければ、尾羽打ち枯らした、どこの馬の骨とも知れぬ浪人者を差配に雇い入れる気まぐれを思いつくはずもない。

じつは左平次というのも、お梅が付けた名だ。元は古川左衛門《ふるかわさえもん》といって、東国の小さな藩に仕えていた。父が江戸定府の藩士であったため、左平次は、生まれも育ちも江戸である。国許のことは、父が時折酔って話した風景から想像するしかなく、郷愁を感じたこともない。

左平次は、口数が多い方ではないが、ひとたび気になることがあると、「差し出がましいようだが」と、前置きするのが口癖だ。それがいけなかった。

かれこれ五年前。左平次が二十九のときだった。

その前年に妻を娶《めと》り、女児が誕生し、これから孝養を尽くそうと思った矢先に父母が続けて亡くなった。泣く泣くふた親を送り、古川家を守って行こうと、妻と赤子が眠る顔を見て、左平次はぐっと拳《こぶし》を握りしめた。

父の跡を継ぎ、作事方《さじかた》を務めていた左平次は、あるとき、藩邸の長屋塀修復の職人の数と賃金が合わないのを不審に思い、

「差し出がましいようでござるが」

と、上役に相談した。しかし上役は捨て置けと、いった。後日、帳簿をたしかめると、その部分が、あきらかに改ざんされている。左平次は、これは架空の賃金を誰かが得たものに違いない、横領ではなかろうか、私が調べますと、上役に詰め寄った。

上役は左平次を嗤《わら》った。

「その差し出口が、おまえの短所よ。親父どのは、見ぬ振りが出来る男だったがな」

左平次は、愕然《がくぜん》とした。

父が――。見て見ぬ振りをしていたのか。怪しいと思っても、口を噤《つぐ》んでいたのか。

「そのおかげで、時折、初鰹《がつお》や鯛が届けられはしなかったか」

覚えがある。母が、父上のお働きがよろしいからご褒美ですよ、といっていた。

上役は、左平次の肩を扇子でぽんぽんと叩くと、耳許に口を寄せた。

「黙っておればよいこともある。寡黙なお主がここぞとばかりに騒ぎ立てるは野暮」

上役の言葉が、父の声のごとく響いた。

父は、関与はせずとも黙っていた。それは加担していたも同然だ。

左平次は、すっくと立ち上がると、

「古川左衛門、これ以上のご奉公、御免被ります。なにとぞご容赦を」

それだけいい捨て、藩邸を出ると、すぐさま藩士長屋の荷をまとめ、妻子を連れて出た。

むろん、太平の世に士官の口などなく、武士の誇りというくだらぬものだけを抱いて、浪々の身となった。乳飲み子を抱えた妻は一言もいわずついてきてくれたが、貧困の中で、流行病《はやりやまい》に罹《かか》り、二年後に死んだ。ひとり娘は、まだ三つだった。

「美津《みつ》、美津、どこだ、美津！」

左平次は、我が子の名を喉《のど》が張り裂けんばかりに叫び続けた。

なりふり構わず、人をかき分け、押しのけ、通りを見回しながら駆けた。心の臓が激しく鼓動し、滝のような汗が流れ落ちる。妻を亡くしたときと同じ恐怖を感じた。心を深く穿《うが》たれる。

昨夏。下谷《したや》稲荷《いなり》の祭礼だった。

近くの裏店で左平次と、妻の忘れ形見である美津とはふたり暮らしをしていた。まだ古川左衛門と名乗っていた頃だ。美津は五歳になっていた。母のいない寂しさを埋めるために、左平次は、口入れ屋で仕事が得られない日には、近所の神社や、浅草《あさくさ》の門前に美津を連れ出掛けた。

あの日もそうだった。当時の長屋の者に誘われ、祭り見物にいったのだ。美津は妻が作った抱き人形を抱えていた。

美津を捜し回る左平次の形相は、気の触れた者か、悪鬼のようだったに違いない。

「わっしょい、わっしょい」

神輿《みこし》を担ぐ男たちの威勢のよい掛け声が、青く澄み渡る空にこだまする。神輿のてっぺんで、陽を浴びた鳳凰《ほうおう》が金色に輝く。

「わっしょい、わっしょい、わっしょい」

掛け声に合わせる担ぎ手たちが、祭り囃子《ばやし》の音が、美津を引き寄せて連れ去っていくかのように思えた。

「連れて行かないでくれ、美津を返してくれ」

腕を伸ばして叫んだ。だが、我が子の名を呼ぶ左平次の声は次第に掠《かす》れて弱々しくなる。額からだらだら流れる汗が眼に入る。息を切らし、腰を屈める左平次をあざ笑うかのように、祭りはさらに狂躁《きょうそう》の渦と化す。

なぜ、美津の手を離したのか。

なぜ、あの細く柔らかな指を離したのか。私は、亡き妻に約束したのではなかったか。

美津を立派に育てると。美津をお前の分まで守ってみせると——。

あのとき、祭りの練りを屋根の上で見物していた十数人もの女たちが悲鳴とともに転がり落ちてきたのだ。危険を感じ、左平次は美津を咄嗟《とっさ》に突き離した。その瞬間、繋《つな》いでいた手を離した。落下した女たちの呻《うめ》き、泣き声とであたりが騒然とする中、左平次は医者を呼び、怪我を負った女たちを励ました。四半刻《しはんとき》（約三十分）ほどであっただろう。はっとして周りを見回したが、美津の姿は見えなくなっていた——。悔やんでも悔やみきれない。父の側から離れぬよう、なぜいわなかったのか。

あれから九ヶ月が過ぎている。左平次は、妻も、ひとり娘の美津も失った。

「差配さん、ねえ、聞いてんの？」

はっとして、左平次は顔を上げる。楊枝を削る手もいつしか止まっていた。

店の前に立っていたのは、おれんだ。黄八丈に黒繻子《しゅす》の襟、深い緑色の帯を締めたおれんは、少し頬を膨らませていた。

「隣の順斎さんを、どうにかしてよ。お店で知り合ったお客と別れたほうがいいって、顔を見るたび、いってくるの」

おれんは強めの口調でいい放つ。少々吊りぎみの眦《まなじり》で睨《にら》んできた。勤めている水茶屋では、愛想がよいのだろうと、余計な事を考えつつ、左平次は小刀を置き、おれんと向かい合う。

「それは、順斎さんが易者だからでしょう。よくない相手だと八卦に出たとか」

「あんないかさま易者の爺《じい》さんに、なにがわかるっていうの？　大店の惣領《そうりょう》息子なのよ」

左平次は唇を歪《ゆが》めた。

「差し出がましいようだが、いかさまと決めつけてしまうのはどうかと思うぞ。大店の息子だから、いい人とは限らないだろう」

「そうかしら。あたし、祠の河童さまにちゃんとお供えもしているし、お願い事もしているもの。そろそろ、運が回ってきたかなって」

なるほどなぁ、と左平次は腕を組む。

若い娘が大店の後妻に収まったとか、旗本の奥方に迎えられたとか、この三年長屋の店子は、運に恵まれている。だから、おれんが玉の輿に乗るかもしれないと期待するのは頷ける。おれんは、親も兄弟もなく、身内は千住《せんじゅ》に住んでいる叔父《おじ》一家だけだ。

「安い給金で働かされて、嫌な客に愛想笑いをするのは真っ平御免。こんな貧乏暮らしから抜け出したいのよ。ともかく差配さんから順斎さんへ余計なお世話だといっておいて」

おれんが下駄を鳴らして、背を向けた。

化粧を少し薄くしてはどうかといおうと思ったがやめにした。これこそとんだ差し出口だ。

おれんが去った後、がしゃん、がらがらと、器と鍋《なべ》の音が盛大に響いた。

「この兵六玉の唐変木。さっさと商いに行きなってんだ」

「うるせえ、今帰《け》ぇったばかりじゃねえか」

また、魚屋の定吉とお富《とみ》の夫婦喧嘩だ。

「こんなに、売れ残っちゃしょうがないだろう。河童さまにお供えしたって腹壊しちまうよ」

やれやれ、と左平次は腰を上げた。今日は朝からまことに賑やかだ、と息を洩《も》らした。

下谷の祭り以降、下駄の歯がすり減るほど、左平次は美津を捜しまわった。連れて行った神社の軒下を覗き、子どもたちの群れの中、美津とよく似た子の手を摑んだこともあった。娘が戻るかもしれないと、外出の際は長屋の隣近所に頼んでいた。

三日経ち、五日経ち、十日が過ぎても、美津は帰らなかった。番屋にも行った。美津の人相や、着ていた赤い花模様の着物、抱き人形のことを告げた。町役人が、「古川美津」と、書き込みながら、「ご浪人さん、気を落としちゃいけねえよ」と、慰めるようにいった。しかし、町方の役人も自身番でも、行方知れずの者に人を割けないといわれた。なんのための番屋だ、御番所だと、左平次は憤った。

夜はどう過ごしているのか、悪い輩《やから》に連れていかれたのではないか、と不安にかられた。毎朝毎夜、亡き妻の位牌《いはい》に手を合わせ、美津の無事を頼み、己の愚かさを責めた。

左平次はみるみる痩《や》せた。口数はさらに減った。長屋の連中が心配して、飯を持ってきてくれたが、美津が腹を空かせているのではないかと思うと、喉を通らなかった。

半年近くが経ったとき、いつものように美津を捜しに出ようとした左平次に、隣のうなぎ屋勤めの男が、油障子を開けるなり、声をかけてきた。

「旦那。もう諦《あきら》めたらどうでぇ。まるで死神みてえな面だぜ。見てるこっちも嫌んならぁ」

「ちょいと、よしなよ、おまえさん」

後ろから女房が亭主をたしなめたが、口は止まらなかった。

「どんな訳があろうと、子どもの手ぇ離したあんたが悪ぃ。可愛い顔した子だったから、今頃は、売り飛ばされてるにちげぇねえ」

品川《しながわ》の飯盛り宿でも捜しちゃどうでぇ、そのほうが手っ取り早《はえ》ぇやと、いわれた左平次は、思わず脇差しの柄《つか》に手を掛けた。

「なんだこの野郎。こちとら、毎日うなぎの背ぇ裂いてんだ。おう、包丁寄越《よこ》せ」

「いい加減におしよ。お武家相手に敵《かな》うわけないだろう。それに古川さんは、うちの長屋のどぶ浚《さら》いにしても、読み書き出来ないあんたのためにだって色々手助けしてくれたじゃないのさ」

へ、勝手にやってるただのお節介野郎じゃねえか、と亭主は女房へ食ってかかる。

左平次はふたりの口喧嘩《げんか》を見ながら、柄から手を離し、じっと眺める。この手――。

この手が美津の指をしっかり握っていれば。帳簿の改ざんを、上役に問わねば、口を噤んでいれば、私は一藩士として生きていけた。妻も病を得ることはなかった。

妻の遺髪を、国許の義父母に送ったとき、

「夫を信じ、共に藩を出たのであれば、それは娘が選んだ道。そなたを責めるつもりはない」

そう文が返ってきた。左平次は、娘をなぜ守れなかったのだと詰《なじ》ってほしかった。

勝手だが、そのほうが楽だと思った。

喧嘩する夫婦と長屋を後にし、左平次はふらふらと行き先も決めずに歩いた。「売り飛ばされてるにちげぇねえ」と、あの亭主にいわれた言葉が左平次の心にずうんとのしかかる。

もう会えぬかもしれん。いや、必ず会える。絶望や希望が入り混じり、はああ、と深い息を吐く。下谷の通りを抜けると、寺ばかりが目立った。

どこをどう歩いたのか、皆目見当がつかない。不動堂の近くに大きな松の木があった。

その松を見上げ、幾度も「美津」と呟いた。

どれだけ佇《たたず》んでいたのか、あたりはもう日暮れ近くになっていた。

「そこのお侍さん。松に向かって女の名ぁ呟くなんざ、振られたのかえ。でもさ、それにぶらーんはやめとくれ。そいつは御行《おぎょう》の松っていって、このあたりの名物だ。ああ、お侍なら腹切りかえ。でも色恋の腹切りなんざ、武士の一分にもなりゃしないよ」

と、女の、歯切れのいい声がした。

左平次が振り返ると、提灯を持った男を連れて、白髪を結い上げたきりりとした老女が立っていた。それが、お梅と捨吉だった。

「あんた、泣いてんのかい」

己でも気づいていなかった。左平次は慌てて、掌《てのひら》で頬を拭った。

「あたしでよけりゃ、話を聞いてあげようか」

お梅の声が一変して、優しいものになる。

妻の顔が、美津の瞳《ひとみ》が急に思い出された。左平次は、その場にしゃがみ、声をあげて泣いた。これまで堪えてきたことが、一気に胸底から溢れ出てきた。他人の前で情けないと思いながらも、お梅の声が左平次の張り詰めた気を緩めたのだ。涙が止まらなかった。

「おや、これは一大事だね。ほらほら、お侍さん、うちへお寄りな」

左平次は、お梅の家でしゃくり上げながら、とある小藩の藩士であったこと、妻を亡くし、娘も行方知れずであることを、残らず話した。

お梅は、長火鉢の火箸《ひばし》を動かしながら、耳を傾けていたが、突然、ふっと笑った。

「ねえ、あたしが家主の長屋があるんだけどさ、そこの差配にならないかえ。名も、古川何某《なにがし》は捨てな。あんたはこれから、差配の左平次だ」

涙がひと息に乾いた。

「藩を離れても、私は武家です」

左平次は、お梅に向かって威儀を正して答えた。

お梅が、けどさ、と長火鉢に肘《ひじ》をついた。

あんたは、その差し出口で藩を飛び出して、屋根から転げ落ちた女たちを助けたお節介のせいで、娘と生き別れになった。

「その償いってわけさ。上方《かみがた》の浄瑠璃《じょうるり》芝居の世界じゃね、差し出口を叩く者やら、お節介者のことを、左平次って呼ぶのさ」

お梅は、きゅっと唇を曲げて笑い、流し目で左平次を見た。

左平次は、むむっと顎《あご》を引いた。

その時から、古川左衛門は左平次になり、「三年長屋」の差配になった。

三

店に戻った左平次は、残り二十本の黒文字の楊枝を急いで作り終えた。

「まあ、水茶屋勤めも楽じゃないのだろう」

左平次は、おれんのことを思い出してひとり呟くと、花川戸の料理屋に納める楊枝を紐でまとめ、出掛ける支度を始めた。楊枝屋を空けるときには、店子の権助に店番を頼むことにしている。権助の家は定吉お富夫婦の隣だ。それにしてもあの夫婦喧嘩騒ぎでも顔ひとつ出さなかった。図太い奴だ。権助は二十五だが、生業は持たず、ほぼ毎日、塒《ねぐら》でごろごろして、出掛けることも滅

多にない。左平次は仕事をするよう諭すのだが、そのたびに、

「へへ、人間、息するのも仕事だぁ」

と、小憎らしいことをのたまう。

だいたい飯はどうしているのかと、左平次は時折、握り飯やら、お菜を届ける。すると権助は、これも河童さまのおかげだと、むしゃむしゃ食い始める。河童ではなく、私に感謝すべきだと思うのだが、そこはぐっと堪えている。

左平次は定吉が売れ残してきた魚をすべて買い上げ、長屋中で分けるようにいいおいてきた。一応、それで喧嘩も収まり夫婦の家の戸は閉ざされ静かになっていた。

「おい、権助。いるのだろう。店番を頼みたい」

左平次が油障子を叩くと、襟元に手を差し入れ、胸元をぼりぼり掻《か》きながら権助が顔を出した。いつ湯屋に行ったのか、酸っぱい匂いが漂ってきた。その上、髷は横に曲がり、小鬢《こびん》はひしゃげている。こいつ、ずっと寝てたのかと、左平次は呆れ返る。

「また店番かよ、面倒くせぇなぁ。寝転んでてもいいならしてやるよ」

大真面目な顔でいい、権助が手を差し出してきた。駄賃をくれということだ。袂《たもと》から巾着袋を取り出し、銭差しのまま渡した。権助が目を瞠《みは》る。「こんなにいいのかよ」と、左平次の顔と銭を交互に眺める。

銭差しは一文銭が九十六枚通してあるが、これひとつで、百文の値がある。

「だから、座っているだけでは困る。お客が来たら愛想よく振る舞ってくれなきゃな」

「合点承知の助だぁ。歯磨き粉から房楊枝まで、品切れ御免とくらぁ。戻ってから驚くなよ」

みょうに張り切りだした。

「なあ、権助。仕事をすれば銭になる。その銭で飯を食う。それが暮らしというものだ」

左平次がいうと、途端にへそを曲げた権助が、余計なお世話だよ、そう呟いた。

花川戸の料理屋に百本の楊枝を届け、おれんが勤めている水茶屋へ回った。参詣客が立ち寄るのか、結構繁盛していた。いらぬお節介かと思ったが、これも店子のため。差配としては当然だ。

左平次は、遠目におれんの姿を見つけた。

親しげに話している若い男がいる。着ているものも、いかにも上等な絹物だ。顔も優しげで、軽口でも叩いているのか、おれんは嬉《うれ》しそうに応じ、さりげなく男の肩に触れる。

はは一ん、あの男がそうかと、左平次は顎を撫《な》でる。

供と思《おぼ》しき小僧が、男の近くで団子を食べていた。小僧にも食わせてやるとはなぁと、左平次は感心しながら見ていた。

と、小僧が立ち上がり、男に頭を下げ、店の裏へ回った。厠だろうと、左平次は急いで小僧の後をつけ、声を掛けた。

左平次はいい加減な店の名を口にする。

小僧は、厠の前で振り返ると、怪訝《けげん》な顔で左平次を見上げた。十ぐらいの子だろう。ちょっと捷《はしこ》そうな感じだ。

「いいえ、河内《かわち》屋ですが。なんでしょう」

「そうか。私の見間違いか。でも優しい若旦那だね。小僧さんにも団子を食わせてくれるなんて」

小僧は、急に大人びた表情をして、にっと笑った。

「口止めに決まってらぁ。若内儀《おかみ》さんへの」

若内儀……と、左平次は眼をしばたたく。女房持ちじゃないか。

「ごめんよ、おじさん。小便洩れちまうよ」と小僧は走って行った。


左平次は道々考えあぐねながら、店に戻って来た。

「なんだよ、犬みてえに唸ってよぉ」

権助は、ちゃんと座って店番をしていた。

「その鰺《あじ》は、もしや」

権助の横には、焼き魚が二尾、皿の上で見事に骨だけを曝《さら》していた。定吉から、買い上げた魚だ。長屋の連中で分けるようにいっておいたのだが、焼いて持ってきてくれたようだ。

「焼きたては美味かったぜ。ほれ見ろよ、歯磨き粉も、楊枝も売ったんだ」

「ほう、大したもんだな」

褒めると権助は照れたように笑う。素直なところはいいのだが、いかんせん、毎日ごろごろしているのは、差配としてなんとかせねばと思う。

「なあ、振り売りなら天秤棒と笊《ざる》や板台が必要だが、床店《とこみせ》なら敷物さえあればいい。どうだろう。私の楊枝屋の出店をやらないか」

ああ？　と権助はまさかという顔をする。

「やなこった。たまに店番するくれぇがちょうどいい」

権助、と左平次がいいさしたとき、お富が血相を変えて、木戸から飛び出してきた。またぞろ喧嘩かと身構えたが、そうではないらしい。お富は胸を押さえ、生唾を飲み込んだ。

「戻ってくれててよかったぁ。井戸で洗濯してたら、お武家が来て、順斎どののお住まいはどちらかって」

どのも、お住まいもないもんだってさ、すぐそこだよって、指さしたら、中間《ちゅうげん》とふたりで、ずかずか入って行ったと、お富は興奮気味にいった。

左平次と権助は顔を見合わせた。

「権助、お前、武家が訪れたとき、気づかなかったのか?」

「知らねえよ。丁度、厠にでも行ってたのかもしれねえし、鯵食ってたときかなぁ」

「なら、あと少し店番を頼む」

左平次は急いでお富と木戸を潜《くぐ》った。

占の字を丸で囲った順斎の家の油障子をそろそろと開けた。老齢の武家はお富が出した茶を啜《すす》っている。三和土《たたき》には中間が控えていた。

屈んでいた左平次は、背に重みを感じた。

「ほんとだ、ほんとだ。厳しい面していやがんなぁ」

権助だ。店番はどうしたのだ、と小声で囁《ささや》くと、古手屋の吉坊たちが帰《け》えってきたから任せた、とさらりといった。店が子どもらの遊び場になってしまうじゃないかと、左平次は肩を落としながら、「もし」と、武家に声をかけた。

武家が、湯飲みを置き、左平次へ首を回す。

「あの、この長屋の差配でございます」

「おお、ずいぶんと若い差配だな」

「恐れ入ります」と、左平次は平身しながら、座敷に上がる。

「店子の順斎はまだ戻っておりませんが、何かございましたでしょうか」

おお、と老齢の武家が膝《ひざ》を回した。

聞けば、殿さまの息女が仔猫《こねこ》の頃から育ててきた猫が行方知れずになった。そのため家臣一同で捜し歩いていたとき、「お屋敷の角に、鰹節を置きなされ、さすれば必ず戻る」と、順斎から声が掛かったという。

「ぷぷ、猫に鰹節だってよぉ」

権助が中を覗きながら笑いを噛み締めている。左平次は、しっと、権助を追い払うように、尻《しり》のあたりから手を振る。

「それで、その猫さまは」

左平次が身を乗り出した。権助とお富が表で耳をそばだてているのがまるわかりだ。

「見事に、戻った」

武家は満面に笑みを浮かべた。息女は泣きながら猫を抱きしめ、その八卦見を我が藩の相談役として招きたいといったのだ。

うひゃあ、ひい、と権助とお富の悲鳴が後ろで同時に上がった。

順斎は三年近く住んでいるはずだった。「三年長屋」の不思議は本当なのだと、左平次は、眼前で、柔和な表情をこちらに向ける武家をしげしげと眺めた。

「おお、そうだ。申し遅れたが、それがし田丸《たまる》藩で、用人をいたしておる戸沢右京《とざわうきょう》と申す」

「あの、田丸藩ご用人とおっしゃいましたが、上屋敷のお隣は糸井《いとい》藩でございましたね」

おお、そうだが、と戸沢は訝《いぶか》しげな顔で左平次を見る。

「そちは、糸井藩とかかわりがあるのか？」

左平次がかつて仕えていた藩だ。いくら藩邸が隣でも、美津のことを訊ねてもらえないかと、頼むことは出来ない。まったく馬鹿なことをいってしまったものだ。

「いえいえ、あのあたりに知り合いがいたものですから」

そうか、と戸沢はそれ以上の詮索《せんさく》をせず、

「あとは、順斎どのが受けてくれるかどうかだ」といった。

「そんなの受けるに決まってらぁ。受けねえっていうんなら、首根っこ捕まえて、お屋敷まで連れて行きますぜ」

権助の言葉に、「猫じゃないんだから」と、お富が笑った。

数日後、立派な駕籠が「三年長屋」の木戸前に止まった。

藩から贈られた羽織袴《はかま》に着替え、白髪の総髪も白い顎鬚《ひげ》もきっちりと整えた順斎は、易者というより、学者のように見えた。

見送る店子たちは皆、「このいかさま占い師、しくじるんじゃねえぞ」と、罵声《ばせい》のような励ましを次々飛ばした。ここでいかさまはまずかろうと思ったが、同じ長屋の店子同士、なんとなく寂しいのだろう。

おれんが駕籠に乗り込んだ順斎に駆け寄り、しゃがみ込んだ。

「ありがとう、おじさん。お節介な差配さんから聞いたの。あの男、女房持ちだったって」

順斎は、おれんの手を取った。

「お前さんの望みは玉の輿だったな。お前さんならきっと叶《かな》うぞ」

おれんは、洟《はな》を啜り上げながら、うんうんと頷き、「たまには水茶屋にも来てね」といって駕籠から離れた。

「あ、お富さん、子が出来ないのを心配していたが、ひとりはたしかに授かりそうだぞ」

お富は亭主の定吉と手を取り合った。

「それと、差配さん」

手招きする順斎に、左平次が近寄った。

「あんたの失《う》せ物は見つかるまで時がかかるが、信じて待つことだ」

えっと、左平次は眼を見開いた。順斎は、目尻に皺を寄せ、笑みを浮かべる。

「懸命な顔を見れば、その失せ物が、品か猫か、人かわかる。これは占いではなく」

勘、だと順斎は指先でこめかみのあたりを突いた。

「それと、女難の相が出ておるな」

左平次は一瞬何のことやらわからなかった。しかし、すぐに女難！　と気づいて驚いたが、順斎を乗せた駕籠はすでに、しずしず進んで行った。

女難のことは、ともかく後でゆっくり考えるとして、

「皆さん、お集まりなので、これから店賃を頂戴《ちょうだい》いたします」

左平次がいうや、冗談じゃねえと、皆、蜘蛛《くも》の子を散らすように、その場からいなくなった。

第二章　代替わり

一

店子《たなこ》の名を記した帳面を出し、順斎の名に墨を入れた。初めて店子を長屋から送り出した。その感慨に左平次は浸っていた。次は誰が、どんな奇跡や天運や幸運を得て、ここを離れるのだろうと、店子の顔を思い浮かべる。いやいや、世の中そうそう甘くはない。己のことを考えれば、不幸のてんこ盛りだ。

左平次の胸の底から、ある疑問がむくむくと湧き上がってきた。

——差配は、どうなのだろうということだ。自分の前にも差配はいたはずだ。

左平次にとって何より最良な出来事は、立身や出世ではなく美津が戻ってくること。前任の差配がこの長屋を去った理由はなんであったのだろう、と左平次は首を捻《ひね》った。

気になると、無性に誰かへ訊《たず》ねたくなってきた。この長屋で一番のおしゃべりはお増か魚屋の女房のお富か。あるいは家でごろごろしている権助のほうが詳しいかもしれない、と思ったとき、店子たちの騒ぐ声がした。店賃を求めたときは、さっさと逃げて障子戸をぴしゃりと閉めたくせに、またぞろ皆、家から出て寄り集まっているようだ。

なにを話し合っているのかは、ここまで届きはしないが、ともかく店賃だ。

これが最も厄介な仕事だ。すんなり払ってくれるのは古手屋の吉五郎と穴蔵職人の熊八、おようの夫婦だ。権助など、畳を持ち上げて縁の下に逃げ込むわ、心張り棒をかうわ、「往生際の悪い差配だな」と、塩を撒《ま》いてきたこともある。

初めて店賃を集めたときには、己がまるで借金の取り立て屋になった気分になった。しかし、店子である以上、店賃を払うのは当然だ、と腹に力を込めて腰を浮かせた。

「順斎さん、よかったですね」

捨吉がいつの間にか店の前に立っていた。

左平次は上げかけた腰を下ろし、順斎の件はまことに驚いたと、捨吉へ素直に口にした。

「うまく偶然が重なることもありましょう」

おや、と左平次は思った。捨吉の声が明るい。捨吉も順斎のことを喜んでいるのかもしれない。

「お梅さんからの言伝《ことづて》です。順斎さんの後に、錺職人《かざり》の金太《きんた》という若い男が越してきます」

「もう次の方が決まっているのですか?」

左平次が眼を見開いた。

三年余り暮らせば、出世が出来るという噂は巷《ちまた》に広まっている。入りたい者はきっと大勢いるのだろう。希望する者を順繰りに世話しているのだとすれば、次の店子が決まっているのにも得心がいく。捨吉がさらに口を開いた。

「金太は二十二ですが、錺職人としての腕はたしかなようです」

錺職人は、簪《かんざし》や帯留めなど、金具に細工を施す仕事だ。

ただ、と捨吉がいつもと変わらず俯《うつむ》き加減で、ぼそぼそ話した。親方の息子と大喧嘩《げんか》をして、工房を追い出されたのだという。少々気短で、喧嘩っ早いのが難点らしい。しかし、腕がよければ、親方の処《ところ》を出されても独り立ち出来るはずだ。ならば、この長屋でなくてもいいのではないかと、左平次は、少しだけ思いつつ、捨吉に訊ねた。

「その者が引っ越してくるのは、いつ頃になりますかね」

「いま住んでいる長屋の差配とも諍《いさか》いを起こしましてね。もう荷をまとめているでしょう」

たしかに気短な男のようだ。

「それで、私はなにをすればよいですかね。店子を送り出したのも初めてですが、店子を迎え入れるのも初めてで、勝手がわからず……」

捨吉は、そうですねと呟《つぶや》くようにいった。

「順斎さんは小ぎれいに暮らしていましたから、拭《ふ》き掃除くらいでよろしいでしょう。ですが、障子戸は張り替えないとなりませんね」

そういえば、障子に「占」の字が記されていた。ならば障子紙と糊《のり》と、いや、その前に剝《は》がさねばならないか。少々手間取りそうだが、これも差配の仕事だ。

「障子は権助に任せればいいですよ」と、意外な名が捨吉の口から飛び出した。

「あの、権助に？　まさか」

「いつもごろごろしてひまを持て余しています。それに、左平次さんも権助に銭を与えて、時折店番を頼んでいるではありませんか」

障子の張り替えは別にして、権助に店番をさせていることをなぜ捨吉が知っているのだろう。

なにやら見張られているようだ。新米差配の左平次にお梅が、気を揉《も》んでいるということか。

「それから店子たちへ、金太のことを伝えておいてください。で、店賃はいつ頃になりましょうか？」

「これから回るつもりでおりました。皆が表に集まっているようなので」

左平次は慌てて応《こた》える。店子たちの声はまだ聞こえてきていた。

「ああ、店子がひとり出て行くと、皆で河童《かっぱ》さまへのお礼と自分たちの願いを込めて、お供え物をなににするか決めるのです」

捨吉が顎《あご》を上げて首を伸ばし、木戸を覗《のぞ》き込むような仕草をした。一瞬だが、頬被《ほっかむ》りの隙間から顔が見えた。左平次は息を呑《の》む。左眼の下から頬にかけて引き攣《つ》れた火傷《やけど》の痕《あと》があった。左平次はすぐに眼をそらす。捨吉は笠《かさ》と頬被りで顔の火傷の痕を隠していたのだ。江戸は火事が多い。きっと火事で負ったのに違いない。

幸いというか、これも不思議のひとつだが、三年長屋は、火事に見舞われたことがないそうだ。これも、河童を祀《まつ》った祠《ほこら》のおかげか。待てよ、河童は水難除《よ》けであったかと思い直す。

捨吉の火傷の痕はかなり古いもののように見えた。どこでいつ頃、火傷を負ったのかは質《ただ》すまい。訊ねたところで、捨吉が話すとは思えなかった。

捨吉は黒文字の束を手にすると、じっくり眺めた。

「お梅さんが、この楊枝《ようじ》は使いやすいと感心しておりました。やはり、お武家は、刃物を使うのがお上手なのかと。左平次さん、剣術は？」

左平次は照れながら、盆の窪《くぼ》に手を当てた。

「道場には通っていました。ですが、藩に仕えていた頃の私は作事方でしたから、壁やら塀やらの修繕費を捻出《ねんしゅつ》する方が得意でした。恥ずかしながら武芸より算盤《そろばん》ですかね」

左平次はおどけて、指で算盤玉を弾《はじ》く真似をした。

「太平の世では、お武家もそうなのでしょう。しかし、差配としては、そのほうが頼りになります。ああ、うっかり不躾《ぶしつけ》な物言いをいたしました。私のような若造が差し出がましい口を——おっと、これは左平次さんの口癖でしたね」

お梅の言伝と、左平次の問い掛けに応える以外、滅多に余計な話をしない捨吉が軽口を叩《たた》いた。

これまで、お梅との繋《つな》ぎ役としか考えていなかった捨吉に、わずかだが親しみを覚えた。

「では、黒文字をいただいてまいります」と、捨吉が揚げ縁の上に銭を置いた。

楊枝屋を開けといったのは、家主のお梅だ。生物《なまもの》を扱うのは骨が折れる。小間物は、女相手の商売だから、口の回る如才ない者でなければ務まらない。楊枝屋は居職で、店子の世話を焼くにも都合がよいというわけだ。

しかし、楊枝屋は寺の門前などに多く、若い娘を雇って売り子にしている。元武家のぱっとしない男が店座敷に居ても、商いになるのか不安だった。大体、左平次は、裏店の差配はもとより、商売と縁もゆかりもない暮らしをしていたのだ。

だが、店を開いたら客が来た。左平次が作る房楊枝を使うと、「歯がすっきりする」と、隣町の常連も出来た。黒文字は花川戸町の料理屋をはじめ、他からも注文がくる。狐につままれたようだった。いや、もしかしたら、ここでは、河童に……なんだろう。河童に化かされるとも違う、河童といえば尻子玉《しりこだま》を抜かれるだな、などと左平次が詮無《せんな》いことを思い巡らせていると、「それでは、店賃をお早めに。金太のこともよろしくお願いいたします」

捨吉が背を向けた。

「あ、あの捨吉さん」

左平次に呼び止められた捨吉が「何か？」と、応え振り返る。

「その、つかぬ事を訊ねるが、私の前の、というか、これまでの差配は——」

捨吉は左平次の気持ちを察したように、ああと頷《うなず》いた。

「この長屋が幾年経っているか、お梅さんしか知りませんが、前任の方はこの長屋で大往生を遂げました」

はあ、と左平次は眼をしばたたいた。差配は三年いようが、それ以上いようが、出世とは無縁のようだ。それどころか、大往生を遂げているとは。

左平次が、ぽかんと口を開けていることに気づいた捨吉がいった。

「気に病むことはございませんよ。前任の差配は店子全員で看取りましたから。それに湿っぽいことが嫌いな方でしたので、弔いも呑めや歌えの大騒ぎで」

捨吉はわずかに口許《くちもと》を緩めたように見えた。

「たしか亡くなったのは米寿を迎えてすぐでした」

八十八か、それはまた結構な長生きだ。

誰より早起きで、朝からどぶ浚《さら》いや塵溜《ごみた》めの掃除などをしていた働き者の差配が起きてこない。

「心配になったお増さんが見にきたら、三和土《たたき》に倒れていましてね。しかし、苦しみもせず逝ったろう、と駆けつけた医者がいっておりました」

「ははあ、それは羨《うらや》ましい死に方です。よほど行いのいい方だったのでしょう」

左平次が感心しつついうと、

「それはどうですかね。人には色々ありますから。あの方も……」

そういい差して口を噤《つぐ》み、捨吉が店先を離れた。

捨吉は、あの方も、といいかけたが、その先はいわなかった。確かに誰しも、様々抱えているものがあるが、前任の差配にも何事かわけがあって、この長屋の面倒を見るようになったのだろうか。やはり、お梅に偶然出会って……と、左平次が考えているうちに、捨吉の姿は、もう見えなくなっていた。

「あらま、なにを考え込んでいるのさ、差配さん」

顔を上げると店子の豊太郎が、首を傾げ、店座敷に座る左平次を覗き込んでいた。鼻筋の通った優男で、物腰も口調も柔らかい。縦縞《たてじま》の茶色の小袖《こそで》に濃緑の羽織といういでたちだった。巾着《きんちゃく》をぷらぷら揺らしている。

菓子屋の若旦那《だんな》だが、芝居小屋通いが過ぎて、妻子もいるというのに、いまは勘当の身だ。戯《げ》作《さく》者になるという夢を持っている。

そういえば、順斎の見送りには姿がなかった。また芝居見物に行っていたのだろう。生業《なりわい》がないといえば、権助と似たようなものだが、豊太郎のほうは心配した母親が、時折、銭を持たせた番頭を遣わしている。

「ちょうどよかった、豊太郎さん。店賃をお願いします」

「人の顔を見た途端に店賃だなんて無粋な差配さんだねぇ。あたしは、芝居の帰りだよ。せっかくのいい心持ちが台無しになっちまう。ともかく芝居の外題から訊《き》いておくれよ」

豊太郎は、童がいやいやをするように身体を揺すった。

左平次が仕方なく訊ねると、豊太郎は『仮名手本忠臣蔵《かなでほんちゅうしんぐら》』だと応えた。赤穂《あこう》浪士の討入りを狂言に仕立てたものだ。

「今、中村《なかむら》座に掛かってんの。勘平《かんぺい》が、色にふけったばっかりに、ってさぁ、悔しげにいうのよぉ。それが、心にずうんとくるの」

六段目の早野《はやの》勘平か。自分の妻、お軽《かる》の父を殺してしまったと思い込み、切腹して果てる非劇の場だ。藩を離れ、浪人暮らしになったとき、妻が芝居を観に行きたいといった。そのとき掛かっていたのが、六段目だ。互いに初めての芝居見物だった。嬉《うれ》しそうにしていた妻が、芝居が進むにつれ、袂《たもと》で目頭を押さえていたのを思い出す。それから一年経たぬうちに、妻は逝った。

豊太郎がむっとした顔で左平次を見ていた。

「ああ、六段目の早野勘平ですよね」

「あら、嬉しい。知ってるじゃない。そうなのよぉ」

豊太郎は妙なしなを作ってひとり悦に入っている。

「さきほど、順斎さんが長屋を出ていきましたよ」

「おやま、今日だったのかい。挨拶《あいさつ》もしないで悪いことしちゃったかな」

豊太郎は、ふうんと顎を撫《な》で、なにやら考え込み始めた。

「占い師を使って仇《あだ》討ち物語でも作れないかしらね」

豊太郎には憧《あこが》れの戯作者がいるという。が、弟子入りを断られたのだそうだ。

「今の暮らしを捨てるぐれえの覚悟を見せてみろ」と、その戯作者にいわれた豊太郎は「勘当されました」と勢い込んで行ったが、「家なしの野郎を養う気はねえ」と、あっさり袖にされた。それが心底悔しかったらしい。

「あたしはね、お父《と》っつぁんも、あの戯作者も、ぎゃふんといわせる物が書きたいのさ」

「豊太郎さん。差し出がましいようだが、まずは、父上に詫《わ》びを入れて、お家へ戻られるのは、どうでしょうね」

「はあ、差配さんの十八番《おはこ》が出たよぉ」

豊太郎が首をくいと回して、役者よろしく見得を切り、左平次を睨《ね》めつける。

「あたしはね、勘当された身だよ。お父っつぁんは、息子は死んだ。あたしの女房に、そのうち婿を迎えるなんて近所に触れ回っているんだ。戻る気なんざ、これっぽっちもありゃしない」

豊太郎は腰を上げると、巾着の紐《ひも》をきゅっと引いた。

とはいえ、筆一本で身を立てるのは容易なことではない。多くは家業を持って、戯作を書いていると聞く。残された妻とて、夫が勘当の身であれば、心穏やかではないはずだ。

豊太郎は、はっと大袈裟《おおげさ》に息を吐いた。

「前の差配さんは、励ましてくれたし、そんな野暮をいう人じゃなかったわ」

前の差配――。そうか、豊太郎に訊ねてもいいのだ。

「豊太郎さん、ちょっといいかな」

と、左平次は口を尖《とが》らせている豊太郎へ身を乗り出した。

「な、なによ」と、豊太郎が身構える。

「いやいや、先の差配さんが、どんな方だったのか教えて欲しいのだが」

あらそう、と豊太郎は肩透かしを食ったような顔をした。

「でも、あまりお役に立てないわねぇ。あたしがここに来てすぐに、死んじゃったから」

だが、弔いのとき、小耳に挟んだ話があると、再び豊太郎は揚げ縁に腰を下ろした。

端整な顔に笑みを浮かべ、男にしてはすらりとした指で、左平次を手招いた。

左平次が膝《ひざ》を進めると、

「あたし、見ちゃったの。経帷子《きょうかたびら》を先の差配さんに着せたとき、背中に観音さまの彫り物があったの。だけど、もう結構な歳だったから、背の観音さまも、しわしわのお婆ちゃんみたいだったけど。まあ、気風《きっぷ》もよかったし、堅気じゃないような」

豊太郎は首を傾げて考え込んだ。仮に先の差配が堅気でないとしたら穏やかではない。家主のお梅はそれを知っていて雇い入れたのだろうか。

左平次が問い掛けたとき、恵比寿のように福々しい顔をした、老齢の男が店の前に立った。堂々たる白髪の髷《まげ》が、頭に載っている。見るからに付け毛なのだが、本人は誰にも気づかれていないと思っている。身につけているのも上等な絹の羽織。御切手町《ごぎってちょう》の市兵衛《いちべえ》という地主だ。長屋を幾つか持っており、自身でも、三十軒ほどある大きな長屋の差配をしている。左平次は、この老齢の地主が苦手だった。

「左平次さん、ちょっといいかね」

「これは、市兵衛さん、なにか」

左平次が会釈をすると、これ幸いと豊太郎が揚げ縁から腰を上げた。

「ちょっと、豊太郎さん、店賃、店賃」

「また今度ね。あたしは戯作を綴《つづ》んなきゃ。市兵衛さん、今日も立派な髷ね」

豊太郎は含み笑いをしつつ、巾着を振り振り去っていった。

「店賃の取り立てが一番厄介ですな」

市兵衛が笑う。

「ま、あたしんとこの店子は皆、素性も性質もしっかりしておりますのでね。ここ数十年、店賃を溜めて追い立てを食った者はおりませんよ。あたしは地主としても差配としても店子をしっかり見ておりますからな。雇われ差配の中にもだらしない者がおりますのでね。長屋をいくつも持っていると気苦労は絶えません」

左平次は、またかとげんなりする。ちょいちょい自慢を挟んでくるのがうっとうしい。

そうそう、左平次さん、と市兵衛が揚げ縁に身を乗り出し、小声で囁《ささや》いた。

「あなた、ここに来て三月にもなろうってのに、あたしたちに振る舞いもしていないでしょう」

「はあ、振る舞いとは」

左平次はきょとんとした顔で市兵衛を見つめる。これは困ったとばかりに、市兵衛が眉間《みけん》の皺《しわ》をさらに深くした。

「この長屋の差配になりましたと、あたしたちに挨拶の宴を開くんですよ」

「そ、それは存じませんで」

やれやれとばかりに市兵衛が首を振る。

俗に江戸八百八町といわれるが、町の自治は、町役人が担っている。町役人には、開府の頃より、奈良屋《なら》、樽屋《たる》、喜多村屋《きたむら》の三家が代々世襲で務める町年寄と、幾つかの町を束ねる町名主がおり、町奉行所と連携を図りながら、江戸の町を管理していた。そして、町名主の下に地主などの家持大家、雇われ差配などが、五戸一組の五人組となって、町内の目配りをしている。五人組は月交代で自身番に詰め、町費の計算や町奉行所の役人との連絡、ときには犯罪者を留め置く手伝いなどもする。

市兵衛の話によれば、新しく差配になった者は、町奉行所の役人、町年寄、町名主への顔見せを行い、五人組の差配たちには振る舞いをするのが慣例だというのだ。

左平次は、捨吉に教えられ、町奉行所や町年寄、町名主に挨拶はしている。

だが、五人組の差配に振る舞いまでせねばならないのは知らなかった。

「あなたの前任の差配さんは、それはもう豪気なお方でしてねぇ。あたしたちを池《いけ》の端《はた》の料理屋に招いて、芸者も揚げて。以前はそれなりの商いをなさっていたそうですが、後継に代を譲って、退き金で差配株をお買いになったとかでね。お歳を召していたが、ちっとも偉ぶらず、腰の低い方でしたよ」

差配株……左平次は戸惑った。ここの地主で長屋の家主であるお梅には一銭も払っていない。

「まあ、元お武家さんではねぇ、世間に疎いのかもしれませんが、やることはきちんとしておいたほうがいいと思いますよ。店賃の取り立てくらいで四苦八苦していたら、この先、とてもとても差配は務まりません」

市兵衛がねちねちといい募って、左平次を見やる。

「店子たちに甘く見られますからな。つけあがるのが眼に見えております」

「ご忠告痛み入ります」

左平次は、丁寧に腰を折る。市兵衛はその様子に満足げな笑みを浮かべたが、不意に表情を変えた。

「やれ、しまった。こんなことをいいに来たわけじゃなかった。いますぐ、自身番へ来てもらえませんかね」

「私の月番はまだ先では」

差配になって三月の左平次にはまだ月番が回ってこない。市兵衛が左平次を急《せ》かした。

「そうじゃありません。三年長屋の店子だと、酒に酔って喚《わめ》いている男がいるのです」

「え？　市兵衛さん、うちの誰ですか？」

「喚くばかりで、名をいいやしない。町方のお役人さまも、苦い顔をなさっています」

さ、早く早く、と市兵衛は苛立《いらだ》ったようにいい、左平次を促した。

それならそうと早くいえばいいものを、前置きが長い。まさか、酒を断ったはずの古手屋の吉五郎が再び呑んでしまったのだろうか。店子たちの顔を順に頭に浮かべたが、思い当たる者がいない。河童へのお供え物も決まったのか、男どもが、ひとりふたりと、木戸を出て行くのは見ていたが、泥酔して自身番で喚くほどの時は経っていない。

「なにを思案なさっているんです。早くしないと、今日は自身番に留置になりますよ。差配としても困るでしょう」

「承知しました。では、店番を頼んだら、すぐに参ります」

「私はひと足先に、自身番に戻りますのでね。すぐですよ、すぐ」

市兵衛は、付け毛の髷が浮きそうなくらいの勢いで去っていった。

左平次は鏡を覗いて、軽く鬢《びん》を撫でつけ、表に出る。長屋の木戸をくぐると、河童の祠の前にいた女たちが、左平次の姿をみとめ、ぎょっとした顔をする。もう男たちの姿はなかった。女たちだけの井戸端ならぬ、祠前話になっているのだろう。

「いやいやいや、店賃のことはまた後ほど。河童さまへのお供えは決まりましたか」

左平次が声をかけると、

「胡瓜《きゅうり》にはまだ早いんで、やっぱり魚にしようってね。奮発して小鯛《こだい》にしたよ。魚屋の定吉さんに仕入れてきてもらうのさ」

お増が応えた。

「皆さんで銭を出し合うんですね」

「なんか、含みのある言い方だねぇ。なけなしの銭を、といってほしいもんだ」

定吉の女房お富がちくりといった。

「嫌味ではありませんよ。皆さんの願いが河童さまに届けばいいと私も思っていますから。ええと、権助の姿が見えませんが」

「ああ、もう寝るって家に入っちまったよ」

居酒屋勤めのおしんがいう。

真っ昼間から、のんきなぐうたら者だと呆《あき》れ返りながら、権助の家の障子戸を叩いた。

家の横が厠《かわや》のせいか、少々臭気が漂う。

長屋の厠の屎尿《しにょう》は差配にとっては大きな収入源だ。長屋の裏手にある坂本《さかもと》村の百姓が汲《く》み上げに来るが、その下肥代はすべて差配の懐に入るのだ。

障子戸を叩くと、権助が不機嫌そうに顔を出した。

「すまぬが、店番と順斎さんの障子戸の張替えを頼みたいのだが」

ちっと権助が舌打ちする。

「おれぁ身ひとつだぜ。店番と障子の張替えはいっぺんに出来やしねえ」

それもそうだ、と左平次は盆の窪をぽんと叩いた。

「店番はお増ばあさんに頼めよ。祠の前でとぐろ巻いているんだしよ」

「うむ、そうしよう。ところで、権助。おまえ、障子の張替えなぞ出来るのか」

権助が口許を引き結んで、上目遣いに左平次を見やった。

「捨吉さんが障子の張替えは権助に任せたらどうかといったものでな。むろん手間も出す」

今度は左平次が窺《うかが》うようにいうと、権助は急に歯を覗かせた。

「捨吉さんにいわれたんなら、しょうがねえや。受けてやるよ。驚くんじゃねえぞ」

左平次が、問い掛ける暇もなく権助は障子戸をぴしゃりと閉じた。

驚くんじゃないとはどういうことだ、と権助を問い質したかったが、御切手町の自身番へ行かねばならない。左平次は踵《きびす》を返した。

二

御切手町の自身番屋周辺は、寺ばかりだ。どことなく抹香臭い感じもあるが、境内に植えられている緑の葉を茂らす銀杏《いちょう》やら、松の葉が眼に眩《まぶ》しい。

「ああ、来た来た」

市兵衛が自身番の前で手招きしている。左平次は頭を下げつつ、小走りになった。

自身番の入り口には、捕り物道具である刺股《さすまた》や突棒、火消道具の纏《まとい》、鳶口《とびぐち》などが立てかけられている。

「遅かったじゃないですか。お役人も手を焼いて、お怒りですよ」

と、市兵衛がいった途端、中から怒鳴り声が聞こえてきた。

「これ、静かにせぬか」

「だから、差配を連れて来いっていってるんだよ。おれぁ三年長屋の店子だぁ」

ろれつが回っていない。相当酒が入っているようだ。しかし、声の主は古手屋の吉五郎でも、他の者でもない。幾分安堵《あんど》したが、それなら一体誰なのだ。

「ほれほれ、入った入った」

市兵衛に背を押された。上がり框《かまち》から覗くと、三畳の座敷に見知らぬ若い男が胡座《あぐら》をかき、前に座る四十ほどの町奉行所の役人を睨《にら》みつけていた。黒の巻羽織、腰には十手を挿している。定町廻《じょうまちまわ》り同心だ。ふと、同心が左平次へ視線を向けた。太い眉《まゆ》にぎょろりとした眼、えら骨の張ったいかつい顔をしている。

「おまえが三年長屋の差配だな」

厳しい声で質してきた。と、若い男が左平次を見て、大声を出した。

「おう、あんたが差配か。おれぁ、金太だ」

左平次は仰天した。新しい店子だ。荷をまとめていると捨吉はいっていたが、もう来たのか。

「なにを鳩が豆鉄砲食らったような面ぁしていやがる。これから、よろしく頼まぁ」

酒に濁った眼をして、左平次を再度見返して、ひっくと喉《のど》を鳴らした。

「これからだと？　新しい店子か。知っておるのか、左平次とやら」

「は、はい。確かに錺職の金太は、うちの長屋に入る者でございます」

同心は、ふむと唸《うな》って、突き放すようにいった。

「さすれば、いますぐ連れ帰れ。ここは酔っ払いの相手をするほど暇ではない」

すると、金太がいきなり息巻いた。

「冗談じゃねえや。おれの話をちっとも聞いていやがらねぇ」

中年の定町廻り同心は、太い眉を寄せる。

「おれの荷だよぉ。どこへやりやがった」

「それは最前も聞いておる。おまえの荷など知らぬといっておるだろう。その風呂敷《ふろしき》包みだけであろうが」

はっ、と金太はわざとらしく息を吐き、

「こいつは、おれの商売道具だ。これだけはよ、肌身離さず持っているんだ」

同心に向かって唇を突き出した。金太の酒臭い息に、同心が鼻をつまむ。

左平次は何が何だかさっぱりわからない。とにもかくにも履物を脱ぎ、上がり込むと自身番で雇っている書き役の者に、何があったのか、そっと訊ねた。

「居酒屋にいる間に荷を盗まれたと血相変えて入って来るなり、喚き散らしているんですよ」

書き役も散々聞かされたのだろう、迷惑顔で応えた。つまり家財道具一切合切を盗まれたということか。同心が苛立って声を荒らげた。

「これ以上喚くと、縄をかけて、酔いが覚めるまで、ここに留めおくぞ」

「おれが盗人《ぬすっと》にあったんだ。縄ぁかけるなら、そっちだろうが。この、すっとこどっこい」

金太が唾《つば》を飛ばした。

その雑言に中年の同心は顔に血を上らせて膝立ちになると、腰の十手を引き抜いた。金太を打ち叩こうとした同心の前に左平次は飛び出し、振り上げた腕を摑《つか》んだ。

同心が、むっと顎を引き、眼を見開いた。

左平次の素早さに、市兵衛も書き役も、金太も、皆一様に驚き顔をした。

「おまえ、何者だ」

同心が鋭い眼を向けてきた。左平次はすぐさま手を離し、金太をかばうように、その場に平伏した。

「お役人さま。大変ご無礼をいたしました。この金太は、少々気短で、喧嘩《けんか》っ早い男でございまして——酒にも酔っております、どうかお許しくださいませ」

「何者だと、訊ねておるのだ」

同心の視線が下げた頭に注がれているのを左平次は感じていた。

あの、と市兵衛が進み出る。

「左平次さんは、元はお武家で」

「武家だと？　直参か？　それとも」

左平次はおずおずと顔を上げ、「小藩の藩士でございましたが、ゆえあって」と応えた。

「浪々の身となり長屋の差配に収まったのか。さぞや差配株のために銭を貯めるのは難儀であったろうな」

同心は口の端を皮肉っぽく上げる。

「いえ、家主さまのおはからいを持ちまして」

あの酔狂な婆ぁかと、同心は、せせら笑い、

「ったくつまらぬことで騒ぎたておって。さっさと、その者を連れて行け」

野良犬でも追い払うように手を振った。

「おい、つまらねえっていい草はねえだろうよ。大八車ごとやられたんだ。夜具も鍋釜《なべかま》、ふんどしも……紋付や唐桟縞の小袖もだ」

金太がまたも騒ぎ出す。

「お役人さま、この通り金太は盗みに遭ったといっております。どうか、盗人を捜してはいただけませんか」

左平次が同心へ向けていうや、わが意を得たりとばかりに「そうだそうだ」と、金太が囃《はや》し立てた。

むむ、と同心は口許を歪《ゆが》め、左平次と金太を苦々しく見つめる。

「うるさい。我らは、些細《ささい》なことにまでかかずらってはおられぬのだ」

左平次が、膝で進み出る。

「差し出がましいようですが、裏店住まいの者が、家財を盗まれるのは、些細なことではございません。御番所では、小さな悪事は捨て置けということでございましょうか。見て見ぬ振り、聞

かぬ振りをなさいますのか」

「ああ、その通りだ。うっとうしい。だいたい引っ越しの最中に酒を呑むなどという了見でおるから、かような目に遭うのだ。自業自得というものだ」

「てやんでぇ、地獄と十徳がどうしたい」

金太が片膝を立て、袖をまくり上げた。左平次は慌てて金太の袖を元に戻すと、小声でいった。

「自業自得だ。自分の責だということだ」

「おれのせいだって？　冗談じゃねえや。元いた長屋の連中との別れの宴だぁ。断るわけにはいかねえ。そんな不義理は出来ねえ」

今度は左平次に向けて金太が歯を剝《む》いた。

「もう黙らっしゃい」

隅に座っていた市兵衛が、扇子で畳をぱんと叩いた。

「左平次さんも金太とやらも御番所がいかにご多忙かわかっておりましょう。だいたい、居酒屋の外に荷をうっちゃっておけば、盗《と》ってくれといっているのも同じです。ねえ、鬼嶋《きじま》さま」

しびれを切らした市兵衛が、同心に媚《こび》を売るようにいった。

「よう申した、市兵衛。いかにもその通り。さ、去《い》ね去ね」

鬼と書いて鬼嶋なら、いかつい顔にふさわしい名だと思いつつ、左平次は頭を下げた。

「よくわかりましてございます。盗まれた荷は私が捜し出します」

そうきっぱりいい放ち、金太の腕を取って立ち上がらせた。抗《あらが》う金太の腕を無理やり引っ張り、左平次は自身番を出た。

「なんだ、あの差配は」

鬼嶋の不機嫌な声が背に聞こえてきた。


左平次は金太の身を支えながら歩いた。それでも、金太の足取りは怪しく、あっちへふらふら、こっちへふらふらとおぼつかない。

途中で幾度も草履が脱げるわ、振り売りの植木屋にぶつかりそうになるわで、気が気でない。だが、商売道具だけは、しっかりと抱えていたのに感心した。

「馬っ鹿じゃねえか。あんた差配だろ？　役人に向かってあんな口きいたら睨まれるぜ」

相変わらず酒に酔った眼をして、金太がいった。騒動の元は、おまえだろうと突っ込みたくなったが、私が見て見ぬ振り、聞かぬ振りかと訊ねた時、同心の鬼嶋が、その通りだといったのが、気に入らなかった。かつての藩の上役が放った言葉が、にわかに頭に浮かび上がる。帳簿の改ざんを父親が見て見ぬ振りをしていたと。鬼嶋のいかつい顔が、不意に父と重なって見えた。それが悔しく、腹立たしかった。もっとも、勢いだったともいえなくもなかったが。

「けどよぉ、おれの荷を捜すったって、雲を摑むような話じゃねえか、あんたどうする気だい？」

金太は首を傾げて、左平次を見る。

「まあ、なんとかなるのではないかな」

「あんた、妙な差配だな」

「あんたじゃない。私には左平次という名がある」

金太はむすっとした顔で、鬢を決まり悪そうに搔《か》いた。

「しかし、あの同心からは、気の毒だったのひと言もなかったのか？」

「ねえよ、おまえが間抜けだの、鍋釜盗られたぐらいで騒ぐなだのといいたい放題だった」

怒りが再燃したのか金太の声が俄然《がぜん》高くなる。左平次は肩に回した金太の腕を抱え直した。もちろん金太の家財を盗んだ者も許せないが、やはりあの鬼嶋という同心の態度には腹が立つ。鬼嶋に擦り寄る市兵衛もだ。やはり金太の荷を取り戻し、盗人を番屋へ突き出してやろうと、左平次はあらためて思った。

ようやく長屋に帰り着くと、店座敷でお増が舟を漕《こ》いでいた。

「お増さん、ただいま戻りました」

揚げ縁越しに左平次が声を掛けると、はっと顔を上げたお増が、

「おいでなさいまし」

と、裏返った声を出した。

「私ですよ。店番、ご苦労さまでした」

「ああ、肝が潰《つぶ》れるかと思った。おかえり、差配さん。陽当たりがいいんで、ついいい心持ちになっちまって。すまなかったねぇ」

そういいながら、お増の視線が金太へ移る。

「差配さん、その色男はどなたさんだえ？」

「今日からここに入る錺職人の金太さんだ」

「おやまあ、順斎さんの後の人かい。お梅さんも手回しのいいこった」

お増は目覚めたばかりの眼をぱちくりさせた。

「金太さん、こちらはお増さんです。差配の私よりこの長屋に詳しい」

金太は、お増をしげしげと眺めると、顎をしゃくった。

「楊枝屋の売り子ってのは、べっぴんな若い娘と相場が決まってると思ったが、しなびた茄子《なす》みてぇな婆さんもいるんだな」

左平次はへらへら笑う金太をたしなめた。

「いいよう、差配さん。しなびた茄子だってね、採れたての頃はつやつやなんだ。だいたい酒で濁った眼じゃ、あたしの色気なんざわかりゃしねえよぉ」

お増に笑われ、金太が舌打ちする。だが酔いのせいで変わらず身体が右へ左へ揺れる。

「口の減らねえ婆さんだ」

「あんたね、これから同じ店子として付き合っていくんだ。ちっとは言葉に気をおつけ」

ぴしゃりとお増にいわれ、金太は、へっと肩をすぼませる。

「あのな、お増さん、金太さんを案内するから、もう少し店番をお願い出来るかな」

「そろそろ夕餉《ゆうげ》の支度をしようと思ってたんだけどね。まあいいか、手間をはずんでおくれ」

承知しました、と左平次が頭を下げると、金太が横で妙な顔をした。

さ、行こうかと左平次は金太を促す。

金太は、もうひとりでも歩けらぁと、左平次の肩から腕を下ろして、歩き出した。

長屋の木戸の上には、住人の名を記した木札が並んでいる。順斎のものはすでに取り外され、そこだけぽかりと空いていた。

金太はとろんとした眼をして住人の名をひと通り見終えると、左平次に顔を向けた。

「やっぱり妙な差配だよ」

左平次は首を傾げる。

「店子をさん付けするし、店番頼むのに頭下げるしよ。差配ってのはもっと威張ってるんじゃねえのか。それに元はお武家だったんだろう?」

「元、だからもう武士ではない。それに、ここでは私が一番の新参者で、差配としても新米だ。や、いまはお前が新参だな」

冗談めかしていったが、金太はまるで聞いていなかった。

「おれが今朝までいた長屋の差配はそうじゃなかったからよ」

金太の話によると、病で仕事が出来ず、店賃が滞った指物師の一家に、差配が追い立てを食らわしたのだという。

「たったふた月だぜ。それに、病が癒《い》えて仕事も出来るようになってたんだ。情もくそもあったもんじゃねえ」

憤った金太が差配といい争いになり、一家のために半年分の店賃を叩きつけ、

「じゃあ、おれが今すぐ出て行かぁ」

と、なったらしい。

気短で喧嘩っ早いのはたしかなようだが、金太はそれなりの矜持《きょうじ》を持っているようだ。しかし、酒癖の悪さも弱みに加えておかねばならない。

「どこの、なんという長屋にいたんだ?」

「山下町《やましたちょう》の弁天長屋だ」

ああ、と左平次は心の内で頷いた。あの市兵衛が家主の長屋だ。市兵衛は、恵比寿、大黒と、自分の持ち家に七福神の名をつけている。

「痩《や》せたごきかぶりみてえな面ぁして、ちょろちょろ店子の様子を窺ってる差配だった」

痩せたごきかぶりがどういう面かは別にしても、市兵衛の雇っている差配ならば、店賃を強引に取り立てるだろう。

だいたい「店賃の取り立てくらいで四苦八苦していたら、とてもとても差配は務まりません」という市兵衛だ。雇った差配たちにも厳しくいいつけているに違いない。

「あんな処、おん出てきて清々した。で、おれの塒《ねぐら》はどこだい」

「右棟の手前から四番目だ。今夜、皆と顔合わせをしよう」

左平次は金太の顔を見る。

「面倒くせぇや。店子の名は、おいおい覚えていくからいいよ」

「しかし、なにも家財がないのだ。飯も夜具も困るだろう？　今日だけでも皆の世話になるといい。ああ、そうだ。歓迎の宴を開こう。うん、そうしよう。それから明日は損料屋に行こう」

「なに勝手に決めてやがる。鍋釜借りるくれえひとりで行けらぁ」

やっぱり変な差配だ、と金太が眉をひそめて、こふっと酒臭い息を吐いた。

そこへ古手屋の吉五郎の息子、吉助が七輪を持って表に出て来た。

「やあ、吉坊、夕餉の支度か」

「おいらがやんなきゃ、誰がやるんだよ」

吉助は生意気な口をきき、七輪を置く。継ぎだらけの袖で鼻の下を拭《ぬぐ》いながら、金太を上目遣いに窺った。

「その酔っ払いのおじさんは誰だい？」

「おじさんじゃねえ、お兄さんだ」

「うわっ、酒くせぇ」

吉助が慌てて鼻先をつまむ。

「お天道さまが高いうちから酒なんざ呑んでるなんてロクなもんじゃねえ」

そういい放った吉助へ、腰を屈《かが》めた金太が、わざと息を吹きかける。

なにするんだよ、と吉助が食ってかかると、金太が舌を出した。

「こらこら、子ども相手にむきになってどうする」

左平次が止めに入ると、金太は、ふんと鼻を鳴らした。

「吉坊。この人は今日からここに住む金太さんだ。今夜、金太さんを囲んで宴をやろうと思っているんだ。飯の支度はしないでいいぞ。吉五郎さんが戻ったら伝えておくれ」

「差配さんもなかなか気が利くじゃねえか」

「ははは、それは嬉しい褒め言葉だな」

「おれは、べつに承服してねえけどよ」

腕を組んだ金太がふてくされたようにいう。

「でさ、おじさんの生業はなんだい？」

「ああ、おれか？　錺職だ」

吉助が眼をまん丸くした。

「おじさん、錺職なのかい？」

吉助の顔を見て、金太がむっと口許を歪めた。

「なんだよ。疑っていやがるのか。いいか、ガキ。幾度もいわせんな。おれは、おじさんじゃねえ、お兄さんだ」

「おいらだって吉助って立派な名があらあ」

そうかいそうかい、覚えておくよ、と金太は面倒くさげに頷き、吉助から離れる。追いすがるような瞳《ひとみ》で、吉助が急いで口を開いた。

「じゃあ、手に抱えている包みの中は鏨《たがね》かい？　細かい細工も出来るのかい。神輿《みこし》の飾りは作ったことあるかい？　簪は？」

金太に去られまいと吉助は矢継ぎ早に問い掛ける。金太から答えを得ようと懸命だ。左平次はこんな吉助を初めて見た。

吉助の問いに、金太は少し気を良くしたのか、顎を撫でた。

「神輿の飾りは幾度もやったぜ。簪、はあまりやらねえが、打ったことはあるぜ。けど簪なんてよ、ませたガキだな」

金太が、へへへ、と肩を揺らした。吉助は、そうじゃないと俯いた。

「それに、おいらは吉助だっていったろう」

と家の中からいきなり女児の泣き声がした。吉助は、まだなにか訊きたそうな顔をして、苛々と地団駄を踏むようにしていたが、さらに大きな泣き声があがり、こら文治《ぶんじ》、お里《さと》を泣かすんじゃないと、踵を返した。

家の中へ飛び込んでいく吉助を見ながら、左平次は、うーむと唸った。

錺職人と聞いたとき、金太を見る吉助の眼が幾分、憧れるように思えたのは気のせいだろうか。

三

「さ、ここだ」

左平次は障子戸に手をかけようとして、驚いた。障子がきれいに張り替えられている。縒《よ》れも弛《ゆる》みもない。紙がぴんとしていた。

あのぐうたら者の権助にも取り柄があるものなのだ。

三年長屋は一軒三坪。畳にして一畳半の土間に竈《かまど》が据えられ、部屋は板間の四畳半だ。掃き出しの窓もあり、金太の住む棟は東向きなので、夏場はいいが冬は朝日だけなので寒い。

「へえ、小ぎれいだな」

中を覗きながら金太がいった。

「なあ、両隣は、どんなやつだい」

金太が左平次を振り向いた。

「ああ、右は水茶屋勤めのおれんさんで、左は穴蔵職人の熊八さんとおようさん夫婦だ」

「ふうん、おれんさんか。挨拶するのが楽しみだなぁ。べっぴんかい？」

「きれいな娘だが、けしからんことは考えるなよ」

ぷっと金太が噴き出した。

「まともに取り合うなよ、お堅ぇな。けどよ左の、穴蔵職人の名が熊八ってのが笑っちまうな。

冬は穴蔵にこもっちまうのかな」

「そのようなことが、あるはずないじゃないか」

至極真面目に答えた左平次を、再度、金太が呆れて見やる。

「冗談も通じやしねえ。じゃあ、おれ少し休むよ。疲れちまった」

金太は障子をぴしゃりと閉めると、履物を脱ぎ飛ばして、さっさと上がったようだ。

鼻先で戸を閉められた左平次は障子戸越しに声を掛けた。

「おーい、そのままじゃ風邪をひくぞ。いま、掛けるものでも持ってきてやるから」

「もう、構うなってんだ。お節介!」

「ともかく、夕刻には起こしにくるからな」

左平次が再び障子越しに言うと、あっという間にいびきが聞こえてきた。

「ああ、差配さん、いたいた」

木戸をくぐって、小走りに近づいてきたのは、おようだった。穴蔵職人の熊八の女房だ。背に、赤子を負ぶっている。生まれて七ヶ月の女の子だ。腕には大きな風呂敷包み。おようは仕立物の仕事をしていた。

「お店番してたお増さんから、聞いたよ。順斎さんの後、もう新しい店子が入ったんだってね。口の悪い錺職人だって、お増さんいってた。しなびた茄子っていったそうじゃない。あたし、思わず笑っちまったわ」

おようは小柄だが、声は大きい。

多少、金太をかばうつもりもあって、引っ越し荷物をすべて盗まれてしまったことをおように語った。

「そりゃお気の毒だわ。じゃあ、憎まれ口叩いたのも虫の居所が悪かったんだね、きっと」

「商売道具だけは抱えていたので助かったのですがね」

「それだけでもよしとしなけりゃね」

おようの背で赤子がぐずりはじめる。よしよし、とおようは赤子の尻のあたりを優しく叩く。

「今日、熊八さんのお戻りは？」

「どうかしらね、仕事先が遠い上に、急がされているらしくてさ。遅くなることもあるけど」

おようは不満げにいった。それで手間賃が増えればいいが、仕事先の商家の主人が吝嗇《けち》で有名らしい。

「いくつも土蔵を持っている大店でね。でも、いざ火事となったら、やっぱり穴蔵の方が安心じゃないかって、頼まれたんだけど」

穴蔵は、土蔵裏や庭に三尺ほどの穴を掘り、木を四方に組んだ地下蔵である。

ずっと昔、江戸を丸ごと焼いた明暦《めいれき》の大火（一六五七）の時、ある豪商が作った穴蔵に納めていた金子や家財が無事だったことから、武家屋敷や商家の間で、穴蔵が造られるようになったのだという。京《きょう》や大坂《おおざか》では内部は切石積だが、地下水位が高く、水が湧きやすい江戸は板木を使う。

熊八は、もともとは船大工だと、左平次は捨吉から聞いていた。浸水しては舟ではない。

穴蔵も地下水が入り込んでは、物を納めることは出来ない。そのため、木を隙間なくきちりと組むことが出来る船大工が穴蔵職人を兼ねることが多い。熊八もそうした職人のひとりだ。弁才《べざい》船《せん》を作るのが夢らしい。それはまだ叶《かな》っていない。

熊八は、背丈があり、がっしりとした身体つきをしていて、無口な男だ。一方、女房のおようは細身、声が大きく、ちょっとせっかちだった。まるでのっそり熊と捷《はしこ》いいたちの夫婦だ、とお増はいっていた。

「差配さん、店賃、待たせて悪いけど、今日には払うよ」

「それは助かります。今月もおようさんが一番乗りです」

それだけがうちの自慢、とおようが笑うと、背の赤子が、うーうー唸った。

「おやおや、腹が空《す》いたかえ」

赤子へ、おようが首を回す。

「ああ、そうそう、おようさん、皆に声をかけてくださいませんか。今夜は私の家に来ていただきたいのですよ」

暮れの七ツ半（午後五時頃）ぐらいがいい、と左平次はいった。

踵を返しかけたおようが訝《いぶか》しげな顔をする。

「どうしてだい？　いっぺんに店賃を払わせようって魂胆かい？　そいつは無理だよぉ」

「そうではありません。お話しした通り、金太さんは、鍋ひとつ、夜具の一枚もありませんから。皆で、助けてやりたいと思いましてね。それに、私が差配になって初めての店子なので、歓迎の宴を、と思っているのですよ」

「差配さんがご馳走《ちそう》してくれるのかい。それならそうとさっさとおいいよ。早いところ皆に知らせないと、夕餉の支度を始めちまう」

おようは、ぐずる赤子のことなどちゃっかり忘れ、店子の家の障子を順に叩きはじめた。

七ツの鐘がなり終えた頃、三段の重箱がふたつと角樽が花川戸の料理屋から届けられた。店座敷から続く六畳の居間は、店子たちでぎゅうぎゅう詰めだ。重箱を真ん中にして、車座に座っている。滅多にない贅沢《ぜいたく》に、皆はまるで獲物を狙う狩人《かりうど》のような眼付きで、重箱の中身を見つめていた。権助など、口の端から涎《よだれ》を垂らし、定吉の女房のお富に「権さん、汚い」と睨めつけられていた。

少し遅れて、金太は起き抜けのぼんやり顔で左平次の楊枝屋へくると、「酒代は借りとく」そういって、座敷に上がってきた。新しい店子は、差配、あるいは家主に対して、樽代と称する挨拶料を差し出す決まりになっていた。

「財布を振っても、埃《ほこり》しか出ねえんで」

昼間、いい気になって、元の長屋の連中に居酒屋の代金を支払ってしまったらしい。

金太は、膝を付いてかしこまると、すでに集まっていた三年長屋の店子たちに、

「錺職の金太と申しやす。以後よろしくお頼み申しやす」

丁寧に頭を下げた。

「では、皆さん、金太さんを頼みます」

左平次が、そういうやいなや、弦から放たれた矢のように皆の箸《はし》が一斉に食い物に突き刺さる。青菜のお浸しから、卵焼きに焼き魚、田楽、鮑《あわび》、根菜の煮物が次々店子たちの口の中にほうりこまれていく。

「おい、てめえ、さっきから煮穴子ばっか取りやがって」

「おめえもだ。づけまぐろはひとり二切れだ。おれぁちゃんと数えてたんだからな」

「おいおい、皆で蛤《はまぐり》を守れ。権助がみんな頬張っちまう」

まるで戦《いくさ》だなぁ、と左平次は口を半開きにして見守っていた。

「こんなことは二度あると思うなよ。おまえら、たんと食べとけ。明日からはまた目刺しと納豆だからな」

吉助は、弟妹を焚《た》き付けながら、時折さっと背を向ける。

「吉坊、ところで、吉五郎さんはまだかい」

左平次の声に、ぎくりと振り向いた吉助が、ああと頷いた。

「柳原土手まで行ってるからな。いつもは今頃帰ってくるんだけど。今日に限って帰《け》ぇりが遅ぇ」

吉助は口許を曲げた。左平次はさりげなく吉助の手許を見る。広げた手拭いに、青菜や蛤、蒟《こん》蒻《にゃく》の煮物が入っていた。左平次に見られたと思った吉助は、

「これは、おれが食べるんだよ」

つんと横を向いた。

「いいんだよ。吉五郎さんの分だろう」

左平次がごしごし頭を撫でると、吉助はその手を振り払うようにした。

金太が、盗みにあったことは、左平次が告げる間もなく、お増とおようのおかげで、すでに店子たちに知れ渡っていた。

金太は、寝起きで仏頂面をしていたが、店子たちに「酷《ひど》い目に遭った」だの「災難のあとにはいいこともあるさ」だの、皆から慰められ、そのたびに小さく頷いていた。酒が入っていなければ、存外おとなしい男なのかもしれなかった。表店で下駄《げた》屋を開いている半兵衛おさんの夫婦は、

裏店住まいの者から家財を盗むなんて世知辛い世の中だ、とふたりで涙ぐんでいた。

酒が入るにつれ、宴はさらに賑《にぎ》やかになり、狭い座敷で踊り出す者も出て来た。手拍子に合わせ権助が歌をうたい出す。ちょっとみだらな歌に女房たちが笑い転げながら、子どもらの耳をふさいだりした。

酒で眼の周りを赤くした熊八が、金太の横にどかりと座った。身体が大きいだけに、家中が揺れたように思えた。

「おれはあんたの隣の熊八ってんだけどよ」

金太が首をわずかに突き出し、熊八に会釈をする。

「あんた、錺職人なんだろう。工房へ通うのかい」

熊八の問いに金太は頭を横に振った。

「じゃあ、居職ってことか。昼間から隣でとんてんやられちゃたまらねぇな。うちの赤ん坊、寝付きがよくないからな」

と、熊八はぼそぼそ話した。

「あんた、なにいってんのよ」

お増の横にいた熊八の女房おようが尻を浮かせた。背に負ぶった赤子はすやすや眠っている。

「だってよ、そうじゃねえか。やっと寝付いたところに、この兄さんがかんかん、とんとん、鏨を打つんだ。起きちまうよ」

熊八が首を伸ばして左平次を見た。

「なあ、差配さん、なんとかならねえかな。うちの子はとくに癇《かん》が強ぇんだ」

「あらま、熊さんは一度眠ったら起きないのにねぇ」

お増がちゃちゃを入れる。

「だけどさ、あんたのいびきでこの娘が起きたことなんて一度もありゃしないよ。いまだって、こんな騒ぎの中でもへっちゃらじゃない。鑿の音ぐらいなんともないわよ」

おようがいうと、皆が「違ぇねえ」と沸いた。

「な、なんだよ、おめえら。おれのいってるのは昼間ってことだよ」

熊八は、大きな体軀《たいく》を縮ませる。金太が、はっと息を吐いた。

「おれの生業にケチつけてるってことだよな。穴蔵職人の大熊がいいたいこと吐《ぬ》かしてるんじゃねえよ」

「あ、大熊だと？　もっぺんいってみろ」

むうっと唸って熊八が腰を上げた。熊八は見上げるような大男だ。

おおう、と皆が思わず箸を止めた。

「やめなってば、おまえさん。穴蔵職人の大熊なんて、うまいいいようじゃないの」

おようが自分の亭主の毛むくじゃらの脛《すね》を引っぱたいた。

「おめえは黙ってろよ」

熊八は、ぐいっと袂をたくし上げた。丸太ん棒のような腕がにょっきり覗く。

「おう、やろうってのか」

金太も遅れて膝を立てると、袂を上げたが、覗いたのは生っ白《ちろ》い腕だった。

「おっとっと、あぶねえ」

「重箱だ。重箱を守れ！」

皆が、慌てて重箱を動かそうとする。その隙に、ちゃっかり刺身を口にほうり込む者もいた。

「やあやあ。どっちも頑張れ」

座敷の片隅で角樽を抱え、ぐいぐい茶碗酒《ちゃわんざけ》を呷《あお》っていた魚屋の定吉が、ふたりをはやし立てる。

「熊八さんも金太さんも、よさないか」

左平次はするりとふたりの間に割り込んだ。すばやくふたりの腕を取ると、左平次は肘《ひじ》のつぼをぐいと押す。途端、熊八も金太も同時に「痛《い》てて」と、その場に膝をついた。皆の眼が金太と熊八と左平次に注がれる。

「差配さん、あんたったら……」

横座りしている豊太郎が扇子を口許に当てて、含み笑いを洩《も》らす。

「熊と金太郎《きんたろう》を倒しちまうなんて、まるで源《みなもとの》頼光《よりみつ》さまじゃないかえ。ここでくだ巻いている酒吞童子《しゅてんどうじ》も退治してくれないかえ」

酔いつぶれている定吉を指差して、皆が腹を抱えて笑った。

「おれは金太郎じゃなく、金太だ」

金太が口を曲げて、肘のあたりをさすりながらいうと、おれも足柄山《あしがらやま》の熊じゃねえと、熊八もぶつぶついった。まあまあ、と左平次がなだめる。

「差し出がましい真似をいたしました。ふたりとも落ち着いて座ってください」

金太と熊八が渋々並んで座る。

「あのですね、金太さんからは、店賃の他に、おやかまし料を頂きますので」

いいですね？　と左平次は金太へ頷きかけた。

指物師や錺職など、音が出る職に就いている者は、わずかだが店賃に上乗せして差配に納めることになっている。それを皆に少しずつではあるが分配する。どこの長屋でも行われていることだった。

「もちろん、そのつもりでいたさ」

金太はむすっとしながら応える。

「いや、赤子のことだ。銭金じゃねえんだよ」

熊八がもそもそいった。と、魚屋の定吉が、ぼんやりした眼をしながら、膝を打った。

「ならよぉ、おれんさんと、金太さんが宿を替えればいいんじゃねえか」

なるほど、それならば熊八夫婦の隣はおれんで、その隣が金太になる。

その途端、屋根職人の正蔵がぶるぶる首を横に振った。

「なんで、おれんさんが宿替えしなきゃならねえんだよ。それはおかしいだろうよ、ねえ、差配さん」

うーんと左平次が腕を組む。正蔵はおれんの右隣に住んでいる。つまり、おれんと金太が家を入れ替えれば、正蔵の隣は金太になる。

屋根職人の正蔵も、水茶屋勤めのおれんも昼間は仕事に出ている。金太が鏨を打っても、熊八の家の迷惑にはなりにくい。なかなかの妙案だ。

「どうかね、定吉さんの案は」

左平次はおれんへ訊ねた。おれんは、豊太郎により掛かるように座って、気だるそうにいった。

「そうねえ、あたしは構わないけど」

「荷だって移さなきゃならねえんだぜ。そんな面倒なことしなくてもよ」

正蔵は酒のせいだけでなく、顔を赤くしていい放った。

「なあ、正蔵のおじさん。ほんとはよ、おれんさんの隣じゃなくなるのが嫌なんだろう？」

吉助が煮卵を頰ばりながら、笑った。歯が黄身だらけだ。

「生意気いうんじゃねえよ、吉坊」

正蔵がむっとして、恨めしそうにおれんを見ている。おれんは首を傾げて、眼をそらせると、うなじのほつれ毛を指で撫で付けた。正蔵は、ぽーっとした顔で、その仕草を見ていた。

ははーん、と左平次は思った。正蔵はおれんに惚《ほ》れているのだ。

屋根職人の正蔵は、三年長屋に住んで、そろそろ二年になる。三十路《みそじ》男で、口下手だが、仕事は真面目で、親方にも頼りにされている。

親方からは早く身を固めろといわれ、実際、幾人かの女子《おなご》に引き合わされているらしい。が、どうしても首を縦に振らないのは、おれんのことが思い切れないせいだろう。しかし、おれんの望みは玉の輿だ。気の毒だが、裏店住まいの屋根職人になびくはずもない。

おれんが豊太郎の傍にさりげなく座っているのも、豊太郎の家が大きな商家であるからだろう。もっとも、豊太郎は妻子持ちで勘当の身だが、商家は商家との交流がある。

おれんとしては、豊太郎との繫がりからあわよくばと思っているのかもしれない。

「で、どうするんだい、差配さん」

お増が心配そうにいった。

「まあ、しばらく様子を見るということでいかがでしょうね。ねえ、おようさん、お子さんはよく眠ってますしね」

「てえした赤ん坊だ」と、誰かが笑った。

まったくあんたはよけいなことといって、とおようが眉をひそめ、熊八の身を小突いた。

「さ、食べましょう」

左平次が声を張り上げると、皆は再び車座になって、重箱を中心に据えた。

「ああ、そうそう。皆さんにお願いがあります」

「なんだい、あらたまってよぉ」

定吉がいった。左平次は深く呼吸をして皆を見回す。

「お願いというよりは、助けていただきたいことがあります。私は金太さんの家財を盗んだ者を捕まえようと思っています」

皆の箸がぴたりと止まる。里芋を、ぽんと吐き出した者もいた。

第三章　赤子

一

盗人《ぬすっと》を捕まえるなんて、無茶もいいところだと、店子《たなこ》たちが左平次へ口々にいい募る。お増が、そういうことは、お奉行所の仕事だろうといった。

左平次は、きちりと背筋を正した。

「役人など、あてにはなりません」

左平次の脳裏に、定町廻り《じょうまちまわ》同心の鬼嶋のいかつい顔が浮かんでくる。

「金太さんのことなど、役人は相手にしませんでしたのでね」

美津のときもそうだった。番屋に幾度訴えても結局動いてはくれなかった。

「だからってよぉ、どうやって盗人を捜すっていうんだい？」

魚屋の定吉が、呆《あき》れた眼を左平次へ向けてきた。

大八車が盗まれた居酒屋のあたりで目撃者を探す、唐桟縞《じま》と紋付は、古手屋、質屋を当たる、のではどうかと左平次は皆に問う。

「なんだい、偉ぶった割に頼りねえなぁ」と、定吉が口を曲げる。

「同じ長屋の住人になった金太さんのために、ひと肌脱いではくれませんか」

金太の隣にいる穴蔵職人の熊八は、ぼりぼりと首筋を掻《か》き、屋根職人の正蔵や他の者たちも俯《うつむ》いて言葉を発しない。

すると、いきなり吉助が立ち上がった。

「なんだなんだ、大の大人が雁首《がんくび》揃えて情けねえなぁ。金太兄さんは商売道具以外、みんな盗《と》られちまったんだぜ。おっ母《か》さんがいねえおいらン家《ち》のことだって、みんなで助けてくれてるじゃねえか」

「吉助兄ちゃん、かっこいい」

妹のお里が、キラキラした眼で吉助を見上げる。正蔵がぼそりといった。

「おめえの家はよぉ、飯やら火の始末やら、おれたちが世話出来ねえことじゃねえ。けど盗人となると、話は別だ」

「そうねえ、でも長屋総出で盗人捕まえるなんて、戯作《げさく》の種にはなりそうだけど」

扇子を半分開いて、豊太郎が笑う。

「まぜっ返すんじゃねえよ、豊さん」

正蔵がむっとする。これまで静かだったおしんが、手にした茶碗《ちゃわん》の酒に眼を落としつつ、ため息を吐いた。おしんさんのいつもの愚痴が出るぞ、と権助が手を叩《たた》いて喜んだ。

おしんは茶碗酒をぐいと飲み干し、盗人を捕まえるのもいいけどね、と前置きしてから、

「あたしはさ、うちの多助を早く一人前にしなきゃならないんだ」

と、自らに言い聞かせるようにいった。

多助は、おしんの弟で十七歳。姉のおしんとは十五も歳が離れている。おしんは四角い顔で、眼も小さいが、多助は細面で、切れ長の涼しげな眼元をした、なかなかの色男だ。甘酒売りをしているが、この容貌《ようぼう》で若い娘たちの贔屓《ひいき》も多いと聞く。

おしんは、いつか姉弟《きょうだい》で甘酒の店を開くという願いを持っていた。

「あの、おしんさん。多助さんのことは、また後ほど、伺いますから」

「差配さん、すみません。そうだよ、姉さん、酒が過ぎてるんじゃないかい」

おずおずと多助がいうと、おしんがきっと鋭い目を向け、身を乗り出した。

「なにをいうのさ、この子は。あたしはずっと料理屋や居酒屋で働いているんだよ。酒に飲まれたことなんざ、ありゃしねえよ。客と呑《の》み競べだってしてきたんだ」

多助がぐっと言葉を飲み込んだ。

「差配さん。多助は本当にいい子なんです」

おしんが左平次に向かって力を込めていう。

「よせよ、差配さんにもみんなにも迷惑だろう。みっともないじゃないか、姉さん」

おしんの腕を多助が引いた。

「みっともないだって？　いいじゃないか。金太さんはひとり立ちした職人だ。いくらでも稼げるけど、うちはあんたがしっかりしなきゃ、店なんか持てないんだよ」

おしんのきつい物言いに多助が顔を強張《こわば》らせた。唇を嚙《か》み締めると、姉を見つめて口を開いた。

「店を持つのが、そんなにいいことなのかい？　おれは、お父《と》っつぁんやおっ母さんの二の舞はごめんだよ」

それを聞いたおしんが、眉間《みけん》に皺《しわ》を寄せてにわかに立ちあがった。

ぱん、と座敷内に音が響いた。おしんが多助の頬を思い切り張り飛ばした。

お増とお富、下駄《げた》屋のおさんも慌てて止めに入ったが、おしんは三人の手を振り払った。

「お父っつぁんとおっ母さんの二の舞はごめんだなんて、よくもいえたものだね。人の借金背負わされて、店を潰《つぶ》されたんだよ。なんにも悪いことはしちゃいないいんだ」

「騙《だま》す者がいて、騙される者がいる。それが人の世、人の常」

豊太郎がわかったふうな口を利く。

「うるさいよ。この道楽者の勘当息子が。どうせ商売の才がないから、戯作者になるなんて格好つけてるだけじゃないか。笑わせるんじゃないよ」

「あら、いってくれるじゃない。この大年増っ」

豊太郎が片膝《ひざ》を立てた。今度は、横にいたおれんが豊太郎を押しとどめる。

「姉さん、もうやめろったら」

張られた赤い頬をそのままに、多助はおしんの肩を摑《つか》んだ。おしんが身を震わせながら、うわあ、と涙を流し始めた。

「甘酒が一杯いくらだか、知っているだろう。たったの八文だ。毎日毎日、橋の袂《たもと》で売っていたって、たいした銭にもなりゃしねえ。店を持つなんて、夢のまた夢だ」

それに、おれは、姉さんの人形じゃない、と多助は膝の上で拳《こぶし》を握り締める。

「おれだって――」

「え？　おれがどうしたんだい。あたしはあんたが十の時から、親代りで面倒を見ているんだよ。

偉そうな口をたたくんじゃないよ」

　おしんが滲《にじ》んだ涙を指で拭《ぬぐ》って、大声を出した。

「今度は姉弟喧嘩《げんか》かよ。忙《せわ》しねえなぁ」

　権助がぶつぶつ呟《つぶや》いて重箱に手をかけた。

「ここに住めば願いが叶《かな》うって、姉さんはいった。確かに、ここに住んでた人で、いまはいい暮らしをしている者がいるのも知ってるさ。占い師の順斎さんが出世したのも見たばっかりだ。でもよ、店を持つことだけが、本当にいいことなのかい？」

　多助がおしんを見上げた。

「真面目に、懸命に働いている姿を、河童《かっぱ》さまはいつも見てくださっているんだよ」

　ねえ、とお増が膝を乗り出した。

　甘酒売りも、穴蔵職人も、屋根職人も、魚屋も、茶屋勤めも、立派な仕事だ、一所懸命務めるのが肝心なのだ、とお増は、多助に言い聞かせるようにいった。

「戯作者がないじゃないの」

　豊太郎が拗《す》ねたようにいうと、おれもおれも、と権助は自分で自分を指さした。

「おれぁ、毎日、一所懸命ごろごろしてるぜ」

　はいはい、とお増はふたりへ、おざなりに相槌《あいづち》を打って、続けた。

「権助さんは別にしてもさ、みんな、なにかしらの思いを持って、ここに住んでいるんじゃないのかえ？　そりゃあ、すべて願い通りになるかどうかは、わからないよ」

　左平次は、おしんに座るよう促した。おしんは裾《すそ》を乱暴にさばいて、かしこまった。

「けどさ、前の差配さんは、死に際にちゃんと願いを叶えてくださったと、河童さまに感謝していたはずなんだ」

そういえば、朝方、三和土《たたき》で倒れた前の差配を最初に見つけたのが、お増だった。

「そうなのですか。ここで大往生なさったという話は捨吉さんから聞きましたが」

左平次は思わずお増へ訊《たず》ねた。

「家主のお梅さんは話してなかったんだね。前の差配さんの望みは、死んだら店子たちに見送られることだったんだよ」

左平次は、ぽかんと口を開けた。つまり、願いが叶ったのだ。

聞けば、前の差配は香具師《やし》の元締めだったという。

香具師は、寺社の祭礼や縁日、市が立つときなどに出る露店や見世物などを商売にしている者をいう。盗賊でなかったことには、ほっとしたが、香具師の元締めというくらいだから、相当、あちらこちらに顔がきく人物だったのだろう。

「深川《ふかがわ》あたりじゃ、名を耳にしただけで、皆が震え上がるほどのお人だったそうだよ」

気の荒い香具師同士の縄張り争いの仲裁は無論のこと、金貸しもやっていた。返済が叶わぬ場合は、借りた者の女房や娘を売り飛ばす。悪い連中を匿《かくま》ったり、逃がしたり、果ては奉行所の役人も銭で手なずけていたという。

「以前の行状が祟《たた》ったかどうかは知れないけどもさ」

お増は眼を落とした。

前の差配は、荒っぽいことで有名な火消し人足といざこざを起こして、ひとり息子が不慮の死を遂げてから、がらりと変わった。自分の行いの報いなのだと、息子の菩提《ぼだい》を弔うために、戒めの意味を込めて観音菩薩《ぼさつ》を背に彫ったのだ。

「もう、いいじゃねえか。先の差配の話なんてよぉ。それより食おうぜ」

いきなり権助が声を張った。

「いいえ。続けてください、お増さん。その方がここの差配になった訳も知りたいのですよ」

左平次がいうと、権助は舌打ちして酒を口にする。お増は小さく息を吐き、皆をぐるりと見回して続けた。

「女房はとうになくてね。後継の元締めを決めると、これまで稼いだ銭を、子分たちや妾《めかけ》、孫に渡して、すっぱり縁切りしたんだ。お梅さんとは古い馴染《なじ》みだったらしくて、その縁で、ここの差配になったんだよ」

なるほど、と左平次は頷《うなず》いた。

けれど、そんな香具師の元締めとお梅が知り合いであったとは驚いた。お梅は、派手な暮らしはしていないが、根岸の隠宅に文人や墨客を招き、親しく付き合っている。乳母日傘《おんばひがさ》で育ってきた女性《にょしょう》ではあるまいかと、物腰や立ち振る舞いから感じたが、一体、どんな生い立ちなのであろうかと、左平次はますます気になる。そうした好奇心が差し出口になるんだと自戒しつつも、やはり気になる。

「おしんさんは、店を出すのが願いなんだろうけどさ、多助ちゃんも、もう十七だ。立派な大人だよ。もういっぺんふたりで話してみなよ」

おしんは、少し気恥ずかしそうに襟元を直すと、小さく頷いた。

「姉さん、ごめんよ。おれさ――」

「あたしだって馬鹿じゃない。気づいてないとでも思ってんのかい」

多助は、はっとして俯いた。

左平次は、その顔を見つめた。多助には、何か隠し事があるようだった。

そのとき、なあなあ、と吉助が這《は》うようにして左平次に近づいて来ると、袂を引いた。

「みんな、眠くなっちまったみてえだ」

吉助の弟妹と、下駄屋の銀平《ぎんぺい》が身を寄せ合うようにして、壁に背を預けていた。腹もくちくなって、眠気に襲われたのだろう。

「大人の話は面白くねえからよぉ。喧嘩はもっとつまらねぇ」

吉助は、唇を尖《とが》らせた。その言葉に、なんとなく皆、きまりが悪い表情をした。

「だよなぁ、ごめんよ、吉坊」

多助が頭を下げた。

「吉坊のいうとおりだ。おしんさん、多助さん、いまの話は一旦《いったん》納めてくれないか。差し出がましいようだが、私が力になれることもあるかもしれませんので」

ただ、盗人だけは何としても捕らえたいと左平次がいったとき、

「もういい、差配さん。その気持ちだけで十分だ。どんな盗人かもわからねえんだ、危ない目にあうかもしれねえ。だいたい、おれが間抜けだったんだからよ」

金太がそういって、ひとり頷いた。いや、しかし、と左平次がさらにいい募ろうとすると、

「さ、差配さん、大《て》ぇ変だ」

板戸を破る勢いで三和土に入ってきたのは、吉五郎だった。

「父ちゃん、遅かったじゃねえか。宴が終わっちまうよ」

吉助が笑みを浮かべて立ち上がる。吉五郎は驚いた顔つきをして、座敷を見回した。

「あれ？　皆で寄り集まってよぉ、どうしたんだい」

左平次は、吉五郎へ金太のことを告げた。

「そうだったんですかい。それで、重箱なんかあるのか。もうちょっと早く帰ってこられりゃ」

悔しがる吉五郎に吉助が胸を張った。

「安心しなよ。ちゃんとおいらが父ちゃんの分を取っといてあるからよぉ」

お、そりゃ、すまねえな、と吉五郎が相好を崩す。

「ところで、慌てて入っていらっしゃいましたが、何かありましたか」

あっと、吉五郎が大口を開けた。

「そうだ。大ぇ変なんだ、差配さん」

「ですから、何があったというんです」

吉五郎は、口をぱくぱくさせながら、表へ向けて、指差した。

「だ、大八車に、あ、赤子が乗ってる」

「赤子！」

安普請の家が崩れ落ちるのではないかと思うほど、皆が一斉に声を上げた。

左平次が裸足《はだし》のまま表へ飛び出すと、我も我もと店子たちも続いた。店の大戸の前に、白いものがぼうっと浮かんでいた。

「暗がりじゃ、よく見えねえだろう」

ひとり落ち着いている権助が、提灯《ちょうちん》を手にして出て来た。

大八車が二台置かれている。一台は吉五郎の物で、古着が積んである。もう一台の大八車が鈍い提灯の灯《あか》りに照らされた時、左平次も店子たちも息を呑んだ。

ほわほわした柔らかな髪が、赤子を包んだ布の中から覗《のぞ》いている。

「ほんとだ。赤ん坊だ」

眼をまん丸くした吉助が叫んだとき、「おぎゃあ」と、激しい泣き声が上がった。

「え、おいらのせいじゃねえよ。おいらだって驚いちまったから」

「赤子が泣くのは当たり前だ」

皆が戸惑う中、左平次は腕を伸ばして、赤子を抱き上げた。

「よしよし、腹が空《す》いているのか、それともむつきか」

左平次が語りかけると、赤子はさらに張り裂けんばかりの声で泣き始めた。

「こりゃ、むつきだね。差配さん、あたしに任せなよ。さ、こっちへおいで」

おようが赤子を自分の胸に抱いた。

「なあ、風呂敷《ふろしき》包みがあるぜ」

権助が荷台を指していった。

「開けてみてくれ」

おう、と権助が結び目を解《ほど》くと、奉書紙に丁寧に巻かれた書付らしきものと、真新しいむつき、肌着が数枚ずつ入っていた。

「ちょうどいい。権助さん、むつきをおくれ。差配さん、座敷、借りるよ」

おようは赤子を抱き、すぐさま左平次の家に戻っていった。

左平次は、書付と思《おぼ》しき物を広げた。

「なんだぁ、みみずがのたくったような字で読めやしねえ」

左平次の背後から灯りをかざしていた権助が文句をいう。

「なにが書いてあるんだい、差配さん」

お増がいうと、皆も左平次を見つめた。

赤子の名は――左平次の指が震えた。

「みつ、です」

大八車の荷台に寝かされていた赤子の名だ。こんな偶然があっていいものだろうか。左平次は、きつく目蓋《まぶた》を閉じた。

下谷神社の祭礼の喧騒と狂躁《きょうそう》が、左平次の脳裏にまざまざと甦《よみがえ》る。

「ようよう、差配さん。どうしちまったんだよ。怒ったような顔してよぉ」

権助の声に左平次は我に返った。

「ああ、すまなかった。うん、訳あって養うことが叶わない。他人様の慈悲におすがりしたい、と書いてあります」

「ってことは、あの赤子は、捨て子だよね？　差配さん」

定吉の女房のお富が、書付を覗き込みながら一番にいった。

「ええ。そうなりますすね」

「それじゃさ、誰かがあの子を育ててあげなきゃいけないんだよね」

お富は幾分気を高ぶらせ、左平次を窺《うかが》うようにして訊ねてきた。お富と定吉の間に子はいない。望んでいるが、なかなか出来ないのだ。左平次は考え込んだ。町内に捨て子があった場合には、まず自身番に行き、町役人へ報《しら》せなければならない。そこから町奉行所へ届けが出される。が、扱うのは町方の役割だ。すぐに養い親を募るが、見つかるまでは、町役人が養育することになっていた。今月の月番に、市兵衛が入っていたような気がした。

また面倒を持ち込んだ、と嫌味のひとつもいわれそうだ。

この書付の筆遣いや、赤子の産着などから見ても、かなり裕福な家と思われた。

武家の息女であれば、守り刀が添えられていることがあるが、見当たらない。

だとすれば、町人の可能性は高い。

「なあ、これ守り袋じゃねえかな」

権助が赤子に添えられていた荷の中から、巾着《きんちゃく》を摘《つま》み上げた。

左平次は、権助から手渡された巾着の紐《ひも》を引いて中を覗いた。店子たちの視線が一斉に注がれる。へその緒、産毛、そしてみつの生まれた月日の書かれた紙片とともに、鬼子母神《きしもじん》のお守りが入っていた。生まれた月日から、みつは三ヶ月の赤子だと知れた。

それにしても、自分の子を捨てなければならないほどの訳とはなんであるのか。親として子を手放すことがどれだけ辛《つら》いか。母親であれば、己の腹を痛めて産んだ子だ。胸が圧《お》し潰されるだろう。それでも、そうせざるを得なかったのは、あの赤子が望まれた子ではないということだ。

左平次は、辛い選択を迫られた母親の心情を思うと、やりきれない気分になった。

「差配さん、どうするつもりだい？」

下駄屋の半兵衛が困惑した顔でいう。

「ともかく、今夜はここに置くしかないでしょう。夜が明けたら、番屋へ連れて行きます」

「あのさ、差配さん」

お富がおずおずといった。

「あたしが面倒見るといったら、お許しは出るかしらね」

「馬鹿いってるんじゃねえぞ。三月《みつき》ぽっちの赤ん坊を、どうやって育てる気だよ。おめえ、乳だって出やしねえじゃねえか」

「だけどさ、ここに捨てられたってことはさ、子の出来ないあたしたちのために、河童さまが連れて来てくれたんじゃないかって思うんだよ」

亭主の定吉が、ぐっと顎《あご》を引く。

「ねえ、差配さん、うちの子にしてもいいだろう？　養い親は必要なんだから」

お富が懇願するように左平次へ詰め寄った。左平次は首を横に振った。

「申し訳ありません。私が決めることではありません。月番の差配さん方や……」

お富が、唇を嚙み締めた。

「そんな顔するんじゃねえよ。なんかよ、おれまで悲しくなってくらぁ」

亭主の定吉が、お富の肩を優しく撫《な》でる。定吉夫婦を見ながら、左平次の中にも、ひとつの思いが溢《あふ》れてきた。行方知れずになった我が子と同じ名を持つ赤子を育てろと、河童にいわれているような気がしたのだ。

おようが赤子を抱いて、表に出て来た。

「むつきを替えて乳を含ませたら、寝たよ」

「ご苦労さまでした」

左平次が頭を下げると、お富が早速、赤子に近寄った。他の女たちも次々赤子の顔を覗き込む。

「可愛らしいねぇ。手を見てごらんよ、ちっちゃいよ」

「一人前にまつげもあるじゃないか」

「おみっちゃん、か。いい名だねぇ」

皆、穏やかな表情で、小さな命を愛《いと》おしげに眺める。これまでの喧嘩騒ぎもどこへやらだ。

定吉夫婦が養い親になるかどうかは定かではないにしろ、みつという赤子が三年長屋に現れたのは、なにかしらの縁を感じる。

吉助が「おいらにも見せてくれよぉ」と、おようの袂を引いた。

「こらこら、乱暴にしたら、起きちまうよ」

おようはそういって、吉助のために膝を折った。男たちも女たちの後ろから首を伸ばして、すうすう眠る赤子を見ながら、眼を細めている。

「なんだか、乳が張ってきたような気がするよ」

お増が胸乳のあたりを押さえると、どっと笑いが弾《はじ》けた。瞬間、みつの顔がむにゅと歪《ゆが》み、皆、慌てて口許《くちもと》を手で押さえる。

「笑わせねえでくれよ、お増さん」

吉五郎は小声でいいつつ、「幸せそうに寝てやがる」と、笑みを浮かべた。

「なにが幸せなもんか。親に捨てられた子だよ」

そういい放った豊太郎を店子たちが睨《ね》めつける。

「なんだい、みんなして。だって、本当のことをいって何が悪いんだい」

豊太郎が自棄《やけ》になって声を張る。

「しょうがねえよ、豊さんだって、親に見限られたんだからなぁ。この赤ん坊と同じだ」

権助が、わははと笑うと、豊太郎が、ふんと鼻を鳴らして横を向く。

「まあまあ、今夜は珍客が来たことですし、宴は一旦お開きにして……おようさん、すまないが、赤子の世話を一晩頼めますか？」

「お安いご用だよ。どうせ、夜中に、うちの子にも乳をやらなきゃいけないからね。ひとりもふたりも一緒さ」

「あのさ、おようさん。あたし、添い寝してやりたいんだけど」

お富がみつを見つめながら、そろそろと指を伸ばし、柔らかな髪に触れる。

みつを抱いていたおようは、お富の気持ちを汲《く》み取ったのか、優しく笑った。

「それは助かるよ。ふたりいっぺんにあやすのは無理だからね。片方がむずかったら、面倒を見てやっておくれ。うちの亭主はお富さんのところで寝かせればいいしさ」

おようの言葉に、定吉が慌てた。

「お、おれが熊さんと枕並べて寝るのかい？」

「だってさ、おみっちゃんは、実の親から離れて初めて知らないところで過ごすんだよ。かわいそうじゃないか。せめて一緒にいてやりたいんだよ、ね、おまえさん、いいだろう」

お富が定吉に懇願するようにいう。

「けどよぉ。熊さん、いびきがうるせえんだろう。眠れなかったらどうすんだよ。おれぁ魚屋だぜ。朝早ぇんだ。朝飯だってよぉ」

定吉がぶつぶついいながら、熊八をちらと見やる。熊八は、むすっとした顔をしている。

「あの、差し出がましいようですが、熊八さんは私のところで――ああ、しまった、金太さんがうちに泊まることになっていました」

と、左平次は金太へ首を回す。金太はこちらにはまったく興味がないのか、小難しい顔をして大八車を眺めていた。

「お富さんがいねえと、そんなに寂しいのかねぇ。仲がよすぎるのも困ったもんだ」

お増がからかうようにいうと、そんなんじゃねえよ、と定吉が下唇を突き出した。

「じゃあ、決まりだ。お富さんはおようさんの家に行って、熊さんは定さんのところで寝る。いいね、ふたりとも。それから残った者は差配さん家の片付けだ」

定吉と熊八が顔を見合わせ、お増の言葉に渋々頷く。

「差配さん、これでいいね」

お増が念を押すようにいうのに、左平次も頷いた。これでは差配も形無しだ。

二

左平次は夜具に入って、もう一刻《とき》ほども眠れずにいた。

河童の導きかどうかはべつにして、これがなにかの縁であるならば、このまま黙って、赤子を長屋に留め置きたい気持ちがどこかにあった。そうしなければ、親に捨てられた子を、また見捨てるようにも思えた。

いやいやいや、と左平次は心の中で首を振る。見捨てるのではない。捨て子は届けるのが決まりなのだ。養い親を見つけるためだ、あの赤子のためになるんだと、自分に言い聞かせる。

生き別れになった美津のことも、諦《あきら》めたわけではない。見捨てたわけではない。美津もきっと生きている。赤子のみつが、それを教えてくれたような気がした。

闇に慣れた眼で隣で眠っている金太を眺める。

金太はみつが載せられていた大八車は、自分が醤油《しょうゆ》問屋から借りてきた物だといったのだ。その証拠が引き棒にあったささくれだ。掴《つか》んだ拍子についた物だといって、権助と左平次に傷ついた自分の掌《てのひら》を見せた。

しかし、と左平次は考えた。盗人がわざわざ大八車を返しに来て、赤子を捨てに来た者はこれ幸いと車に載せた。それはそれとして、当然の疑問として湧いてきたのは、盗人は金太がこの長屋に越して来るのを知っていたということだ。

つまり、金太と近しい者だ。金太は激しく否定したが——。


翌朝、左平次がうつらうつらしている間に金太は夜具をたたみ、出て行った。

「おはよう、金太さん。おや、その大八車をどこへ引いて行くんだい？」

お増の声がした。お増は毎朝、長屋の入り口である木戸の前を掃除している。それを終わらせてから、小間物商いに出掛ける。

金太がひと言ふた言応《こた》えていたが、すぐにがらがらと、大八車を引いていく音がした。

左平次が慌てて表に飛び出すと、「ついてくんじゃねえぞ、ひとりで行けらぁ」と振り向いた金太が怒鳴った。

左平次はすごすごと家に戻る。

男たちが仕事に出掛けると、途端に女たちのかまびすしいおしゃべりと、どぶ板の上を走る子どもたちを叱りつける声が、左平次の耳に届いてくる。いつもと変わらぬ朝だ。赤子を除いては。

左平次が揚げ縁を下ろし、馴れた手つきで楊枝《ようじ》や歯磨き粉などを並べていると、朝陽を遮るように、影が落ちた。捨吉だ。

「おはようございます。どうですか。金太の様子は」

「それが……色々ありまして」

左平次は、昨日の出来事をざっと話した。

「盗人騒ぎと捨て子ですか」と、捨吉が呟く。

「盗人は、少し糸口が見えたような気がします。赤子は、今日のうちに番屋へ預けに行きますので、お梅さんにそうお伝えください」

笠《かさ》の縁に指を添えて、少しだけ押し上げた捨吉は、

「やはり順斎さんの占いが当たりましたね」

と、かすかに笑みを浮かべた。左平次は捨吉を仰ぐように見る。

「女難の相が出ているると、長屋を出るときにいっていましたよね」

たしかに、女の赤ん坊だ。女難といえばそうなるのか。左平次は、空笑いを返す。

「それと、定吉お富夫婦にも子が出来るとも……。左平次さんは、養い親の願いを叶えてやるおつもりですか?」

「子を引き取るなら夫婦の気持ちが同じでないと。亭主の定吉はとうに河岸へ出てしまったでしょうし……」

「定吉ならいましたよ。井戸端で、お富と一緒に赤子をあやしています」

左平次は、すぐさま立ち上がった。

「ちょうどいい。番屋へいく前に定吉と話してきます。あ、捨吉さん。今日のご用事は、やはり店賃の催促ですか」

「それもありますが、お梅さんが、明後日《あさって》、お会いしたいと」

捨吉は、山谷堀《さんやぼり》の船宿の名をいった。

お梅からの呼び出しか。わざわざ船宿に呼んで、何を話そうというのだろう。左平次は気になりながらも、頷いた。

「わかりました。明後日ですね」

「そのときに店賃も一緒にお願いします」

八ツ半(午後三時頃)の約束を交わし、捨吉が背を向けるやいなや、左平次は揚げ縁に並べた品物に覆いを掛け、草履を突っかけた。木戸を潜《くぐ》り、大声で呼び掛けた。

「定吉さん」

「おはよう、差配さん。昨日はごちになりやした」

定吉はみつを抱き、緩みっぱなしの顔だ。

「もう、定さんったら、仕事にも行かないで、おみっちゃんを離さないのよ」

熊八の女房おようが呆れ返った様子でいった。

「いやあ、赤ん坊ってのは柔らかくってよぉ、乳くさくってよ、なんかほっとするなぁ」

お富もみつの顔を覗き込みながら、

「いい子だよねえ、おまえさん」

定吉へ微笑みを向ける。

左平次の眼には、みつが定吉夫婦のまことの子どものように映った。

「定吉さん、みつのことですが」

「お富とさっき話し合ったんですが、やっぱりあっしたちの子にしてぇって。あっしは表店を持つって望みがありますが、この子がいたら、もっと頑張れると思うんでさ。なあ、おみつ」

定吉は目尻《めじり》をだらりと下げて、みつに顔を寄せた。

「ああ、もう、おまえさん、髭《ひげ》がおみつにあたるよぉ」

お富がきつい口調でいっても、すまねえと定吉は妙に素直だ。ふたりを見ていると、こちらも、温かな気分になる。夫婦の気持ちが一緒ならば、番屋でその思いを伝えることが出来る。

「定吉さん。お富さん。申し訳ないが、みつをこれから自身番へ連れて行きます」

お富が顔を曇らせた。

「どうしても連れて行かなきゃいけないのかい？」

「ええ。お定めですから」

気の毒なほど肩を落としたお富に左平次はいった。

「どうでしょう、お富さん。私ひとりでみつを連れていくのは心許ない。途中で泣かれでもしたら、どうしたらいいのやら。番屋へ一緒に来てはくれませんか」

するると、にわかに定吉が眼の色を変えた。お富にみつを抱かせると、

「なら、あっしも行きまさ。町役人に養い親になりてえと、あっしらから伝えてえんです」

力を込めていった。

「お富がみつの養い親になりてぇっていったとき、あっしらに育てられるのか、どこの誰の子かもわからねえのに情が湧くのかと、熊さんのうるせえいびきを聞きながら、一晩中、考えたんでさ。けどね、差配さん」

朝、みつを抱いたお富を眼にしたとき、本物の母娘《ははこ》のように見えたのだという。

「みつは、河童さまがあっしら夫婦の願いを叶えて寄越《よこ》してくださったんじゃねえかとそう思いましてね」

定吉が河童の祠《ほこら》に向けて両手を合わせた。


定吉夫婦は、御切手町の自身番の入り口に立てかけてある捕り物道具を怖々見ながら、左平次の後にぴたりと張り付いてきた。みつは、お富の背でおとなしくしている。

左平次は、筆を執っている書き役にまず会釈をして、三和土に入った。

市兵衛が月番の他の差配ふたりと火鉢を囲み、茶を飲みながら談笑している。左平次が入って来たにもかかわらず、市兵衛は眼もくれようとしない。

「恐れ入ります。山伏町の左平次です」

おや、とようやく気づいたかのような素振りで顔を向けたのは、市兵衛が持つ長屋の雇われ差配だった。名は知らないが、以前、会ったことはある。色黒で細面、上目蓋が腫《は》れぼったく、陰気な印象を与える初老の差配だ。市兵衛は自分の所有している長屋に七福神の名をつけているが、どこの長屋を任されていた者だったか、と左平次は頭の隅を探る。

「瘦《や》せたごきかぶりみてえな面」

と、不意に金太の言葉が浮かんできた。

なんとなくその言葉どおりの顔といえなくもない。もしかしたら、この初老の男が、金太のいた弁天長屋の差配なのかもしれない。もうひとり、小太りの中年の差配は初めて見る顔だ。

「昨日の今日で、また何のご用ですかな」

市兵衛が、白くふさふさとした立派な髷《まげ》を指で撫でながら、左平次を横目で見てきた。

定吉が左平次にすり寄ってくると小声でいった。

「ありゃあ、つけ髷ですよね」

思わず左平次は咳払《せきばら》いをして、定吉を睨め付けた。お富が、おまえさんと小声で叱りつける。

「だってよ、あの歳であんな立派な髷、おかしく――」

「ああ、市兵衛さん。昨日は、店子の金太がご迷惑をおかけいたしました。本日もお手間をとらせて申し訳ありませんが」

定吉を遮り、左平次は前に出て声を張った。

「一体、何でございましょう」

市兵衛は、定吉夫婦をじろじろ眺め、あからさまに嫌な顔をした。物言いもどこか刺々《とげとげ》しい。

定吉の声が聞こえたのだろうか、と左平次は幾分どぎまぎしながらも、お富を横に立たせた。

「じつは、この者が負ぶっている赤子が、昨夜、長屋の前に置かれていまして」

市兵衛とふたりの月番差配がぎょっとして眼を見開いた。書き役も筆を止めて、左平次たちを見つめる。

「捨て子は番屋に届けるのが、お定めですので、連れて参りました。こちらは赤子とともにあった荷です」

左平次は定吉が手にしている風呂敷包みを、座敷へ置くように促した。

「ちょっと、ちょっと。いきなりやって来て、捨て子です、荷物ですといわれても困りますよ」

慌てて身を乗り出したのは、ごきかぶりに似た差配だった。

「まあまあ、徳蔵《とくぞう》。そういきりたつものじゃありませんよ。左平次さんは、お定めに従ったのですからねぇ」

市兵衛が、帯に挟んでいた扇子を取り出し、扇ぎ始めた。

徳蔵が首をすくめ、「申し訳ございません」と、唇を曲げた。ごきかぶりは、徳蔵という名であるらしい。

「酔っ払いの次は捨て子ですか。左平次さんもお気づきのようだが、厄介事が続きますなぁ。そういえば、昨日は盗人を捕まえると啖呵《たんか》を切ってお帰りになった」

息を吐いた市兵衛は、左平次を上目遣いに窺ってくる。徳蔵と丸顔の差配がなんのことやらと驚きながら首を傾げた。啖呵というほどではなかろうと、左平次は内心苦笑いする。

「鬼嶋さまも呆れ返っておられましたよ。元武士といっても、捕り物は素人。盗人を捕まえるなど、無理だとね」

これには左平次もむっとしていい返した。

「差し出がましいようですが、捕り物の玄人に出張っていただけないのですから、仕方がありません」

「おやおや。鬼嶋さまには、とても聞かせられませんな。いいですか、差配は、町役人や御番所のお役人と、うまく付き合っていかねばならないのですよ。鬼嶋さまにへそを曲げられては、なにかと不便なのです」

市兵衛は、扇子を閉じ、緘尻《とじり》で畳をとん、と打った。

「店子の起こした不始末やちょっとした面倒事などに、手心を加えていただかなけりゃ、お困りになりますよ。おわかりでしょう?」

「それは、鬼嶋さまへの袖《そで》の下を用意しろという意味ですね」

左平次が訊ねると、市兵衛は眼をしばたたいた。

「そうあからさまにおっしゃるのも、よくないですなぁ、左平次さん。あなた、まだ新参者なのですから、ご挨拶《あいさつ》代わりだと考えられませんかね。もっとも、これから長く付き合う私らへの振る舞いすらありませんでしたが――」

まったくお武家は気が回らない、と市兵衛はねちねちいい募った。

市兵衛の嫌味は予想どおりだったとはいえ、やはり腹立たしい。しかし、いい返せば、またぞろ皮肉か嫌味が飛んでくる。ここは、黙ったまま我慢していることだ。

「市兵衛さん、この方ですか。元お武家だという差配は」

徳蔵が左平次をちらと見て、苦笑する。小太りの差配は、俯いて茶を啜《すす》っていた。

その時、お富に負ぶわれていたみつが、むずかり始め、わっと泣き声を上げた。狭い番屋の中に響き渡る赤子の激しい泣き声に、市兵衛は顔をしかめた。

お富が眉《まゆ》を寄せて左平次の顔を見上げる。

「差配さん、おみつのむつきが、さ」

ゆばりか、と市兵衛が苛々《いらいら》していった。

「さっさと換えなさい。うるさくてかなわん」

左平次が、さあ、とお富の肩に触れる。定吉から荷を受け取ったお富が座敷に上がり、負ぶい紐を解こうとすると、徳蔵が、

「これ、そっちでやりなさい」

座敷の隣部屋を指差した。座敷から続く板敷きの小部屋は、月番の者が床を取って休むこともあるが、罪人の訊問《じんもん》や留置にも使われている。

お富は頭を下げ、腰を屈《かが》めながら徳蔵の脇を通り抜ける。

あのよぉ、差配さん、と定吉がおずおず訊ねてきた。

「さっきから話がいっかな先に進んでねえ。おみつの話はどこへ行っちまったんだよ」

そういえばそうだった、と左平次は我に返る。いいたい放題の市兵衛に付き合っている場合ではなかったのだ。

「市兵衛さん、赤子のことですが」

左平次がいうと、定吉がずいと前に出てきた。

「あっしは三年長屋の定吉って魚屋です」

定吉はまず市兵衛とふたりの差配の顔をじっと見つめる。

「いまむつきを換えてる女はあっしの女房で、お富っていいます。差配さん方、どうかあっしら夫婦を、みつの、いやあの赤ん坊の養い親にしてくだせえ」

お願いいたします、と定吉は頭を下げた。

徳蔵と小太りの差配は顔を見合わせ、すぐに市兵衛を窺った。

「私からもお頼み申します。定吉さん夫婦は子に恵まれずにおりました。うちの長屋に捨てられていたのも何かの縁。夫婦ふたりで育てたいといっております」

左平次も頭を垂れた。市兵衛は、定吉を見やって頰を緩める。

「定吉さんとやら、申し出てくれたのはありがたい。お上へ届けると、お目付が出張ってきますからな。その前に養い親が決まれば、私どもも助かります」

「じゃ、お許しいただけるんで?」

定吉が色めき立ち、嬉《うれ》しさのあまり左平次の腕を強く摑んで揺さぶった。

ですがね、と浮き立つ定吉をいなすように、市兵衛が気難しい顔を見せた。

「子に恵まれない夫婦は、世の中には大勢いますよ。うちにもらえる権利がある、なんて思っちゃいませんかね?」

「そ、そんなことはありません。ただ、みつの親になりてえと素直に思ったんです。あっしらの処《ところ》へ来てくれたんだと」

うーむ、と唸《うな》った市兵衛は、再び扇子を開き、ゆっくりと扇ぐ。

「おふたりは、どうでしょうねぇ」

小太りが困り顔をしながら、口を開いた。

「生き倒れは弔いを出せばすみますが、捨て子となるとそう簡単にはいきません。養い親になっても、思いの外手が掛かると、すぐまた捨てるとか、女児ですと、ある程度育てて売り飛ばす不届き者もいますのでね」

定吉の顔にかっと血が上った。

「あっしが？　そんなことするわけねえ」

定吉が丸顔の差配へ詰め寄ろうとするのを、左平次は押し止めた。

「そのような真似をする夫婦ではありません。それに、養い親になる者からは、きちんと証文を取る定めではありませんか」

ところで、と市兵衛がちらりとお富を振り返る。お富はすでに、みつのむつきを換え終えていたが、成り行きを不安げな表情で見守っている。

「これまで子が出来なかったということは、乳は出ませんな。乳の出ない女子《おなご》が、どう育てていくつもりですかな？」

それは、と左平次は口ごもった。

徳蔵がじろじろと、お富へ無遠慮な眼を向けていった。

「どうなんだい、おかみさん、乳は出ないんだろう？」

市兵衛がすぐにたしなめる。

「これこれ、徳蔵。そう直《じか》に訊《き》くものではない。出ないものは出ないからね。ただねぇ、赤ん坊を飢えさせるわけにはいかない。で、左平次さんは、どうお考えかな」

「定吉夫婦の向かいの家に赤子がおりますので。そこの女房に頼めば――」

左平次がいい終わらぬうちに、徳蔵が口を挟んできた。

「ならば、そっちの女房に任せたほうが、いっそ手っ取り早いですよ、市兵衛さま」

市兵衛が、妙案だとばかりに膝を打った。

「なるほど、それはいい。徳蔵のいうとおりだ」

「待ってくだせえ。あっしらの養い子にしてえのに、なんで熊さんちなんですよ」

定吉の声は悲鳴にも近かった。

「大きな声を出すもんじゃない。熊だか、猪だか私は知ったこっちゃありません。赤子には乳が必要だ。乳の出る女じゃなけりゃ、育てられないといっているのです」

市兵衛が不機嫌に息を吐く。

「おれの女房に、そんな言い方はねえよう」

頭に血を上らせた定吉を左平次が制した。

唇を嚙み締めていたお富がたまらず突っ伏し、泣き声を上げると、寝かされていたみつまでがむずかり始めた。

面倒なといわんばかりに、徳蔵が口許を歪め、煙管《きせる》を取り出す。

「いいですか。私はね、初めて会ったあんたたち夫婦にはなぁんの恨みもありませんよ。ただね、赤子のことを考えて意見しているんです。見れば、ようやく首が据わったくらいの赤子じゃありませんか」

まだまだ乳がいる。夜中にひもじい思いをして泣くかもしれない。そうしたときはどうするのだ、と市兵衛は続けていった。

「養い親はね、夫婦の都合で決めるのではないのですよ。赤子にとっていい親かどうかなんですから。それを見極めるのが、私たちの役目なんですよ」

悔しいが市兵衛のいうとおりだと、左平次は思った。

およしとて、自分の子がいる。気のいい女子だけに、むろん、みつの面倒は見てくれるだろうが、毎晩頼む、とはいいがたい。やはり、定吉夫婦が養い親になるのは難しいのだろうか。

「私もいくつかの長屋を持ち、差配もやっております。捨て子だってこれまで幾人扱ったことか。養い親が見つかるまで、私の家で世話をしたこともありますよ。たしか、おたくの長屋にも」

はい、と丸顔の差配が頷いた。

「男の子を引き取った夫婦がおります。それも子のない夫婦でしたが」

お富が身を起こした。

「ただ、もう三つでしたのでね、乳も必要なかったですし」

丸顔差配の言葉に、お富が涙を拭いながら息を吐く。

徳蔵が、煙草盆の灰吹きに、雁首を打ちつけた。お富が、びくりと肩をすぼませる。

「どういたしますか、市兵衛さま」

「そうだねえ、今日のところはもう引き取ってもらおうかね」

「み、みつは、赤子はここへ置いていかねえとならねえんですかい？」

定吉が恐る恐る訊ねる。市兵衛は、さも困ったふうに眉尻を下げた。

「当座の面倒を見られる方はいらっしゃいますかな？　甚助《じんすけ》さんところは、どうだい？」

書き役の甚助が、「なにをおっしゃる。女房の乳なんざ、とうに涸《か》れてまさぁ」と、笑う。

違いない、と徳蔵が下卑た笑みを洩《も》らす。

「では、今日は私どもが連れ帰ります。よろしいですか？」

左平次が三人の差配を順に見て、お富に頷きかける。お富がみつを急いで抱き上げた。

「じゃ、そうしてもらいましょう。赤子についていてわかっていることは、甚助さん、書き残してくださいよ。それから、他の差配と町名主さまに伝えて、養い親を募ります」

赤子にとって、一番いい親になれそうな夫婦を決めましょうや、と市兵衛は定吉をじろりと見てから、笑みを浮かべた。

三

番屋を出た三人はどことなくすっきりしない面持ちで歩いていた。

「まったくよう、あの付け髷の差配、お富のことをぐだぐだいいやがって。悔しいったらねえよ、差配さん」

定吉は歩きながら左平次を見た。鼻の頭を赤く染め、いまにも泣き出しそうだ。でもさ、とお富が俯きながらいった。

「物言いは意地悪だけど、あの差配さんは間違ったことをいっちゃいないよ」

「おめえ、なんつったよ？　河童さまがみつと会わせてくれたっていったじゃねえか」

お富は焦《じ》れるように、身をよじる。

「そうだけどさ。乳を飲ませないで、どうやって赤子を育てるのさ。あたし、考えちまった」

定吉はいきなり自分の襟を開いて覗き込むと、ため息を吐いた。

「男には逆立ちしたって、無理だしよぉ」

「なにを馬鹿なことやってんのさ」

お富が呆れる。

「ねぇ、差配さん。元はお武家なんだし、学もあるんだから。いい考えはありませんか」

「急には思いつかぬよ」

左平次は、腕組みをして唸る。なんとかしてやりたいが、他にみつを養女にしたいと申し出てくる者たちがいれば、差配たちの話し合いになる。

子持ちの夫婦、子がなくても大きな長屋住まいで乳の出る女が近くにたくさんいるとなれば、おようひとりが頼りの定吉夫婦は分が悪い。赤子にとっていい親かどうか、かと左平次は呟いた。ふたりが不安げな顔で左平次を見つめている。なにかいってやらなければ、気が収まりそうにない。

「ともかく、今日は一緒に過ごせるのですから。もしかしたら明日もですよ」

左平次は明るい声を出した。

「そうだよな」と、定吉は、お富の背で眠る、みつの頬を指で突《つっ》く。

「駄目だよ、おまえさん、みつが起きちまう」

「ああ、すまねえすまねえ。つい可愛くてよ。今夜はおれも一緒に添い寝がしてえなぁ」

「それより、仕事はどうするのさ」

「今日ぐれえは、いいじゃねえか」

拗ねたようにいうと、照れ笑いした。しょうがないねぇ、とお富も頬を緩めた。

養い親になれるかどうかは、先延ばしになっただけだ。それでも、いまは、ふたりに笑顔が戻ったただけでもほっとした。これ以上、情が移れば気の毒ではあるが。

長屋に戻ると、権助が店座敷に座っていた。

「定吉さんと番屋へ行ったたって聞いてよぉ、店ぇ開いたまんまで物騒だから、おれが店番してやったた。ありがたく思ってくれ」

そういうや、ちゃっかり手を伸ばしてきた。まったく調子のいい男だ。まあ、家でごろごろしているよりはましかもしれない。とはいうものの、まことになにで飯を食っているのか、不思議でならない。左平次は、財布から銭を取り出しかけたが、金太のことを思い出して、引っ込めた。

「なんだよ、ケチだな」

権助が文句を垂れた。

「そうじゃない。金太さんは帰っているかな」

「帰《け》ぇって来てるぜ。損料屋へいったたみてえだ。夜具とか鍋釜《なべかま》を載せてきたからな」

そうか、といって左平次は踵《きびす》を返した。

「もう少し、店番を頼む」

権助の返事も聞かず、左平次は長屋の木戸を潜った。金太の家の前に大八車がある。

およう と定吉夫婦、おしんが、井戸端でみつをあやしていた。

「差配さん、番屋で色々あったたみたいだね」

左平次をみとめたおようが声を掛けてきた。

「どうせ、ここに戻すんなら、定吉さんたちに任せちまえばいいのにさ。屁《へ》理屈ばかりこねて、いけ好かないよ。あたしは乳をあげるくらいなんでもないことなのにさ」

おしんも得心がいかないという顔をしていた。

左平次は、ぎこちなく笑い掛けると、金太の家の前に立ち、声を掛けるのと同時に障子戸を引いた。

下帯姿の金太が「おいおい」と、慌てて小袖をはおる。

濡《ぬ》らした手拭いで身体をぬぐっていた。荷を引いてきて汗をかいたのだろう。

「悪かった、邪魔をした」

金太が背を向け、帯を締める。

一瞬ではあったが、金太の脇腹に傷痕《きずあと》があったのを左平次は見た。刃物傷だ。五寸（約十五センチメートル）近くもあった。短気で喧嘩っ早い金太のことだ。いざこざの末に切られたものなのかもしれない。

人は色々なことを抱えている。眼には見えない心の傷は隠すことが出来るが、金太のような傷は、他人の眼にさらされる。急いで小袖を羽織ったのは他人の眼に触れさせたくない思いが先に立ったのだろう。

ふと見た限りでは、古傷のようだった。どんな理由があるにせよ、相手が刃物を抜いたのだ。

金太もその相手を傷つけていないとはいえない。

「なんだよ、妙ちきりんな顔をして突っ立ってんじゃねえよ」

帯を締め終えた金太が左平次に向き直り、裾を払って胡座《あぐら》を組んだ。

左平次は、後ろ手に戸を閉め、家を見回す。

部屋の隅に夜具があり、台所の竈《かまど》に釜が据えられ、あとは、まな板に包丁、箱膳《はこぜん》、鍋がまだ雑然と置かれている。

「すっかり揃ってますね」

「あったりめえだろう。今夜も差配さんちってわけにはいかねえよ」

「いってくだされば手伝いを」

「いらぬお節介だよ。たいした荷物じゃねえ。手伝いなんざいらねえよ」

なあ、見たんだろ？　と金太が探るようにいった。

「おれの、傷痕だよ」

「いや、ま、ちらと見えただけですが」

左平次が応えると、金太がふんと鼻を鳴らす。

「よくあることだ。女がらみで喧嘩して、頭に血ぃ上った相手が匕首《あいくち》を抜いた」

それだけだ、と金太はいった。

「といってもかなりの傷ではありませんか」

「差配さんの心配は、おれが御番所に世話になったかどうかかい？」

差配は長屋の借家人の素性や性格、宗旨、身体が健康かどうかを調べ、少しでも不審があれば、拒むことも出来る。店子が罪を犯したりすれば、場合によっては、差配も刑を受けるからだ。

だが、借家人の吟味は、家持ち大家のお梅がしている。

「私は心配などしていませんよ」

左平次は金太へ笑いかけた。

まだたった二日とはいえ、金太は自ら好んで悪事を働くような者には思えない。脇腹の刃物傷も、それなりの訳があってのことだろう。

「まったく、面白え差配さんだなぁ。昨日今日会ったばかりのおれのいうこと信じてんだ」

金太が肩を揺する。

「すべてを信じているとは申しませんが、三割は嘘。七割は真実というところですかね」

「け、持って回った言い方しやがって。それにしても、ずいぶん表が賑《にぎ》やかだが、あの夫婦、養い親になれたのかい」

金太は腕を伸ばして、仕事道具を引き寄せた。左平次は、それがな、と苦い顔をして事の次第を告げる。

「定吉夫婦が養い親になれるかどうかはまだわからん。これから養い親を募るそうだ」

金太が口許を歪める。

「薄情だな。別の者に決まれば、世話させた定吉さん夫婦から赤子を取り上げるんだろう?」

「取り上げるという言葉は適切ではないが、そういうことにはなるな」

同じことだ、と、金太は、鏨《たがね》を一本一本、手に取り、眼をすがめて刃先を見つめる。

ああ、そういえば、と左平次が手を叩く。

「金太さんがいた弁天長屋の差配は徳蔵という者ではありませんか?」

それがどうしたよ、と金太が不機嫌な顔をした。

「やはりそうですか。いや、徳蔵さんを見たとき、ごきかぶりみたいな顔という金太さんの言葉を思い出しましてね」

そいつはいいや、と金太が笑う。

「あいつも番屋にいやがったのか。陰険な奴だったろう？　店子には大威張りのくせに、雇い主の大家には、へこへこしてるって話だ。顔を思い出すと腹が立つぜ」

「その大家が、ほら、金太さんが番屋で暴れたときにいた、市兵衛さんです」

「ああ、あの嫌味な差配か」

金太が唇を尖らせながら、仕事道具を並べ始めた。金槌と鑿だ。鑿は、先が丸いもの、角張ったもの、平たいものがあり、さらに太身のもの、細身のものがあった。

「初めて眼にしたが、これだけのものを使いこなすのだな」

左平次は思わず身を乗り出して、唸った。

「そう感心されてもなぁ。おれの生業《なりわい》だからよ。なあ、これから仕事なんだ。もう用がねえのなら、帰っちゃくれねえか」

「悪いが、あと少しだけいいかな。家財道具を揃える銭はどうしたんだ？　元の長屋の連中に奢《おご》ってしまったといっていたろう」

金太は、面倒くさげに息を吐いた。

「伝手《つて》は色々あらあ」

「だとしても、借金はよくないぞ」

うるせえな、と金太は顔をしかめ、耳の穴をくじった。

「仲間だよ、仲間から借りたんだ。もういいだろう。急ぎの仕事なんだ、出てってくれよ」

金太が、取り出した紙包みを開く。丸い鉄片だ。すでに何か彫り進められている。

「お、刀の鍔《つば》か。意匠はなんだ？」

「ああ、野ざらしだ」

金太がぶっきらぼうに応える。

「ほう、されこうべか」

武士たる者は、己の身が野にさらされる覚悟を常に持っていなければならない。そうしたところから、鞘《さや》や柄《つか》などでも、されこうべの意匠は好まれていた。

「まあ、もう戦なんかねえし、いまどきの侍は、屍《しかばね》をさらす覚悟なんざ、露ほどもねえだろうにな。鍔の注文主の侍もな、剣術はからきしだが、凝った拵《こしら》えの刀を幾本も持ってるって噂だ」

「そうか、耳の痛い話だなぁ」

「あんたは、もうお武家じゃねえんだろ」

金太の言葉に、左平次は盆の窪《くぼ》に手を当てる。と、金太が、はっとしたような顔をした。

「けどよ、あんた、強《つえ》ぇんだな」

番屋で役人が殴ろうとしたとき、熊八と喧嘩になりそうになったとき、なんなく止めに入っただろうと、左平次にいった。左平次は首を横に振る。

「たまさか、上手《うま》く止められただけだよ」

「それはねえな。おれぁ数えきれねえくらい喧嘩してきたんだ。強ぇか弱《よえ》ぇかぐらい、わかるぜ。あんた、ぼんくらに見えるけど、本当はそうじゃないんだろう？」

左平次が苦笑すると、金太がさらに続けた。

「熊って野郎とおれの間に入ったとき、肘《ひじ》のあたりを押さえたじゃねえか。腕にびりって、雷が走ったような感じになってよ。ありゃあ滅法痛かったぜ。それも偶然かよ」

「それはすまなかったな。多少武芸の心得があれば、急所もわかる。そんなものだよ」

ふうん、と頷きつつも、金太は腕前を認めようとしない左平次に不服そうだ。

「ま、いいじゃないか。いまの私は長屋の差配だ」

左平次は町人髷に結った頭を指差す。

「刀もすでに手許にはない。その代わりに持っているのは、楊枝を作る小刀だけだ」

刀は手放したわけではなく、家主のお梅が持っている。お梅は「また二本差しに戻りたいってとき、困るだろうからさ。でも、いまのあんたには不要なものさ」といって、預かってくれたのだ。差配をやめて再び武士に、といっても浪人者ではあるが。

「邪魔をしたな。差し出がましいようだが、仲間内とはいえ、銭の貸し借りは諍《いさか》いの元になる。返済の目処《めど》がついたら、すみやかに返すことだな」

途端に金太が立ち上がり、

「そら、もう出てった、出てった」

と、左平次の胸をぐいぐい押してきた。左平次が後退《あとじさ》りながら表に出ると、金太が障子戸をぴしゃりと閉めた。やれやれと左平次が踵を返すと、中から金太の声がした。

「盗人のことはもういいからな。運が悪かったと諦める」

低い声でいうと、心張り棒をかう音がした。

金太の様子がおかしい。自分の家財道具を盗んだ者をそう容易《たやす》く許せるだろうか。酔っていたとはいえ、番屋であれだけ盗まれたと騒いでいたのに、だ。

もしかすると、金太には盗人の目星がついているのかもしれない。その人物をかばっているとすれば、頑《かたく》なに拒む態度にも得心がいく。醬油問屋から借りた大八車、か。

さてさて、どうするか。

左平次は腕を組み、店に戻ることにした。井戸端にはもう誰の姿もない。定吉夫婦は捨て子のみつとともに家に戻ったのだろう。

ふと、金太の脇腹に残っていた刀傷が脳裏に甦ってきた。下手をすれば、命を落としかねないほどの大きな傷痕だった。

お梅ならなにか知っているだろうか。しかし、店子ひとりひとりが持つ事情に、どこまで入り込むことが許されるのか、と左平次は思った。

大家といえば親も同然といわれるが、知られたくないことは誰しも持っている。

左平次は、不意に視線を感じたような気がして振り向いた。誰もいない。ただ、左平次の眼に映ったのは河童の祠だ。

この河童が、ずっとここの店子を見てきた。これまで出て行った者、いまここで暮らしている者。私の胸の内も見透かされているような気がする。

けれど、どんな気持ちで、お梅はこの河童を彫ったのだろうか――。

金太の家から、きんきんと金物を打つ音がする。仕事を始めたようだ。

「おや、差配さん。おみっちゃんはどうしたね。定吉さんちの子になったかえ?」

お増が小間物を入れた荷を背負って家から出て来た。その声を聞きつけたのか、吉五郎の家から、吉助とその弟妹も顔を出す。

「差配さん、赤ん坊はどうした？」

吉助は期待に満ちた眼をしている。

左平次はぎこちない笑みを返した。


その夜、左平次は再び皆を家に集め、みつについて話をした。

「ということで、定吉さん夫婦の子になるかどうかは決まっておりません。が、月番差配さん方の要望で、当面、みつはこの長屋で世話をすることになりました。皆さん、どうぞよろしくお願いします」

なんて嫌味な差配たちだ、これで他の夫婦にみつを渡したら、ただではおかないなどと、文句や物騒なことを店子たちが次々と口にした。お富は、みつを抱きながら、

「でもさ、いわれてみりゃ、あの付け髷の差配さんのいうとおりだからさ」

と、眼を伏せる。付け髷と聞いて、権助が腹を抱えて笑った。

「静かになさいよ」

おれんに太腿《ふともも》を叩かれた権助が顔をしかめる。

おれんに惚《ほ》れている屋根職人の正蔵が、それを悔しそうな、羨《うらや》ましそうな顔をして見やる。あのさ、おずおずとおしんが声を出した。

「夜中は、およう さんも大変だからさ」

「そんなことないさ。大丈夫だよ」

「そうはいっても、毎夜は骨だ。だから白雪糕《はくせっこう》を与えたらどうかなって」

「白雪糕？」と、左平次はおしんに訊ねた。

うるち米ともち米粉に砂糖を混ぜ、さらに蓮の実の粉末を加えた干菓子のことだという。

「乳がでないときの代用品さ。その干菓子を砕いて湯で溶いて、赤子に与えるんだよ。あたしもそうしてたから」

おしんの顔が曇る。離縁した先に置いてきた子を思い出したのだろう。

「それがあったね。忘れてたよ」

と、お増がいいつつ、首を傾げた。

「離縁したのは聞いてたけどさ、おしんさん、子どもがあったのかい？」

おしんが、慌てて首を横に振る。

「あ、あたしの子じゃなくて、奉公していた先の主《あるじ》夫婦の子さ」

あたしに子なんざいない、とおしんはどこか気勢を張るようにいい放った。隣に座る弟の多助がおしんを気遣うように見る。

婚家に子を残してきたことを、おしんは長屋の連中に隠しているのだ。

「白雪糕かぁ。皆で銭を出し合えばいいんだけど、ここには、うってつけの人がいる」

おようがいうと、皆が一斉に豊太郎を見た。

皆から視線を向けられた豊太郎が、畳に後ろ手をつくと、色をなした。

「揃ってあたしを見ることはないだろう。そりゃあ、うちは菓子屋だけど」

そうだった、と左平次も期待の眼を向けた。

「困るよ。あたしは店にほとんど出てなかったけど、白雪糕って落雁みたいなものだろう？　なにも、あたしんちじゃなくて他の菓子屋で買えばいいことだよ。だいたい、あたしは勘当の身」

つん、と豊太郎が横を向く。

「勘当といっても、おっ母さんや店の手代が時々様子を見に来てるじゃないか」

ぼそりと正蔵がいった。痛いところを突かれて唇を尖らせる豊太郎に、定吉が膝を進める。

「菓子屋の若旦那《だんな》が同じ長屋の店子ってえのも、なにかの縁だ。おれたちのためじゃねえ、おみつのためだ。頼むよ」

豊太郎へ向けて手をついた。おみつを負ぶっていたお富も頭を下げる。皆の眼が、再び豊太郎に注がれる。

「だめだめ、うちのお父っつぁんは近所でも有名な頑固者で、しかも吝嗇《けち》だ」

「赤ん坊が乳代わりにするだけだ。菓子屋なら売るほどあるんだからよぉ。ちょっとぐれえ気前よく分けてくれてもいいと思うけどなぁ」

権助が空とぼけた口調でいう。

「少しでいいなら、皆で銭を出し合えば済むことじゃないか」

豊太郎が権助を睨《にら》む。

「まあ、待ちなさい。いくら豊太郎さんの実家が菓子屋でも、ただで譲ってもらうわけにはいかないですよ、ここはきちんと銭を出して買うことにしましょう。それが一番いい」

左平次がそういうと、おみつが弱々しい声で泣き始めた。

「おやおや、おみっちゃん、自分のことを話されているのがわかっているのかねえ」

お増が、おみつの顔を覗き込む。

「乳をあげれば、落ち着くさ」

おようが、お富を促し、座敷の隅へ行く。

はあ、と大きく息を吐いた豊太郎は、頭を振って、自棄になっていった。

「わかりましたよ。ただで譲ってくれと頼んでみます」

おお、と皆がどよめいた。

さすがは豊太郎さんだ、と調子よく誰かが持ち上げる。

「でもね、あたしにだって家を飛び出したっていう負い目もあるし意地もある。おいそれと家に顔を出すことは出来ないよ。一筆したためるから、誰か届けてくれるかい」

「うちの吉助はどうだい？　子どもの使いなら追い返したりはしないだろう」

吉五郎がいった。

「うちは駿河町《するがちょう》だ。子どもの足じゃ遠いし、人通りも多いよ」

「なら、あたしが行くよ、いいだろう？」

おようにおみつを任せ、お富が這うように進み出てきていった。それを遮って、

「やはりここは、私が出向きます。これは定吉さん夫婦のことではなく、長屋の総意ですから。差配の私が行くのが当然でしょう」

左平次がお富に言い聞かせるようにいうと、総意ってなんだ？　と権助が首を捻《ひね》る。

「総意というのは、皆の考えということだよ」

「なんだよ、はなからそういってくれりゃ、いいのによ。お武家はここぞってときに小難しい言葉を使いやがるから、わかんねえ」

それは悪かった、と左平次は詫《わ》びた。

「でもね、訪ねるなら、必ずおっ母さんにしておくれ。お父っつぁんに知れたら大事《おおごと》になるからね」

「うむ、承知した」

左平次は頷いた。皆の顔がほころんだところで、さて、と左平次は身を乗り出した。

「せっかく皆さんお集まりですので、今度こそ店賃をお願いいたします」

家に集めたのはそれもあったのか、差配さんも策士だと、ぶうぶういいながらも、観念したのか、皆はそれぞれ財布を取り出した。

店子が帰り、品薄になっている竹材の楊枝を作ろうかと、左平次は道具を手許に引き寄せた。頼りない灯りの下、小刀で竹を削っていると、急に金太の顔が頭に浮かんだ。

金太はずっと俯いたままで何も言わなかった。皆と馴染むにはまだ時がかかるだろうが、それにしても、沈んだ表情をしていたのが気にかかった。

左平次は、木屑《くず》を、ふっと吹き飛ばした。


翌日の昼、左平次は豊太郎から預かった文を持って駿河町に向かった。駿河町通は、江戸の三大呉服商である越後《えちご》屋が、一体どこまで続くのかというくらい両側に長く軒を連ねている。遠い遠い先に富士《ふじ》の山が見えた。その頂には白い雪がまだ残っている。豊太郎の実家が営む菓子屋は、越後屋を抜けて、すぐのところにあった。

左平次は、ほうと眼を瞠《みは》る。間口は五間ほどで、供の者を連れた身なりのいい町人や新造、武家屋敷の若党などで、店はかなり混雑していた。

左平次は店内を覗き見る。奥の帳場格子の前に座っているのは番頭だろう。母親だけをどう呼び出そうかと思案しているところへ、手荷物を抱えた小僧が店から出てきた。続けて、姿を見せたのは初老の女だ。

「じゃあ番頭さん、よろしく頼みますよ」

少し甲高い声を出し、お客たちに頭を下げながら表に出てきたその顔に、左平次は見覚えがあった。時折、長屋の豊太郎を手代とともに訪れる母親だ。

店の前で話しかけては、他の奉公人に見咎《みとが》められる。

左平次は、日本橋通へと歩いていく母親の後を追った。母親が越後屋の店先へちらりちらりと視線をやるたび、左平次は素知らぬ顔をした。私は一体何をしているのかと、幾分呆れ返りながらも、駿河町通りを抜ける木戸に差し掛かったとき、左平次は母親に声を掛けた。

「豊太郎さんのご母堂でございますね」

左平次の呼び掛けに、足を止めて振り返った母親が、驚いた顔をした。

「おや、あなたは豊太郎の処の楊枝屋さん」

楊枝屋の主として店座敷に座っている姿しか見ていないから、差配であることは知らないのだ。

実は、と左平次が告げると、母親は豊太郎とよく似た大きな眼を見開いた。

「差配さんでしたか。失礼をいたしました。豊太郎がお世話になっております」

「このような往来でまことに申し訳ございませんが、こちらに眼を通してはくださいませんか」

訝《いぶか》りながらも、母親は左平次の差し出した文を手に取った。

母親は眼を通し終えると、

「これはこれは。大変でございましょう」

いきなり瞳《ひとみ》を潤ませた。やはり捨て子のためというのが、母親の心に響いたのだろう。

「図々しいお願いとは承知しております。豊太郎さんを頼りにしてしまい」

左平次がいうや、母親はとんでもないことでございますと、首を横に振る。

「うちの豊太郎が、こうしてお役に立てるのなら、いくらでもお手伝いいたしましょう」

それにしても、と豊太郎の母はため息を吐いた。

「ほんに、差配さんも大変な目にお遭いになられましたなぁ。間違いがあっても詮無《せんな》いでしょうが、人生には色々あります。平坦《へいたん》な道ばかりではございませぬよ」

気の毒そうな顔を左平次に向ける。

待て待て待て――。どのような文を、豊太郎は綴《つづ》ったのだろう。

第四章　約束

一

左平次は首を捻《ひね》りながら、長屋へと戻った。

「どうしたい、さえねえ面しててよ。で、豊さんのほうはうまくいったのかい？」

権助が店座敷から身を乗り出すように声を掛けてきた。

「ああ、番頭が、すぐに届けてくれるそうだ」

「そいつはよかったじゃねえか。これでひとまずは安心だな」

「そうなのだが……どうも豊太郎さんの書いた文が……いや、なんでもない」

左平次が呟《つぶや》いた。

「水臭えな。ま、いいや。店番は終わりだ。歯磨き粉が二袋と房楊枝《ようじ》が一束売れたからな」

権助は立ち上がり、竹の楊枝を手に取って口に咥《くわ》えた。

「おいおい、売り物だぞ」

「さっき、お増さんからもらったあたりめを食ったら歯に挟まっちまったんだよ。ちゃんと差配さんの分は残してあるから、心配すんな」

権助は恩着せがましくいって、揚げ縁の脇から下り、もどかしげに履き物を突っかけた。ずいぶんと忙《せわ》しない。

「どうした、権助さん」

「店番の駄賃は次でいいや。これから、ちょいと野暮用で出掛けるんでよ」

外出といえば気が向くと湯屋へ行くぐらいで、あとは家でごろごろしている権助が出掛けるとは珍しいこともあるものだ。

通りを駆け出して行く権助を見送り、左平次は店座敷に上がると、すんすん鼻を動かした。あたりめが載った皿が、仕事道具の傍らに置かれていた。もう烏賊《いか》の足しか残っていなかった。

左平次は苦笑しながら、一本つまみ上げて、口に入れた。

すっかり冷めて嚙《か》み切れないほど固くなっている。根気よく、奥の歯で嚙み締めていると、じんわり味が染み出てきた。左平次は、口を動かしながら木槌《づち》を取った。

房楊枝を作るかと、柳の枝を台に載せたが、ここ数日、ほとんど店はほったらかしだったと、肩で大きく息を吐く。ふと、豊太郎の母親が、左平次に向けた気の毒そうな顔を思い出し、また首を捻った。

長屋に捨て子があれば、大事であるのは間違いない。難儀なことだと思われるのも当然だ。けれど、豊太郎の母親が発した言葉や目付きを思い出すと、やはり首を傾げたくなる。

豊太郎が芝居から戻ったら、文の中身を問い質《ただ》そうと、左平次は、木槌を振るった。と、不意に視線を感じ、通りに眼をやった。

袖口《そでぐち》で口許《くちもと》を隠した年増女が、向かいの天水桶《おけ》の陰から、長屋の木戸を窺《うかが》っていた。

眉《まゆ》を落としているので、町屋の女房だろう。上物とまではいかないが、きちんとした身なりをしていた。もしや、みつの母親か――？

そう思った拍子に、あたりめが喉《のど》に詰まった。ごほごほとむせ返りながらも放り出すように木槌を置き、急いで腰を上げた。

すると、女のほうでも左平次に気づき、にわかに身を翻し、路地へと入って行く。

左平次は裸足《はだし》のまま通りに走り出る。

「うわっ、あぶねえ」

叫び声を上げた棒手振《ぼてふ》りが肩に担いだ天秤棒《てんびんぼう》を傾けた。

「すまぬ」と、急ぎ女の後を追おうとした左平次の背に、

「待てよ。ここの長屋は差配まで飛び出して来るのかよ。ったく、しょうがねえな」

聞き覚えのある声が飛んできた。振り向くと、豆腐屋の仙蔵が眉をひそめていた。以前は、吉助が木戸から走り出て、ぶつかりそうになった。そのときは、二丁の豆腐が駄目になったが、今度は、左平次があやうく額を天秤棒に打ち付けるところだった。

「空の板台でよかったぜ」

呟く仙蔵を尻目《しりめ》に、左平次は路地へと駆け込んだ。あたりを見回したが、女の姿はもうどこにもなかった。左平次が息を吐き、通りへ戻ると、

「そんなに慌ててどうしたんだよ？」

仙蔵が不思議そうな顔をして訊《たず》ねてきた。

「この天水桶の陰に女がいたんだが、見ていないかな」

天秤棒を担ぎ直しながら、仙蔵が知らねえなと、首を傾げた。左平次は振り返り、女が立っていた天水桶を見やった。


豊太郎の実家の番頭は、陽が落ちる直前にやって来た。遅くなったことを詫《わ》びるや、白髪の交じる眉をひそめ、不憫《ふびん》そうな顔をした。

「難儀ではありますが、せっかく授かった命でございます。いまどきの女子《おなご》は、無責任といいましょうか、薄情といいましょうか。世も末でございますな」

いきなりべらべらと話し出す番頭に、左平次は面食らいつつ、訊ねた。

「あの、お内儀《かみ》さんはなんと？　それから主《あるじ》さまには、このことは」

番頭は幾度も首を縦に振った。

「委細承知しておりますので、ご心配には及びません。大変ではございましょうけれど、差配さんも知らぬ存ぜぬではいられないお立場、というより責がありますからねぇ」

「あの、私は――」

いやいやいや、なにも申されますな、と番頭は訳知り顔で、揚げ縁の上に袱紗《ふくさ》包みを置いた。広げると水引を結んだ紙包みが現れた。

「こちらでございます」

さほどの量ではなかった。

「白雪糕《はくせっこう》は、日を置くと固くなってしまいますのでね。菓子も生きておりますゆえ。まずはこれだけで。少なくなりましたら、いつでもお声掛けください。飛んでまいります」

「そこまで甘えてよろしいので？」

「ええ、困ったときは相身互い。ましてや、若旦那《だんな》が世話になっている長屋の差配さんのお頼みであれば当然のこと。しかも、白雪糕など菓子屋であれば容易《たやす》うございますよ」

「まことにかたじけのうございます」

「――で、ときに、赤子は？」

番頭が首を伸ばし、好奇心丸出しで奥を覗《のぞ》き見た。

「店子《たなこ》の女房が世話をしていますので、ここにはおりません」

左平次が応《こた》えると、番頭は大きく頷《うなず》いた。

「左様でございますか。では、手前は、これでおいとまさせていただきます」

若旦那をくれぐれもよろしくお願いいたしますと、番頭は腰を折り、踵《きびす》を返した。

おしゃべりな番頭が帰ると、左平次は紙包みを引き寄せた。水引を解《ほど》き、包みを開く。

これが白雪糕か、と左平次は呟いた。わずかに黄味がかり、大きさは、ちょっと厚めの油揚げぐらいだ。縦横には、小分けにしやすいよう、うっすら筋が入れてある。落雁《らくがん》よりも弾力があり、柔らかそうだ。

左平次は、指先で角をちぎった。口にすると、わずかに米の風味が鼻に抜け、甘味が優しく広がった。舌の上で雪のようにほろりと溶けていくので白雪糕か、と感心しながら、もうひとつまみ口にした。なるほど、これは乳代わりになる。なんにせよ、ほっとした。

お富の処《ところ》へ届けるのは、店を仕舞ってからでいいだろうと、左平次は身を乗り出して、空を見る。西は夕焼けだが、東には鈍《にび》色の雲が浮かんでいた。夜は雨になりそうだ。

「差配さん、ただいま」

吉助が弟妹と、下駄《げた》屋の銀平を引き連れて帰って来た。

「おかえり。またお寺で遊んでいたのかい？」

「このあたりは寺しかないからな」

当たり前だろうというような顔を吉助がした。

山伏町にあるこの長屋から東は寺ばかりが建ち並んでいる。河童《かっぱ》大明神を祀《まつ》っている曹源寺で遊ぶことも多いらしい。

と、下駄屋の女房おさんが通りに出てきて、子の名を呼んだ。

「もうおまんまだよ、早くおいで。吉助ちゃん、いつも遊んでくれてありがとうね」

「お安いご用だ、どうってこたぁねえよ」

吉助はどこか強がって胸を張った。

おまんまだっていいな、とお里が呟く。三男坊の弥三《やぞう》が、お里の頭を撫《な》でて慰める。

吉助が口許を曲げ、お里を叱りつけるようにいった。

「めそめそするんじゃねえよ、お里」

「だって、あたい、おっ母《か》さんの顔、もうわかんないんだもの。おっ母さんだって、あたいのこと忘れちまってる」

お里は途切れ途切れにいいながら、泣きじゃくる。そうか、と左平次の心が痛む。吉助たちの母親が出て行ったのは、二年前だと聞いている。お里はまだ三つだった。

「お父《と》っつぁんがいるからいいじゃねえか。じゃあ、おいらは夕餉《ゆうげ》の支度をしなきゃいけないから、お里、文治と弥三に遊んでもらえ」

吉助がいうと、お里は小さな唇をぎゅうと嚙み締め、泣き声を押し殺す。

左平次は、ぽんと膝《ひざ》を打ち、明るい声を上げた。

「そうだ、吉坊、今朝買ったゆで玉子があるんだ」

「くれるのかい、差配さん」

「私は朝、食べたからね。とはいってもニつしかないから、皆で仲良く分けて食べるんだぞ」

文治と弥三のふたりは互いの身体を小突き合って、嬉《うれ》しそうな顔をした。

左平次は、奥の台所の土間へ下り、ゆで玉子を手にする。取って返そうとしたが、青菜の煮浸しが眼に入り、これも分けてやるかと、鉢を出そうとしたとき、吉助の声がした。

「なあなあ、この包みはなんだい、差配さん」

「ああ、それは、白雪糕という菓子だよ」

左平次が店座敷へ向けて大声で答えると、裏口の戸が叩《たた》かれた。

「左平次さん、おられますか？　甚助です」

名乗られてもすぐにはわからなかったが、はっと思い当たった。番屋の書き役だ。

左平次は慌てて戸を引いた。甚助が張り詰めた表情で立っていた。みつの養い親のことで何か報《しら》せに来たのだろうか。

「もう養女にしたいという者が現れたのですか？　それとも定吉夫婦に」

左平次は、矢継ぎ早に甚助へ問い掛けた。甚助は困惑しながら、

「赤子のことではありません。じつは、お伝えしたいことがございましてね。店先にいる子ども

らに訊いたら、台所だというのでこちらに回ってきたのです」

そういった。

左平次は勢いを削《そ》がれ、ほっとして肩の力を抜いた。が、探るような目付きをしている甚助に再び身構えた。

「いかがですか。盗人《ぬすっと》を捕まえるとおっしゃっていましたが」

左平次は、その物言いに不快なものを感じた。ついつい口調も刺々《とげとげ》しくなる。

「かかわりございませんでしょう。私は私で盗人を捜し出すつもりでおります」

甚助が急に愛想笑いを浮かべた。

「お気を悪くなさらないでくださいまし。あたしはぜひとも、盗人を捕まえて鬼嶋さまと市兵衛さんの鼻を明かしていただきたいと思っておりましてね」

甚助は、市兵衛が定町廻《じょうまちまわ》りの鬼嶋への袖の下に町費を勝手に使っているのだといきなりいいだした。目こぼし料はむろん、料理屋での饗応《きょうおう》、この頃は店子の吟味に立ち会わせて、その手間賃を支払っているという。

「あたしは書き役ですが、商家が納めた町費の操作をしていることはすぐにわかりました。でも、市兵衛さんは、このあたりの大地主ですから、諌《いさ》める者などいやしません」

どこか諦《あきら》めたように甚助が首を振る。

「そんな話をなにゆえ私になさるのです」

「左平次さんは、元はお武家でしょう？」

「たしかにそのとおりです。とはいえ、私はもう左平次という名の長屋の差配です。この長屋ひ

顔を強張《こわば》らせた左平次を、吉助たちが、不思議そうに見る。

「こ、これはどうしたことだ」

左平次はその場にがくりと膝をついた。

白雪糕がほとんどなくなっていた。吉助がけろりとした顔でいった。

「差配さんに、食べてもいいかって訊《き》いたら、ああって奥から返事したじゃねえか」

あのとき、か。甚助と話をしている最中に吉助の声がした。生返事をしたのが、いけなかったのだ。

「差配さんも端っこ食べたんだろう?」

「甘くて美味《おい》しいね、差配さん」

お里は、すっかり機嫌を取り戻している。

「そうか、美味しかったか。ほらゆで玉子だ」

吉助は、両手を出して受け取ると、口の周りについた白雪糕の食べかすを舌で舐《な》めまわした。

吉助兄妹《きょうだい》がはしゃぎながら去ったあと、左平次は、大きなため息を吐いた。


お梅が、あはは、と身を捩《よじ》って笑い声をあげた。

「子どもらに白雪糕をほとんど食べられちまったなんて、そりゃ大変だったねぇ。それで、また豊太郎のおっ母さんに頼んだのかえ?」

はあ、と左平次は肩をすぼませた。

お梅は猪口《ちょこ》を口に運びながら、まだ笑っている。

山谷堀の船宿「笹《ささ》の葉《は》」は、黒塀に囲まれた瀟洒《しょうしゃ》な造りで、昨夜降った雨が石畳を濡《ぬ》らし、その両側には青々とした竹藪《たけやぶ》があった。ちょっとした料理茶屋のようだった。お梅が贔屓《ひいき》にしている店だという。膳《ぜん》を前に左平次は身を固くしながら、甚助のことを話した。

「私はどうしたらいいいんでしょう」

お梅に訊ねた。

「それは、あんたが考えることじゃないかえ？　あたしは、あの長屋を任せたんだからさ」

薄く紅を塗った唇に、ふふっと笑みを浮かべた。

「あたしは、こうして店賃を納めてもらえればいいんだしね。ただ、鬼嶋って役人は、前から悪い噂があったけれどね」

それにしても、捨て子だ、盗人だ、番屋の掃除だと、やることが山積みだ、と左平次の気持ちをよそに、お梅は楽しそうだった。

「それで、豊太郎の文の中身はわかったのかい？」

左平次をお梅が上目で見やる。

「……結局、教えてくれませんでした」

左平次が口許を曲げると、お梅はふうんといい、猪口を膳に置いた。

「豊太郎は戯作者《げさく》になるのが望みだ。どんなふうに書いたのやら。でも白雪糕がただでもらえたのは豊太郎のおかげだよ」

お梅はさらりといいのけた。たしかにそうではある。今朝、お富が嬉しそうに、みつが湯で溶いた白雪糕を飲んでくれたと報せにきた。

「さて、と」

お梅は、指先で襟元を軽くしごくと首を回した。座敷の隅で控えていた捨吉が腰を上げ、出ていった。捨吉は頬被《ほおかむ》りをして、やはり顔を隠していた。

「あんたに会わせたい人がいるんだ」

お梅が微笑んだ。少しして、座敷へ再び戻ってきた捨吉の背後には、女が立っていた。顔を伏せて、おずおず入ってくると、すぐさまその場に膝をつき、お梅に頭を垂れた。

頭を下げたまま、女は身を震わせた。

「あたしとの約束を破っちまったんだってねぇ」

お梅との約束——この女は何者だろう。お梅がいう会わせたいというのが、この女なのか。左平次は黙って、女を見つめた。

「顔をお上げよ。それじゃ話も出来ない」

お梅の口調は幾分厳しい。女は少し怯《おび》えたように、肩をすぼませ、顔を上げた。

「どうだえ、左平次さん。この人に見覚えはないかい？」

お梅にいわれ、左平次は記憶をたぐった。歳は三十をわずかに出たくらいだろう。面長に、大きな目。どこかで会ったような気がしなくもない。女は潤んだ眼を袖口で押さえた。

あっと、左平次は声を上げる。

「昨日、天水桶の陰にいた人ですね」

左平次は、膳を脇にずらして身を乗り出した。

「なにゆえ、逃げ出したのですか？　あなたは、みつの母親でしょう？　だから長屋を窺っていたのではないのですか」

えっと、女が眼をしばたたき、戸惑った表情を見せた。

「慌てるんじゃないよ。この女《ひと》はね、おすえ。吉五郎のかみさんだよ」

お梅が左平次をいなすようにいった。

今度は、左平次が困惑した。吉五郎の逃げた女房、この女が。そういえば、眼許がお里に似ている。

「そう。この船宿に置いてもらっていたのさ」

「どういうことですか？　私にはさっぱり」

左平次が首を傾げると、お梅が意味ありげな笑みを浮かべた。

「だから、それを話そうと思って、ここにあんたを呼んだんだ」

「吉五郎さんが仕事を疎《おろそ》かにしたことで、愛想を尽かして出ていかれたのですよね？」

左平次がおすえに訊ねた。

そうです、とおすえが小さな声で応えた。

「はっきりおいいよ。この人が、長屋の今の差配なんだからさ」

お梅は、酢の物に箸《はし》をつけた。おすえは、両手をぎゅっと握りしめ、口を開いた。

「あたしがいけなかったんです。うちの人がぐうたらしていても、強くいわなかったんですから。あたしが代わりに働けばいいいし、いちいち喧嘩《けんか》になるのも面倒だって諦めちゃったんです」

「だから、吉五郎は、ますますおすえさんを頼っちまった。おすえさんが亭主を甘やかしてたんだよ、ね？」

お梅は、おすえに頷きかける。

「でも、あたしがいくら働きに出ても、うちの人はまったく変わることがなくて。ほとほと嫌気が差しちまったんです。それで」

おすえが唇を噛んだ。左平次の耳にはおすえの言い訳としか聞こえなかった。

「差し出がましいようだが、子どもたちを残して出ていくのは母親としてどうかと思いますが。この二年よく平気でいられましたね」

左平次が厳しい言葉を投げると、おすえが強く見返してきた。

「——誰が、平気だったというのですか？　なら伺いますけれど、女ひとりで四人の子を育てられますか？」

悔しげに唇を震わせ、眉根を寄せた。

「子どもたちを置いてきて平気なわけないでしょ。馬鹿なことといわないでください。この二年、どれだけあたしが辛抱してきたか。お寺で遊ぶ子どもたちを遠くから見るだけ。駆け寄りたいのを堪《こら》えて、堪えて、過ごしてきたんです」

心の中で、ずっと子どもたちの名を呼んできたのだと、おすえは声を張ると、大きな眼に再び涙を溢《あふ》れさせた。左平次は押し黙る。

「おすえが子どもたちを連れて出て行ったら、吉五郎は自棄《やけ》になってますます怠け者になっていたに違いないよ」

お梅は、左平次を横目で見ながら、くいと酒を呑《の》み干した。

「吉五郎は悪い人間じゃない。おすえに甘えて、甘やかされてたんだ。それをどこかで気づかせなきゃいけなかった。そのためにもきつい仕置きが必要だと、あたしは思ったのさ」

おすえにしても、結局、勢い込んで長屋を出たものの、頼る人もなく、さりとて知り合いを泊まり歩けば、すぐに居所がわかってしまう。

「根岸のあたしを訪ねてきたから、手を貸したんだ。家出をしたのなら自分で暮らしをきっちり立てて、二年は帰るなって約束でね。おすえにとっても辛《つら》いことさ。でも、吉五郎とやり直したいという望みを、おすえは持っていたからね」

長屋の皆には、子どもを捨てて勝手に家を飛び出た女房といわれる。それも覚悟の上だった。どうしたって見方が偏るのが人だ、とお梅がいった。

「吉五郎は頑張れば、皆から見直されるのにねえ。おすえはあえて貧乏くじを引いたんだ」

左平次は「そうでしたか」と頭を下げた。

「あたしも、大きな声を出して」

おすえは、首を横に振った。

「でも、とうとう我慢出来ずに長屋を覗きに行っちまったね。あと五日で丸二年だったのにさぁ。惜しかったねぇ」

お梅がため息を吐いた。おすえは身を強張らせ、そっとお梅を窺い見る。

「あたしとの約束を破ったね。あんただって長屋へ行けば、戻りたいという気持ちが止められなくなる。だから決して近づくなっていったはずだ。さて、どうしてくれよう」

お梅の言葉に、左平次は思わず口を挟んだ。

「お梅さん、事情はよくわかりました。けれど、差し出がましいようですが、割を食ったのは子どもたちです。吉助は毎日飯の支度をして、弟妹の面倒を見ています」

母親がいなくて寂しい思いをしているのだと、左平次はいった。

「それに、末のお里は、おすえさんの顔を覚えていないといっていたのですよ」

「お里があたしの顔を……」

おすえが、悲しげに眼を伏せた。

「そんなことは承知していたろうさ。子は、父親のものでも、母親のものでもないんだよ。どっちかがいれば育つもんだ。いいや、親がいなくたって子は育つんだからさ」

「それは詭弁《きべん》です」

違うよ、とお梅が左平次に鋭い目を向けてきた。

「なら、長屋に捨てられていた子はどうだい？　本当の親がいなくたって皆で育てようとしてるじゃないか。でもね、惚《ほ》れて一緒になっても夫婦は他人だ。意志がなけりゃ続きやしない。おすえは、夫婦としてやり直したいといったから手を貸したんだ。それでなきゃ、別の手を打った」

「別の手とは？」と、左平次が訝る。

「すっぱり離縁させるとかさ」

お梅のいった離縁という言葉に、おすえの顔が青くなる。

「お梅さま、あたし」

わかってるよ、とお梅が膝を回して、おすえの手を軽く叩いた。

「で、捨吉、あんたの眼から見て、今の吉五郎はどうだい？」

「至極真面目に商いをしておりますようで。柳原土手の同業者の評判も悪くありません。ただ」

ただ、なんだえ？　とお梅が眼を細めた。

「酒も煙草もやらないので、つき合いが悪いといわれていましたが」

そいつはいい、とお梅が含み笑いを洩《も》らすと、おすえへ柔らかな眼を向ける。

「捨吉さんのいうとおりです。朝は誰より早く家を出て、長屋の誰よりも遅く戻ってきます。吉五郎は子どもたちと、長屋や河童の祠《ほこら》の掃除も怠りなくやっております」

左平次はお梅に訴える。

「吉五郎はきっちり心を入れ替えています。子どもたちに母親を返してやってください。おすえさんもそれを望んでいるからこそ、堪《たま》らず足が向いてしまったのでしょう」

お梅が、大きく息を吐いて、後れ毛を撫で上げた。

「早とちりにも困ったもんだ。誰がおすえを帰さないといったんだい？」

それじゃ、と左平次とおすえは顔を見合わせた。

「さっきいったろう？　左平次さん、今日あんたをここに呼んだのは、そろそろおすえを長屋へ戻す頃合いだったからでね。その話をするつもりだったんだよ」

おすえがぽろぽろ涙をこぼし始めた。

「ありがとうございます、ありがとうございます」

慌てて袖口で目蓋を押さえ、身を伏せた。その様子に冷ややかな視線を向けながらお梅は口を開く。

「けどね、五日待てなかった分はどうしようか、と考えていたのさ」

おすえがはっとする。左平次はお梅に向けていった。

「そこまで厳しくなさらなくともいいではありませんか」

「冗談はよしておくれ。約束は約束だ。それを破ったんだから、それなりのけじめはつけてもらわないとね。捨吉、あれを出しておくれ」

捨吉が、一枚の紙を取り出し、左平次の前に差し出した。

五両の借用証文だ。約束を守らなかった分、一日一両。むろん貸しだ、とお梅はいう。

「こんな、大金をなぜ。約束を守れなかったのはおすえさんが悪いとしても、たった五日間ではないですか。母親として子に会いたい気持ちからですよ」

お梅は、せせら笑いを浮かべ、左平次を見る。冷たい光がそこにあった。

「ああ、そうそう。あとひと月はここに居てもらうよ。それから一旦《いったん》長屋へ戻すが、すぐに出て行くんだ。むろんここも辞めることになる。当座の暮らし銭だよ。必ず返しておくれ。利子もつけてね」

お梅さま、お許しを、とおすえは懇願するようにいった。

「あんたはここでもらっていた給金に手をつけずに貯めているだろう。その銭とこの銭を元手に店を出すもよし、使っちまうもよし、勝手にするがいいさ」

おすえがおろおろしながら、お梅を見る。

「さ、もういいよ、仕事に戻りな。捨吉は後でおすえと証文を交わしておくれ」

身を震わせるおすえは立つことも出来ない。それを捨吉が無理やり腕を取った。

「お梅さま！　お梅さま！」

座敷を出る間際におすえは叫んだ。お梅はまったく耳を貸さなかった。捨吉が障子を閉じる。

おすえの嗚咽《おえつ》が聞こえてくる。左平次は腿《もも》の上に置いた拳《こぶし》を握り締める。

「なんてひどい仕打ちをなさるのです。そんな方だと思いませんでした」

お梅は、煮物を口にして、おいしいと頬を緩ませる。

「そんな方ってどんな方だえ？　あたしは別におすえに勝手にしろといっただけだ。長屋からそう遠くない処だよ。丁度いい出物があったからさ。五両で買い取った」

左平次は目をぱちくりさせながら訊ねた。

「まさか、吉五郎一家、皆で長屋を出るということですか？」

「おすえひとりだなんていってないだろう？　表店を出すんだ。古手屋を開くには丁度いい大きさだ。狭い長屋暮らしとはおさらばだよ。でも店を出すならちょいと手を入れなきゃいけないからね。改築も必要さ。掃除もね。それをおすえにひと月でやらせる」

まったく、この人には驚かされる。というより、これまで立身出世を果たして長屋を出て行った者たちは、皆、お梅が裏でお膳立てを整えていたのではないかと思われた。

お梅が河童なのか。

捨吉に店子たちの様子を探らせて、時が満ちたら、願いを叶《かな》えてやる。

だとしても、なんのためにお梅はそのようなことをしているのだろう。ただのお節介にしては度が過ぎる。親切にしては酔狂すぎる。

左平次は、己のことを思い返した。

松の木をぼんやり見上げていたとき、たまたま通りかかったお梅に声を掛けられた。

藩を飛び出し、妻を亡くし、子の美津まで失ったことを、自身の心の行き場を失った左平次は、お梅にすがるように話した。

そしてお梅は、古川の名を捨て、長屋の差配になれといったのだ。

そうだ。あのとき、償い、という言葉をお梅は口にした。

お梅が三年長屋を造ったのも、なにかの償いのためなのではなかろうか、とそんな思いが左平次の脳裏を過《よぎ》った。

お梅が銚子《ちょうし》を手にした。左平次は、一礼して猪口を取る。

「ひと月後、あんたがおすえを長屋に連れて行ってやっとくれ。七ツ（午後四時頃）でいいだろう。戻し方は、あんたに任せるよ。長屋を窺っていたのを不審に感じて声を掛けたでもいい。あるいは船宿で、偶然吉五郎の女房と知れたので連れてきた、でもいい。うまく考えとくれ。それと店子の中には、おすえが戻ることを快く思わない者もいるだろうさ。責める者もいるかもしれないね。それを差配のあんたが丸く収めるんだ」

夕刻では遅すぎませんか？　と左平次が訊ねる。そのくらいがいい塩梅だ、とお梅は笑った。

「なんだえ、妙な顔つきをしているじゃないか。あたしにまだ何か訊《き》きたそうだね」

左平次は酒をひと口含み、ひと呼吸置いてから、

「河童さまは、お梅さんですか？」

思い切って訊ねた。銀煙管《きせる》に刻み煙草を詰めていたお梅がふっと笑みを浮かべた。

「店子の立身は、すべてお梅さんが仕組んでいることではないのですか？」

「仕組んでいるだなんて、人聞きが悪いね。それに、あたしの頭に皿はないよ、ほら」

お梅はおどけながら、頭のてっぺんを左平次に向けた。

「前に、あんたへ話したことがあったろう？　あたしが河童に遭ったたってこと」

たしか差配になって初めて店賃を収めにいったときだった。

河童に遭遇したなど、単なる冗談だろうと、左平次は聞き流し、お梅のほうもそれ以上語らなかったので、うやむやになった。

「まあ、昔語りだよ。料理を食べながら聞いておくれな」

ただね、信じるも信じないも、あんたの勝手だけどね、とお梅は付け加えた。

二

曹源寺に祀られている河童大明神には、縁起がある。

曹源寺一帯は寺社地になっているが、そこを通っている新堀川《しんぼりがわ》は雨が降ると、たちまち水が出て、あっという間にあたり一面が水浸しになってしまう。さらに、水はけが悪いことで、しばしば疫病まで出る始末だった。

近隣の人々は、水害をどうにかできないかと、頭を悩ませていた。

そのとき立ち上がったのが、合羽屋《かっぱ》の喜八《きはち》。私財を投げ打ち、掘削工事を始めた。しかし、喜八ひとりでは思うようにはかどるはずもない。

人々の嘲笑《ちょうしょう》を受けながらも、喜八が工事を進めていると、その懸命さに打たれたのか、大川《おおかわ》の河童たちが、夜な夜な手伝いにやってくるようになり、とうとう堀割が完成した。

「まあ、河童が手伝いに来たなんていうのは、もちろん眉唾《まゆつば》なんだけどね。ほら、三年長屋の裏手に黒鍬者《くろくわもの》の住まいがあるだろう？　あたしは黒鍬の者が手伝ったんじゃないかと思うね」

黒鍬者か、と左平次は呟いた。

たしかに、黒鍬者は、城の土木工事、掘割の掃除、作事などに従事する。喜八の善行に感じ入り、手を差し延べたと考えられなくもない。ただ、下級役人とはいえ、幕府の許可もなく勝手に動けるわけはない。大川に住んでいる河童が手伝ったという噂を作り上げたのだとしたら、合点がいく。

「喜八は、掘割工事が終わった後、数年ほどで死んじまってね。曹源寺に葬られたんだけどさ」

お梅は、昔に思いを馳《は》せるような目をした。

「で、あたしはね、火事で焼け出されたんだ。亭主を亡くして店屋敷も失った。今まで当たり前にあったものが、掌《てのひら》からこぼれ落ちていくのが見えていくようだったよ」

左平次は箸を取ろうとした手を止め、背筋を正し、お梅の話に耳を傾けた。

お梅は煤《すす》で黒くなった顔を拭《ぬぐ》いもせず、寝巻きの上に綿入れを羽織って歩いていた。どこをどう歩いて来たのかも定かではなかった。胸には幼子を抱いていた。幼子からは焼けた皮膚の匂いがしている。気を失っているのか、すでに死んでいるのか、ぐったりしていた。

その重みがお梅の腕にずっしりのしかかって、うっとうしかった。

このまま打ち捨てたところで、誰にも見咎《みとが》められないだろうと思った。

なぜ、この子だけ、燃え盛る炎の中から救い出したのか。業火の中、泣き叫ぶ声が、お梅の後ろ髪をひいたのか。いいや、あれはお梅を責め立てる声だった。

捨ててしまえ、とお梅の中で誰かがいった。幼子は、もうぴくりとも動かない。

死んでいるのだと耳の奥で別の誰かがささやく。放り出したところで、責める者などいない。

憎い女の顔が眼前にちらついた。あたしを間抜けと罵《ののし》った女の顔だ。すべてをあの女のせいにしてしまえば、むしろ、あたしは同情を買うだろう。

このまま、この子を置いていけばいい。お梅は膝を屈《かが》めた。

地面に、幼子を下ろそうとしたとき、袂《たもと》がぎゅっと摑まれた。

お梅は、はっとして伸ばしかけた腕を引き寄せる。大きく息をした幼子が、小さな指に精一杯の力をこめ、袂を握りしめていた。生きたい、そう訴えているような気がした。

お梅は慌てて立ち上がる。

情ではない。あたしは罪人になりたくないだけだ。そう自分に言い聞かせた。

とうに半鐘は鳴り止んでいる。白い煙だけが夜空を覆っていた。あの空の下で、幾人もの人が逃げ惑い、家を失った。命を落とした者もいるかもしれない。お梅は考えるだけで、身が震えた。

お梅はふらつきながら、足が棒になるまで歩いた。気がつくと、喜八が造った堀割まで来ていた。堀割沿いにはすすきが生い茂り、風に揺れていた。その中に、ぼんやりと明かりが見えた。

恐怖を感じながらも、その明かりにお梅は吸い寄せられていった。

「火にはいろんな種類があると、あんときほど思ったことはなかったね。人や物を焼き尽くす恐しい炎と、人の心を温かく癒《いや》す炎さ」

あたしは、それに吸い寄せられるようにふらふら歩いて行ったとお梅はいった。

「左平次さん、あたしもあんたと同じさ。大事な物を失って、途方に暮れていた。堀割に着いたとき、妙にほっとして、抱いた幼子とこのまま一緒に死んじまおうかと思った」

抱いていた幼子。焼けた皮膚――。それが捨吉ではなかろうか、と左平次は思った。

「しばらく、ぼんやりしていたら、風に乗って、すすきの間から、すすり泣きが聞こえてきたんだよ」

お梅の心の臓がぴくんと跳ねた。幼子もかすかに呻《うめ》いた。同じように火事で焼け出された者がいるのかと思ったという。それは男のものだった。

「大きな火事だったみたいだね」

急にすすり泣きが止み、訊ねられた。お梅は声を出さずに頷いた。男は続けていった。

「ここからも火が見えたよ。おれは、人と会う約定を交わしていたんだが、そいつが来なくてね。もう半日も待っているんだが」

半日も――と、お梅は呆《あき》れるというより、ぞっとした。

すすきが邪魔をして相手の顔は見えなかった。声の感じからは、年寄りのようだった。

「立派な堀割が出来たものだ。おれは、別のお役目があって、最後まで手伝えなかったもんでね。でも、あいつとおれの仲間だったら、きっとやりきってくれると思ってた」

その祝いをしに、こうして来たんだが、と男は嘆息した。お梅は恐る恐る訊ねた。

「もしかしたら、喜八という人ですか?」

すすきの向こうで男は黙った。

「喜八さんなら亡くなりましたよ。この近くの曹源寺に葬られています」

うん、と男が頷いたように思えた。

「死んじまった。せっかく酒も用意してきたのにな。約束破りやがった。待っていたのにな。楽しみにしていたんだ」

男は少し鼻声になる。

「いい奴だったよ。ひとりで堀割造りを始めたときには、ただの合羽屋に出来るはずがないと、おれたちは高みの見物をしていた。町の奴らに嘲《あざけ》られても、女房に呆れられても、ひとりで土を掘り起こして、転びながらもっこを担いだ。馬鹿な奴だよ」

　ここに堀割が出来れば、辺りに水が出なくなる。疫病で苦しむこともなくなる。皆の暮らしがやすくなる。

「おれは、ただの合羽屋だ。雨降りのほうが儲《もう》かる商いだ。けれど、大雨はいけねえ。人を苦しめる。おれは平凡な男だけど、ひとつくれえ、なにかためになることがしてえ。これまで雨で稼がせてもらった分、お返しがしてえ」

　喜八はそういったという。泥だらけになっても、疲れ切って倒れても、毎日堀割造りを続けた。

男は小さく笑った。

「欲もない。得もない。ただ、人のためにつくすことだけを喜八は考えていた。そんなあいつの気持ちにおれたちは動かされた。だから、おれたちは手伝ったんだ。あいつひとりじゃ何年かかるかわかんねえからな。雨は毎年降るからねえ」

「大川の河童……」

　男が動いたのか、がさりと音がした。その拍子にすすきが割れて、姿が見えた。黒装束で頬被りをしていた。お梅はすすきの隙間から、相手の男を窺い見て、身を震わせた。

「何も怖がらなくていい。そうだよ、ご新造《しんぞう》。おれたちは大川の河童さ。そういうことにしておいてくれるかい」

お梅は、こくりと頷いた。

「この堀割は、合羽屋の喜八と、おれたち河童が造ったんだ」

そういうと黒ずくめの男は立ち上がった。とくとくと、水の流れる音がした。持参した酒を撒《ま》いたのだろう。

「一緒に酌みかわそうとしたが、それも叶わなくなってしまったな。喜八が死んじまうなんて思いも寄らなかった」

なあ、ご新造さん、と男が話しかけてきた。

「あんた、帰る家はあるのかい？」

お梅は黙っていた。

「何もいわねえってことは、帰るところがないのだな」

お梅は、小声で返した。

「たとえ家が残っていても、もう帰れやしません。だって火事を出したのはあたしだから」

なぜいってしまったのだろう。なぜ見知らぬ男に洩らしてしまったのだろう。こんなことが広まれば、あたしはお縄になってしまう。あの女のせいにしてしまえばよかったのに。でも違う。本当は、亭主の妾《めかけ》と取っ組み合いの喧嘩をして、倒した行灯《あんどん》の火が飛び、障子に燃え移ったのだ。あれよあれよという間に、座敷中に燃え広がって、大きな炎になった。

火事は重罪だ。たとえ過失であっても、重いお咎めを受けることになる。

男は、お梅の話を聞き終えると、静かな声でいった。

「そうか。皆に迷惑をかけたんだ。人死にも出たかもしれない。ここに何しに来たのだ？」

「わかりません。死ぬことも考えたけど。でも、そんな話を聞かされたあとじゃ、この堀割じゃ死ねません」

ふうん、そうかと男は呟いた。

「初手から死ぬ気なんかないんだろう？　懸命に逃げてきたんだから。あんたはここでいっぺん死んだことにして、償いをすればいい」

「償い？」

「火事で家を失った者、死んだ者のためにな。昔、喜八がおれにだけ明かしたことがあったんだ。新堀川の水があふれた時、溺《おぼ》れて流れていく若い女を助けられなかったってな。怖くて足がすくんで、水に入れなかった。女は喜八をすがるように見ながら沈んだそうだ」

女の死骸《しがい》が上がったのは、水が引いた後だった。

「私財を投げうって堀割を造る気になったのも、そのせいだろうと。おれは卑怯で臆病だといっていた。その若い女が喜八を見た眼が忘れられなかったそうだ」

堀割が完成に近づくにつれて、喜八は喜んでいた。もう誰もあんな思いをしねえで済む、そういったのだ。

「一緒に、出来上がった堀割を見られなかったのは残念だったが、喜八の思いはこうして残った。おれはそれで満足だ」

草を踏みしめる音がして、お梅は思わず男に向かって声を上げていた。

「あたしは、何をしたらいいんでしょう。これからどうしたらいいんでしょう」

男は少し間を置いてから、口を開いた。

「裁縫は出来るかい？　河童の姿をあしらったお守り袋を喜八の墓がある曹源寺の門前で売ればいい。河童は、水難除《よ》け、商売繁盛の神様だ」

そういって男はすすきをかき分け立ち去って行った。

お梅がはっとした時には、闇に紛れて、もう男の姿はどこにも見えなかった。

ただ、あたりに風が吹いているだけだった。


左平次は、お梅の話を聞き終え、大きく息を吐いた。お梅は銚子を取って、左平次の猪口を満たした。

「長い話で悪かったね。飽きちまっただろう？　椀《わん》もすっかり冷めちまった。新しい物を持ってこさせようか」

「それには及びません」

左平次は応えた。

「その男のいうとおりにしたら、あたしの守り袋は、門前で飛ぶように売れたよ。曹源寺は河童寺とも呼ばれているからね。河童の守り袋、河童の木彫り人形、あたしは次々と作って門前で売った。茶店や小間物屋と組んで、河童の品を売りさばいた。あんたの前の差配に会ったのもその頃さ」

前の差配は、香具師《やし》の元締めだったと聞いている。その力を借りて、お梅は金貸しもやり、賭《と》博《ばく》で稼いだこともあるという。夢中だった。

そうこうするうちに銭にも余裕が出てきて、古い長屋を手に入れ、造り直したのだ。

それが今の三年長屋だという。三年住めば願いが叶う。

「そんな噂をでっち上げたのさ。表店を出したいという店子がいれば、裏から手を回した。そのためには銭も使ったよ」

お梅が、そうだそうだ、と突然、笑い声を上げた。

「ぐうたら者の権助、あいつはね、前の差配の孫だ」

えっ、と左平次は眼を丸くした。

「爺《じい》さんから、たっぷり退《ひ》き金をもらってるから、暮らしには困らないんだよ」

そういうことだったのかと得心した。

「でもね、あいつは手先が器用だろう？　それが悪い方に転じてね、手癖が悪い」

そういえば、左平次の鯵《あじ》を平気で食べてしまうし、売り物の楊枝も使ってしまう。いちいち目くじらをたてるほどのことではないが。

「だから、権助は表に出ないようにしているんだよ」

「ですが、先日、用事があると出掛けて行きましたよ」

お梅が、ふと考え込んだ。

「以前の仲間に会ってなければいいけどね。気をつけておいとくれ」

左平次の身が、わずかに張り詰めた。

「ま、あたしが喜八の造った堀割で出会ったのは黒鍬者だろうけれど」

「いえ、やはり河童、なのだと思います。お梅さんにとって、商売繁盛の神さまになったのですから」

左平次はいった。お梅にも、人知れぬ過去があったのだ。名も、まことは梅ではないといった。昔のあたしは火事で死んだから、ともいった。

「もう察しているとは思うけれど、捨吉は妾の子なんだ。ほんとの名は長太《ちょうた》。一度は捨てられかけた命だからと、あの子は自分から捨吉を名乗るようになったんだ」

あたしへのあてつけだよ、とお梅は笑った。

「だって、あたしは捨吉の母親を見捨て、捨吉のことだって、魔が差したとはいえ、一瞬、捨てちまおうと思ったんだから」

お梅が若い頃産んだ女児は、ひと月も経たぬうちに死に、その後は子に恵まれなかった。代わりに乗り込んできたのが、妾と捨吉だった。妾の子に長太とつけた亭主の気がしれない。嫡男につける名だ。

「番頭上がりの亭主は家付娘のあたしが嫌だったんだろうねぇ。あたしのふた親が相次いで死ぬと、途端に外に女を作った」

亭主は妾を守って、お梅の眼前で柱の下敷きになった。妾は、自分を守るためにのしかかってきた亭主を迷惑気に見つめ、お梅に助けてくれといったという。

「あたしは助けるものかと思ったさ。惚れた男と死ねて本望だろうとね。女の前で念仏を唱えてあげたよ」

だが、隣の座敷にいた捨吉が、泣き声をあげた。寝かされていた布団に火が移ったのだ。

「そしたら、妾はいったのさ。あたしはいいから、あの子だけは助けてやってくれってさ。人の亭主を寝取っておいて、その子どもを助けろなんて図々しいにもほどがあるって返してやったよ。

そんとき妾があたしを怯えたように見つめて、鬼と叫んだ。ふふ」

お梅は猪口の酒を眺めていた。

「でもね、捨吉は泣き続けた。早くしろといわんばかりだった。なぜあたしが猛火に飛び込んだのかはわからない。煙で先も見えない。喉もひりつくように熱かった。でも夢中で捨吉を抱き上げて表に飛び出したんだ」

さ、もう終わりだ、とお梅は微笑んだ。


ひと月後、左平次は、おすえと、曹源寺門前の茶店で七ツに待ち合わせた。

すっかり春の陽射しがあたりを包んでいた。

時の鐘が鳴り終え、しばらくしてから小走りでおすえはやってきた。胸には、風呂敷《ふろしき》包みをひとつ抱えていた。

茶店で二杯目の茶を口にしていた左平次をみとめ、

「遅れてしまって申し訳ございません」

おすえは頭を下げた。

「さほど待ってはおりませんよ。では行きましょうか」

茶代を置いて左平次が立ち上がり、歩き始める。だが、おすえは少し戸惑った様子で、その場から動かずにいた。

「どうしました?」

おすえは風呂敷包みをぎゅっと握りしめる。

「あたし、ほんとに戻っても大丈夫でしょうか？　勝手に飛び出して、勝手に帰って」

私にはなんとも、と左平次は応えた。

「おすえさんのいない暮らしが、もう吉五郎さん一家にとって当たり前になっているかもしれません。ですが、おすえさんがいるといないとでは、まるで違うと思います」

「元に戻れるでしょうか」

左平次は、眉をちょっと上げて、微笑む。

「元に戻りたいのですか？　その必要はないですよ」

おすえが訝《いぶか》しむ。

「今の暮らしのままではいけないと思ったから家を飛び出したのでしょう。もうあの頃に戻ることはありません。新しい暮らしを始めるのだと思いましょうよ」

左平次はそういって、おすえを促した。おすえはまだ不安を顔に覗かせながらも、左平次の後に付いてきた。

とはいえ、おすえを皆はどう受け入れるだろう。亭主を見限り、子どもたちを置いて出て行った女房だという話は知っているから、厄介だ。二年は帰ってはいけないとお梅に約束させられたことは、皆には話せない。

今日はお増に店番を頼んできた。お増なら、おすえの顔も知っているし、おすえが出て行った頃の吉五郎の様子もわかっている。

お増の力を借りるかと、左平次は、おすえを振り返る。おすえの足取りは重かった。

長屋が近づくにつれ、おすえの歩みはますます遅くなる。お増が楊子屋で女客の応対をしていた。顔見知りなのか、笑い声を上げている。客が去ると左平次に気づき、顔を向けた。

「おかえり、差配さん」

口許に笑みを残したままだったお増の顔が、おすえを見るなり一変した。

「あんた、戻ってきたのかえ?」

その大声におすえがぴくと身体を震わせる。左平次は慌てて口を開いた。

「お増さん、折り入ってお話があります」

「いいから早くこっちへお入り。子どもたちとここで鉢合わせも困るだろうからさ」

お増は膝立ちになって手招きした。たしかにその通りだ。左平次は、あたりを見回し、おどおどしているおすえの背を押した。

店座敷から続く居間に落ち着いたおすえは、ようやくひと心地ついたのか、茶を出したお増に向けて頭を下げた。

「やめとくれよ。下げる頭があるんなら、あたしじゃなくて、吉坊たちに下げてやんな」

「いえ、お増さんや店子の皆さんに子どもたちが世話をかけたお詫びをさせてください」

「世話をかけたも、かけられたもないさ。あんたは出て行っちまったんだから」

おすえは身を縮ませる。

「まあ、あんたもさ、吉五郎さんのことを腹に据えかねて飛び出したんだろうけどさ。二年もほったらかしにされた子どもたちが気の毒だった。でもね、健気なもんだったよ。店子が持ち回りでやってる長屋の掃除があるだろう?」

塵溜《ごみた》めや、どぶ、厠《かわや》、そして河童の祠などは店子が順に掃除することになっている。だが、吉五郎の家は大変だろうから掃除には加わらないでいいと、前の差配がいったという。

「そうしたら、吉坊が、うちも同じ店子だから今まで通りにやらせてくれっていったんだよ」

今は、吉五郎と吉助、下のふたりの弟たち、お里も小さいながら懸命に箒《ほうき》を使っている。

「あたしが短気を起こしたばっかりに」

ぽろぽろ涙をこぼすおすえに、お増が眉間《みけん》に皺《しわ》を寄せ、きつい口調でいった。

「泣いたり、詫びたりするなら、はなから出て行かなけりゃよかったんだ」

「ごめんなさい、ごめんなさい」

おすえは、さらに涙を溢れさせた。お増さん、と左平次が膝を乗り出す。

「差配さんは黙っておくれ」

お増の剣幕に押され、左平次は思わず、はいと返事をしてしまった。

「でもね、それを責めたってもう詮無《せんな》いことだ。まず吉坊たちに謝って、吉五郎さんとはちゃんと話をしな」

幾度も、おすえが頷いた。

「子どもたちに詰《なじ》られても、そこは我慢しなけりゃいけないよ」

「それは、あたしもわかっています」

おすえが泣き声まじりに応える。

「もっとも、あんたが出て行くなんて、吉五郎さんは思いも寄らなかったんだろうね。女房がいなくなって初めて、大切だったたってことに気づいたんだろうけどもさ」

男は威張っているくせに、甘えん坊だと、お増は左平次を責めるように見た。

「そうかもしれませんね」と、左平次は苦笑する。

「そうだよ、差配さん。女房がいなくなったら、途端にしょぼくれるのは亭主のほうさ」

でも、よく思い切ったし、ちゃんと戻ったねと、お増はおすえの手を取った。

「この二年、辛かったろう。吉五郎さんはどうでも、本気で子どもたちを見捨てることなんか出来やしないものね」

どうやって暮らしを立てていたのかと、お増はおすえに訊ねた。

「人を頼って、働かせてもらっていました」

お増は、はっとした顔で左平次を見て、頬を緩めた。

「そういや、なんで差配さんはおすえさんのことを知っていたのさ」

「さきほど、偶然茶店でお会いして、話をしたら、三年長屋の住人だと知れまして、ね。それで一緒に。その道すがら事情を伺って——やあ、驚きましたよ」

わざとらしく笑い、左平次が盆の窪《くぼ》に手を置いた。おすえは決まり悪そうにもじもじし、お増は、今にも吹き出しそうになっていたが、お梅さんか、と得心したように呟いた。

お増には、下手な芝居など、すっかり見透かされたようだが、左平次は胸を撫で下ろした。それから、吉五郎一家が表店を持つことも伝えた。

お増は、あらまと仰天して身を仰《の》け反らせる。

「それはまた急な話だね。いいことには違いないけれどさ、表店を持つことは。吉五郎さんとよく話し合ったほうがよさそうだね」

吉五郎にも男としての意地があるだろうと、お増は心配げな顔をした。

お増のいうことにも一理ある。二年振りに戻った女房が小金を貯めていて、表店を手に入れたと告げられたら、いい気分はしないかもしれない。

「差し出がましいようですが、ここはやはりお梅さんの力添えがあることを、素直に吉五郎さんに伝えたほうがよいと思うのですよ」

そうだねえ、とお増はしばらく思案していたが、

「大丈夫、なんとかなるさ。せっかく戻ってきたんだからさ」

不安顔をしているおすえの背を二度叩いた。

「じゃ、まず吉坊たちへ詫びに行こうか。あ、差配さんも一緒だよ」

お増がおすえの腕を取る。お増は三年長屋の暮らしが一番長い。河童の祠の前で、いつも長く手を合わせているのもお増だった。そろそろ、望みも叶うのだろうか。だが、どんな願いがあるのか、左平次は知らない。お増には娘がひとりいたが火事で亡くしたと聞いているだけだ。

左平次は、揚げ縁の品に布地を掛けると、お増たちを追いかける。

おすえは、木戸の前に立つと、ほっと大きな息を吐いた。

「ここを潜《くぐ》るのも久しぶりだろう、さ、思い切ってお入り」

お増の声は優しかった。

傾きかけた陽が、おすえの顔を照らす。眩《まぶ》しかったのか、それとも込み上げてくる思いに胸苦しさを覚えたのか、眉根を寄せた。

吉五郎の家は、木戸を入ってすぐの左側だ。

と、障子戸が開いて七輪を手にした吉助が姿を現した。おすえが、小さく声を上げた。

「おい、文治、魚を持ってこい」

吉助が家の中へ怒鳴ると、団扇《うちわ》を持って出てきたお里が、おすえのほうを向いた。

地紙が破れ、骨も飛び出しているぼろの団扇を大事そうに持ったお里は、小首を傾げた。

おすえの唇がわなわなと震える。

「あの団扇。あたしがずっと使ってたものです。あんなにぼろぼろになってもまだ使って」

おすえが呟いた。

「お里、団扇を寄越《よこ》しな」

吉助が首を回してこちらを見たとき、目がまん丸く見開かれた。

そうか。お梅が七ツといったのは夕餉の支度を始める頃合だからだ。母子が構えることなく再会出来るのを考えたのだ。左平次はお梅のはからいに感じ入った。

「お、っ母さん……か?」

「吉助、お里!」

おすえは堪らず声を上げ、荷を振り落とす。ふたりに駆け寄り、両腕を伸ばして抱きしめる。

吉助は、抱かれても両手をぶらんと下げたまま、茫然《ぼうぜん》としていた。お里はなにが起きたのかわからないような顔をしている。

文治と弥三が顔を出す。

おすえは、「文治、弥三」とふたりの名を呼び、「こっちへおいで」といった。

文治と弥三が、わっと泣き出した。おすえが吉助の頭を引き寄せたとき、

「おっ母さんなんて、うちにはいねえ!」

と、全身から吐き出すような声を上げた。

「吉助!」

左平次が足を踏み出すと、お増が首を振って止めた。吉助は、おすえの手を乱暴に振り払い、睨《にら》みつけた。

「おっ母さんは、おいらたちを置いて出て行った。うちにはもういねえ。こんな人は知らねえ。吉助なんて気安く呼ぶんじゃねえ」

「兄ちゃん、兄ちゃん」

文治と弥三が吉助にしがみつく。

「兄ちゃん、おっ母さんのこと忘れちまったのかよ。おっ母さんじゃねえか」

お里はひとり、抱きとめられたまま、おすえの顔を見上げた。

「あたいはお里だよ。顔を覚えてる?」

「忘れるはずないじゃないか。大きくなったね。いい子になったね」

おすえは、さらにお里を抱きしめる。

「おっ母さんの匂いがする」

お里が小さな声でいうと、おすえの胸許に鼻をこすりつけた。

「お里、兄ちゃんのところへ来い。その人は知らねえ人だ! 近づいちゃなんねえ」

吉助は、腕を広げて文治と弥三をおすえのもとへ行かせまいとした。

「いったい、なにが起きたんだい」

隣の豊太郎が、筆を持ったまま飛び出してくると、屋根職人の正蔵や、おしん、およう、お富ら、店子連中がわらわら出てきた。

「まさか、あんたがおすえさんかい？」

おしんが目を引ん剝《む》いて、信じられないといった顔をする。正蔵と豊太郎が顔を見合わせる。

「二年前に出て行ったたっていう」

「吉五郎さんの女房？」

わあわあ皆が勝手に話を始める。

「これこれ、静かにしてください」

左平次が大声でたしなめる。

「うるせえな、なんの騒ぎだよ」

鏨《たがね》を手にしたまま金太まで顔を出した。

「吉五郎の女房のおすえでございます。皆さんには、大変ご面倒をおかけいたしました」

お里を抱きあげて、おすえは皆に向けて頭を下げた。

「ま、たいした世話はしてねえよ。吉坊がしっかり者だからな」

正蔵がいうと、皆が頷く。

「でもさ、帰ってくるなら、もっと早く戻ってきてやればよかったじゃないか」

おしんが、おすえに向かっていった。それは……と、口ごもるおすえに、左平次が助け舟を出す。

「おすえさんにも事情があったのです」

のこのこ帰って来たのも、自分の勝手な事情だろう、と豊太郎が皮肉を投げつける。

はいはい、とお増が手を打った。

「もうおやめよ。吉坊だって、おっ母さんの顔、見忘れちまったわけじゃないだろう」

吉助は、口をへの字に結んだ。おい小僧、と金太がすたすたと吉助に近づいた。

「おめえを産んだのは誰だよ。人にはな、必ずおっ母さんってもんがいるんだ」

吉助は金太を上目で睨《ね》めつけたが、すぐに視線を落とした。

「おいらは、おいらは、ずっと待っていたんだ。おっ母さんが出て行ってすぐは、お里を抱いて木戸の外に立ってた。それからは、毎日毎日、祠の河童さまにお願いもしていた。でも、おっ母さんは帰って来なかった」

おいらは、おっ母さんが戻って来ることだけが、願いだったんだ、と吉助が洟《はな》をすすり上げた。

金太は、吉助の頭にごつんと拳固《げんこ》を落とした。

「痛《いて》えよ。なにすんだよ」

「男がめそめそするんじゃねえ。帰って来ただけ儲けものだ。おれなんかなぁ、どんなに待っても、もう会えねえ」

「なんでだよ」

吉助が頭のてっぺんを撫でながら、むすっとした顔で訊ねた。

「死んじまったからだ」

金太が胸をそらせて笑う。吉助が金太を見上げた。左平次も、他の店子たちも呆気《あっけ》に取られた顔で金太を見る。

「あ、おれさ、爺さんと婆さんに育てられたんだ。おっ母ぁは、おれを捨てて、出て行ってから戻らなかった。死んだってのは聞いたが、どこでどう死んだのかは知らねえ」

金太は、捨て子のおみつにあまり興味を示さなかった。それは、自分の境遇と重ね合わせることを避けていたせいなのだろう。

「ごめんよ、吉助。ごめんよ、文治、弥三。おっ母さんを許しておくれ。もう二度とあんたたちから離れないと約束するよ」

おすえが声を震わせながらいった。文治と弥三が走り寄り、おすえにかじりついた。吉助は唇をぐっと嚙み締める。

「何やってんだ、おっ母さんに抱いてもらえよ」

吉助の背を金太が押した。

「うるせえや」

金太が差し延べた手を吉助は払いのけ、

「——もう、いいよ。許してやらあ」

ぼそりといった。

「吉助、ごめんね、ありがとうね」と、おすえが吉助に手を伸ばした。

と、そこへ大八車を引く音が響き、木戸を潜って吉五郎が帰って来た。

長屋の店子たちが集まっているのを訝しげに見回し、

「うわわ、おすえ。おすえじゃねえか。おめえ。無事だったんだな。よかった、よかった」

吉五郎はそう叫ぶと、顔をくしゃくしゃにした。

三

権助が、左平次の居間で高いびきをかいて眠っている。二年前に家出した吉五郎の女房おすえが、無事に戻ったことで、昨晩は、またもや宴になった。

吉五郎は泣きっ放しで、子どもたちはおすえの側にぴたりとくっついたまま離れなかった。その姿に、お増は「親子は一緒がいいもんだ」と涙ぐみ、水茶屋勤めのおれんが「子どもって可愛いわよね」というと、隣に座っていた正蔵が、耳を真っ赤にして俯《うつむ》いた。

そのうえ、左平次が、吉五郎一家が下谷の空き店に古手屋を構えると皆に告げたせいで、座はさらに盛り上がった。

河童さまのおかげだと、お富が早速、料理を皿に盛って祠に供えにいくわ、酒が足りないと、権助と豊太郎が酒屋まで走って、左平次のツケにして角樽《つのだる》をふたつぶら下げて帰ってくるわ、仕事仲間を連れて帰って来た熊八は、そのまま仲間を座に引き入れるわで、宴は町木戸が閉まる四ツ（午後十時頃）を過ぎて、ようやくお開きになった。

左平次は、また銭が飛んでいったと、ため息をついた。長屋の家主、お梅からもらう給金など、たいした額ではない。左平次のような雇われ差配は、たいがい家賃の三分を取り分にしているが、三年長屋は、下駄屋を営む半兵衛一家を入れても十軒しかない小さな長屋だ。三分の取り分などたかがしれている。

それを補うために、お梅は左平次に楊枝屋をやらせているのだ。

もちろん、せっせと口入れ屋に通い、日傭《ひよう》取りの仕事にありつければ御の字だった浪人暮らしに比べれば、楽になった。多少、銭はかかっても、妻も子も失くした左平次は、こうして店子たちが楽しんでいる姿を見るのが嬉しくもあった。

ただ、皆が騒ぐ中、吉助だけがひとり沈んでいた。おすえの隣で料理を食べていたが、いつものような生意気な口も利かず、

「おっ母さんの乳が恋しかったろう」

と、酔った定吉にからかわれても、唇を尖《とが》らせるだけで、いい返すこともしなかった。

もう、おすえを許していないわけでもなさそうだし、時折、左平次にちらちら視線を向けてくるのが気にかかった。

女たちが片付けを始めるや、酔いが回った権助は、その場にひっくり返って眠ってしまい、まだ目覚めない。

時の鐘が五ツ半（午前九時頃）を告げた。

左平次はさすがにしびれをきらして、店座敷から声を掛けた。

「おい、権助。いい加減起きないか。もう五ツ半だぞ」

うう、と呻くような声がして、仰向《あおむ》けに眠っていた権助が背を向けた。五ツ半……と呟きが聞こえた、その瞬間、がばと起き上がり、

「なんで起こしてくれなかったんだよぉ」

と、左平次に食ってかかってきた。

ああ、遅れちまう、と権助は、両の掌に唾を付け、ぐずぐずになった髷《まげ》を整えると、裾《すそ》をまくり上げ、表に飛び出した。

「おいおい、どこへ行くんだ」

「どこだっていいだろう、ガキじゃねえんだ」

そう応えると、おおっと危ねえと、棒手振りの納豆屋を避けて駆け出していった。

権助は、前任の差配の孫だと、お梅から聞いたばかりだ。元の差配は、香具師の元締めだった。自分が元締めを退いた際に、孫の権助に金子を与えたらしい。

そのため生業《なりわい》も持たずにごろごろ出来るのだ。けれど、お梅は権助の手癖の悪さを心配していた。過去になにがあったのかは知らないが、あのぐうたらの権助がすっ飛んで行くほどのところとは、どこだろう。

「以前の仲間に会ってなければいいけどね」とお梅が心配していた。

左平次は、房楊枝を作りながら、今度出掛けるときには訊き方を変えてみるか、と考えていた。

ふっと、手許に小さな影が落ちて、左平次は顔を上げる。吉助が立っていた。

「今日は遊びに行かないのか」

「あいつら、おっ母さんにべったりだからよ」

吉助はちょっとだけ眼を泳がせて、突き放すような物言いをした。

「なんだ、それが面白くないのか？　ゆうべも元気がなかったのはそのせいかな？」

「そんなんじゃねえよ。なあ、お節介の差配さん。あのよ、お願い事があるんだ」

指先を絡ませながら、吉助はもじもじしていたが、やがて意を決したように顔を上げた。

「おいら、この長屋を出たくねえんだ」

えっ、と左平次は腰を浮かせた。吉助は利かん坊のように口許を引き結ぶ。

「引っ越しまであと五日だぞ。ここよりも広くなるし、吉五郎さんだって、もう柳原土手まで車を引いていかなくてもよくなる。なにより、おすえさんが戻ってきたろう？」

左平次を、吉助が上目に窺ってくる。

「そんなに睨まないでくれ。なぜ、ここを出たくないのかな。それを聞かせてくれ」

じつはよ、と吉助はぼそっといった。うん、と左平次は身を乗り出す。

「差配さんに話をつけてもらいてえんだ」

左平次は思わず微笑んだ。話をつけるとは、またずいぶんこまっしゃくれた物言いだ。

「なんだい、笑うなら話さねえ」

と、吉助は不機嫌な顔をして、ぷいと横を向く。それでも立ち去らないのは、どうしても、左平次に話をつけてもらいたいのだろう。

わかった、もう笑わない、と左平次は背筋を正して、真っ直ぐに吉助を見つめた。

「私は、誰と話をつければいいのかな」

左平次の視線を、吉助がきっちりと受け止めた。

「おいら、錺《かざり》職人になりてえんだ。金太さんの弟子にしてもらいてえんだ。奉公したいんだよ」

「金太さんの弟子だって？　奉公？」

吉助は強く頷いた。そういえば、金太が初めて長屋に来た日に、吉助が憧《あこが》れるように見ていたのを思い出す。しかし、金太はひとり立ちしたばかりの職人だ。仕事はあるようだが、弟子を取る余裕などまだないだろう。ましてや、長屋で住込み奉公など聞いたことがない。

「おいらさ、小さい頃、お父っつぁんに肩車されて、八幡《はちまん》さまのお祭りに行ったんだ」

神輿《みこし》の飾りに陽があたり、きらきら美しく輝くさまが、吉助の眼に焼き付いているのだという。

「錺職人になれば、簪《かんざし》も打てるようになるだろう？　立派な職人になって、おっ母さんとお里に、きれいな簪を打ってやりたいって、ずっと思ってたんだ。それによ」

左平次は、懸命に話す吉助を制した。

「でもな、吉坊。これから表店を出すんだぞ。吉五郎さんだって、長男の吉坊を頼りにしているはずだ。おまえが古手屋の跡取りになるのだよ」

そういうと、吉助がにっと歯を見せた。

「嫌だなぁ、差配さん。忘れちゃ困るよ。うちには、文治と弥三がいるんだ。どっちかが古手屋になればいいんだよ」

そういって、鼻の下をこすり上げた。なるほど、と左平次は得心がいった。

「だから頼むよ。金太のおじさん、じゃなかった、金太親方においらを弟子にしてくれるよう、お願いしてくれよ」

一転、吉助は眉尻を下げて、左平次を拝むような仕草をした。それにしても金太親方とは、吉助もずいぶん持ち上げたものだ。

「しかしな、吉坊、金太さんにも都合が」

「しかしもかかしもねえよ。差配さんのお節介はこういうときに使うものだよ。おいらは錺職人になりた――」

吉助が力を込めたとき、

「左平次さん」

ぬっと現れたのは地主で差配の市兵衛だ。

「ちょっといいかい。あんた一体どういうつもりだね」

店先に立つと、吉助を押しのけた。

「なんだい、差配さんと話しているのはおいらが先だよ、爺さん」

吉助が市兵衛に食ってかかる。

「爺さんとはなんだ。口の利き方を知らない小僧だね」

気色ばんだ市兵衛が吉助の頰をつねり上げる。痛え、と吉助が悲鳴を上げる。

「手荒な真似はおやめください」

左平次は腰を浮かせた。市兵衛が口許を歪《ゆが》め、指を離した。吉助は跳ねるように店座敷に上がってくると、左平次の背に隠れ、あかんべをした。

むっと、市兵衛が眉間に皺を寄せる。

「差配がいい加減だから、こういう躾《しつけ》のなってない子になるんだ」

「私はどういわれようと構いませんが、吉助は長屋の掃除、飯の支度、弟妹の面倒を見ているしっかり者です」

「はいはい、聞いておきましょう。でも、今日はね、あの捨て子のことで来たのですから」

「おみつの養い親が決まったのですか」

左平次は思わず身を乗り出す。市兵衛が顎《あご》を上げ、声を荒らげた。

「とぼけたことをいいなさんな。あの赤子は、はなからあなたに託された子だっていうじゃありませんか」

左平次は耳を疑った。

みつが、私に託された子？　左平次はいまにも頭から湯気を立てそうな市兵衛をまじまじと見つめた。

「それは、どういうことでしょうか」

「とぼけちゃいけません。聞くところによると、左平次さん。あなたは、入水《じゅすい》しようとした身重の女を救ったらしいですな」

なんの話だ。訝る左平次をよそに市兵衛はべらべらと話し出した。

さる商家のお店者と恋仲になった娘。まだ奉公の身だが、通いになったら必ず祝言を挙げようと約束を交わして、仮の夫婦暮らし。けれど、そのお店者は主人のひとり娘との縁談が持ち上がり、あっさり娘は捨てられてしまった。すでに腹にはお店者の子が宿っており、不実な男と恨んでみても、もうどうにもならない。悲嘆にくれた娘が永代橋《えいたいばし》に佇《たたず》んでいたところに、浪人者が通りかかった。

「娘、死んではならぬ。いいえ、死なせてくださいまし、止めてくださりますな。いやいや見逃せぬと橋の上で押し問答」

市兵衛が芝居よろしく女の声色まで使い始めた。左平次と吉助は、呆気にとられながらそれを見つめる。

「そのお腹の子も一緒に死なせるつもりか。いいえ、いいえ、と娘は、よよと泣き崩れ――」

左平次と吉助の視線に、はっと気づいた市兵衛が、ごほんと咳払《せきばら》いした。

「つまり、その浪人者が左平次さんで、赤子をこの長屋へ置いていったのが、橋の上から飛び込もうとした身重の娘」

「え？　そうだったのかい、差配さん」

吉助が、背後から左平次の顔を覗き込んできた。

「いやいや、私にはまったく身に覚えがありません」

左平次は、顔の前で手を振った。一体なにがなにやらさっぱり見当がつかない。どうしたら、こういう話が湧いて出てくるのか。

「しらばっくれたって駄目ですよ。その上、同情したあなたは、しばらくの間、娘の世話をしていたそうじゃありませんか」

「差配さんならあり得るな。なんたってお節介だからな」

吉助は、顎に手を当て、うんうん頷いた。妙に納得する吉助を横目で見やると、

「市兵衛さん、私は、入水しようとした娘を救ったことなどありませんし、ましてや世話をするなど、まったく身に覚えがありません」

左平次は、市兵衛へ膝を進めた。

市兵衛は、ふんと鼻から息を抜くと、なにを今さらというように左平次を横目でみながら、口を開いた。

「私が雇っている布袋《ほてい》長屋の差配がいっていたのですよ」

結局、娘は子を産んだが、ひとりではとても育てられない。けれど、世話をしてくれていた左平次さえめっきり姿を見せなくなった。娘は、それが悔しくて、悲しくて、しかし、左平次がかつて寄せてくれた心が本物ならば、赤子を託しても、きっと立派に育ててくれるだろうと、長屋の前に置いていったという。

「捨て子だというから、身許のしっかりした養い親を探そうと私たちも懸命になりましたけどね。

あなたが世話をしていた娘から託された赤子なら、捨て子と認めることは出来ませんよ」

とんだ面倒を持ち込んできたものだとばかりに、市兵衛は口許を歪めて、付け髷を撫ぜた。

話が支離滅裂すぎる。

浪人者だった私が三年長屋の差配になったことを、その娘は、どうやって知ったのだ。探し当てたとしたら、その執念がおそろしい。そもそも、私は入水しようとしていた身重の娘を救った記憶はないのだ。

下手な戯作を聞かされているようだ――そう思ったとき、左平次は小さく声を上げた。

豊太郎だ。乳の代わりになるという白雪糕を頼んだ際、母親へ宛てた文だ。

左平次の脳裏に、豊太郎の母親や番頭がいった言葉が浮かんできた。左平次に対して、間違いがあっても詮無いとか、知らぬ存ぜぬではいられない立場とか、責がある、そうもいったような気がする。豊太郎が、妙な話を作り上げ、文にしたためたのだ。それなら、すべて得心がいく。

「市兵衛さん、布袋長屋はどちらにあるのですか?」

「駿河町ですが、それがどうかしましたか?」

市兵衛がぶっきらぼうに応えた。

駿河町は、豊太郎の実家の菓子屋がある。文の中身が、豊太郎の母親か番頭の口から洩れたのだろう。まったく悪気はなく、むしろ赤子を育てようと懸命な左平次や長屋の店子たちを好意的に思ってのことかもしれない。

やれやれ、困ったものだ。市兵衛の苦虫を噛み潰したような顔を見ると、どう弁明したところで聞く耳は持っていそうにない。

「ひと言もないようですな」

市兵衛が勝ち誇ったようにいう。

「ともかく、あの赤子の養い親の件は番屋では扱いません。養い料も町費からは出しませんからね」

あやうく町費を騙《だま》しとられるところだった、と市兵衛が皮肉を投げてきた。

自分が奉行所の役人を接待するのに町費を使い込んでいることは、すっかり棚に上げているのが、小面憎い。だが、左平次は、はたと気づいた。

妙な成り行きになってしまったが、定吉夫婦が、みつを育ててもいいということだ。

「騙しとるという言葉は、いささか不愉快には存じますが、町費は町の大切な財源。有効に使うべきものですから」

左平次は市兵衛に強い視線を放ち、口許に笑みを浮かべた。

その態度が気に染まなかったのか、市兵衛はさらに不機嫌な顔をした。

「付け加えておきますがね、まずは左平次さんが、あの赤子を養女にしてくださいよ。それを番屋に届けて、それから定吉とかいう夫婦の子にしなけりゃ、こちらは受け付けませんからね」

人が生まれた、死んだを管理するのは、差配の役目です、と市兵衛はいい、帯に挟んだ扇子を引き抜いた。

「ご教示、かたじけのう存じます」

左平次が頭を下げる。市兵衛は、左平次を見下すように顎を上げ、扇子を広げてばたばた動かし始めた。

「こんなんじゃ月番を任せるのも不安ですがね。しっかりお願いしますよ」

市兵衛は、左平次にぴしゃりというと、踵を返した。

吉助は左平次の背後から這《は》うように出てくると、首を伸ばして、去って行く市兵衛を睨みつけながら、

「なんだい、嫌味な爺さんだな。あれ付け髷だろう。今度来たら、取っちまいたいや」

思い切り舌を出した。左平次は吉助の後襟を摑んで、引いた。

「そういうことをするのは感心しないな。また頬をつねられるぞ。それより、やったな。勘違いでも、私に身に覚えがなくとも、なんでも構わん。みつはここの赤子になったんだ。あはは、やったぞ、吉坊」

「大人の話はややこしいから、おいらよくわかんなかったけどよ、ほんとうかい？」

「ああ、ほんとうさ。お富さんへ報せてきてくれないか」

左平次は吉助の尻をぱんと叩く。

よしきた、と吉助は喜びを全身に表し、通りへ飛んで出る。

「じゃあ、差配さん、おいらのこともよろしく頼むよ」

そういって駆け出した。お富おばちゃんと叫びながら、木戸を潜っていく。左平次は、ほっと息を吐くと、作りかけの房楊枝を手に取る。ふたりの喜ぶ顔が浮かんでくる。

「差配さん、房楊枝くださいな」

顔を上げると、にっこり笑った豊太郎が立っていた。

「いまさ、付け髷の差配さんとすれ違ったんだけど、顔が怖くて思わず道を譲ってしまったよ。ここで、なにかあったのかい？」

「なにがあったか、こちらが聞かせてもらいたいですよ」

左平次が幾分厳しい眼を向けると、豊太郎が少し身構え、顎を引いた。

「あの文の事が知れたんだね。番頭が来たのかい？　それともおっ母さん？」

左平次は首を横に振った。

「あれ、違うのかい？」

「豊太郎さんの作り話のおかげで、私は付け髷の市兵衛さんに嫌味と皮肉をたっぷり聞かされたのですよ」

おや、と豊太郎は眼をしばたたく。

「どうしたことだろうね。どこから洩れたのだろう」

「それも、知りたいです」

左平次はため息を吐いて、傍らに置いてある木槌を摑んだ。

「でもさ、どうだった？　差配さん、私はね、元浪人者がその赤子を育てる奮闘記にしたかったんだけど、ちょっと事情が違うだろう」

豊太郎は急に瞳《ひとみ》を輝かせて、身を乗り出した。

だから、ああいう話にしたが、やはりもう少し人情話にしたほうがよかったかもしれない、と眉間に皺を寄せて腕を組んだ。

左平次は、木槌で柳の枝の先端を叩きながら、呆れたようにいった。

「そういうことではないのだがね」

「だってさ、ただ白雪糕を譲ってほしいと伝えるだけじゃ面白くないだろう。それでちょいと頭を捻ってみたのだよ」

豊太郎はまるで悪びれない。

「あの市兵衛さんは、月番差配でね、豊太郎さんの作り話を真に受け、私に託された赤子なら捨て子ではないといってきたのですよ」

「そんなら、あたしの戯作が役に立ったというわけだ。とどのつまり定吉さん夫婦の子に出来るってことだろう？」

豊太郎のいう通り、母親に宛てた文が役立ったといえなくはないが、

「一度は救った娘の世話を途中で投げ出して逃げたなどと、私がなにやら薄情者になった気がしてならないんだが」

木槌を振るう手を止めずに、左平次は不満を洩らした。

「たいしたことじゃないよ。どうせ作り話なんだからさ。定吉夫婦の願いが叶ったんだ。あたしのおかげ、差配さんのおかげ、河童さまのおかげで一件落着さ。今夜も宴かな」

豊太郎が房楊枝の束をひとつ取り、身を返そうとしたとき、左平次は顔を上げて、口を開いた。

「差し出がましいようだが、戯作を本気で書きたいのなら、ちゃんと納得出来る話の筋を作るものではないですか」

浪人者が娘を世話したというなら、せめて産み月まではいてやるだろうし、急に逃げ出すのはおかしい。浪人者が長屋の差配になったことを娘がどうやって知ったのか、それも不思議だ、と左平次は筋書きのおかしな部分を次々並べ立てた。

豊太郎の手がぷるぷる震え始める。

「いいじゃないか、おっ母さんと番頭を納得させられたんだ。ただで白雪糕だって手に入ったんだよ」

「それはありがたいと思っています。ですが、戯作は大勢の方が見たり、読んだりするものでしょう？　どうせ頭を捻るならば、もっと捻ってもよかったと思いますよ」

「そんなにあたしの作った筋が気に入らないのかい。素人にいわれたくはないよ」

「戯作を楽しむのは、素人です」

左平次がいうと、豊太郎は顔に血を上らせて、お邪魔さま、と吐き捨てるようにいって背を向けた。

翌朝、河童の祠は、お供えがてんこ盛りだった。胡瓜《きゆうり》と茄子《なす》、鰺に鱸《すずき》などなど。とくに魚屋の定吉は、大奮発して鯛《たい》を二尾供えた。

みつが定吉夫婦の子になったこと、吉五郎一家が表店へ引っ越すこと、ふたつの願いが叶ったからだ。

野良猫たちが、屋根から祠の魚を狙っているのを、吉助と弟妹が追い払っていた。

左平次は、一旦みつを養女にし、その後すぐに定吉夫婦の子として、届けを出した。

市兵衛は受領しながら、

「人騒がせはこれぎりにしてもらいたいものだ」

と、皮肉を欠かさなかった。

行方知れずになった美津と同じ名の捨て子を、たとえ一時でも自分の子にするのは複雑な心持ちがした。

美津を本当に手放してしまった、そんな気がした。そうじゃないと自分にいいきかせながら、番屋を出た左平次は、少し曇った空をぼんやりと眺めた。

店番は今日も権助に任せてある。左平次は、三年長屋とは別の方角へ足を向けた。かつて暮らしていた下谷広小路《ひろこうじ》近くの裏店だ。

将軍家の菩提《ぼだい》寺である寛永寺《かんえいじ》は広大な寺領を持ち、江戸城の鬼門を守っているという。寺域にはいくつもの寺院があり、下谷広小路に至る下谷車坂町《くるまざかちょう》の通りの片側は、八町（約八百七十メートル）以上にわたり寺院の塀が続く。どこからともなく流れてくる線香の香り、青々した葉を茂らす銀杏《いちょう》の木。左平次は塀に沿ってゆっくりと歩く。

広小路に出ると、途端に賑《にぎ》やかになる。広小路は、江戸の各所に設けられている火除地だ。幾度も大火に見舞われている江戸で、少しでも延焼を防ぐために、お上が造ったのだ。

広小路では、すぐに撤去出来る床店《とこみせ》商いが許可されていた。笊《ざる》や金物を売る店、水菓子、青菜、魚屋もある。ふと、玩具《おもちゃ》屋に眼《こ》をくれた左平次は、明日引っ越す、吉五郎の子どもたちになにか買ってやろうと思い立った。独楽《こま》か水鉄砲か。皆で出来るかるたにしようと、左平次が手にしたときだ。

「古川さん。古川左衛門さんだろう？」

しわがれ声が背に飛んできた。

第五章　両国の夢

一

古川左衛門は武士であった頃の名だ。左平次が振り向くと、黒羽織を着た、痩《や》せた老人が立っていた。

「人違いだと思ったが、やっぱりそうだ。なぜ町人姿なんかしているんだね」

左平次は、小さく声を上げた。かつて暮らしていた長屋の向かいにいた左官の六助《ろくすけ》だ。

「六助さん。ご息災でなによりです」

「左衛門さんも元気そうじゃねえか」

六助は顔をくしゃくしゃにして機嫌よく笑った。が、すぐに表情を変え、左平次を窺《うかが》うようにいった。

「そういや、どうしたい？　その後よぉ」

美津のことか。左平次はぎこちなく笑って、首を横に振った。六助は、「そうかい」と、息をひとつ吐いて、眼を伏せた。

「大丈夫だよぉ、きっとどこかで元気にしているさ」

六助は、ぽんと左平次の肩を叩いた。訊《たず》ねられる左平次も辛《つら》いが、訊ねる六助のほうも苦しいだろう。それがお互いわかっていても、避けて通れない話の分だけ余計に気が沈む。

「長屋の皆さんもお変わりありませんか」

左平次は無理に明るい声を出した。六助は、頷《うなず》いた。

「けどよ、左衛門さんも色々あったみてえだなぁ」

六助が、左平次の姿に眼を細める。

「いまは、長屋の差配に収まっておりますよ」

ほう、と六助は目を見開く。

「それは、たいした立身じゃねえか。浪人さんが差配になるなんて、そうそうある話じゃねえもの。よかったなぁ。で、どこの長屋だい」

三年長屋と答えると、六助が、さらに眼を引ん剝《む》いた。

「三年住むと願いが叶《かな》うっていう、あの長屋かい？　へえ、そりゃ驚いた。三年住んだらってのは、眉唾《まゆつば》じゃねえのかい？　祠《ほこら》に河童《かっぱ》が祀《まつ》られているから、かっぱ長屋ともいうんだろ。そいつを拝めば幸運が舞い込むって聞いたことがあるよ」

よく知っていた。六助は興味津々だ。

「いえ、河童を拝んでいるだけではありませんよ。店子は皆、仕事に精を出しております。私は河童からの褒美だと思っています」

そうはいったものの、権助や豊太郎の顔を思い出し、左平次は苦笑いした。

「往来で立ち話もなんです。よかったら、茶店に寄りませんか、六助さん」

いや、と六助が鬢《びん》を掻《か》く。

「実は、娘が近々祝言を挙げることになってよ。嫁ぎ先の男親が、一度飯でもどうだって料理屋に誘ってくれたんだよ。これから、出掛けるところなのさ」

六助の娘は確か十七だ。小柄で眼のぱっちりとした愛らしい娘だった。六助が紋付の黒羽織を着ているのも、相手の親に会うからか。六助が眉間《みけん》に皺《しわ》を寄せ、申し訳なさそうな顔をした。娘が嫁ぐと聞かされて、左平次が気を悪くしたと思ったのだろう。

「それは、おめでとうございます」

左平次が笑みを向けると、六助はほっとした様子で、娘が嫁ぎ先でちゃんと務まるか心配だ、と嬉《うれ》しいような、それでいて寂しいような物言いをした。

「それによ、こんな着つけねえ物を着ると、肩まで凝っていけねえ。けど、嬶《かかあ》も娘も、半纏《はんてん》じゃ、みっともねえとぬかしやがるからよ」

左平次は、母娘《ははこ》にやり込められている六助の姿を思って、微笑んだ。

「左官のおれにとっちゃ、半纏は余所《よそ》行きと同じなのによ」

「羽織もお似合いですよ」

「そうかい？　左衛門さんにそういってもらえりゃ安心だ。けど、おかしくないかい？　もらいモンなんで、裄《ゆき》も丈も長えのよ」

六助は、袖口《そでぐち》を指先でつまんで、両腕を広げてみせた。

左平次は、おやと右の袂《たもと》に目を留める。二寸ほどのかけはぎの跡があった。古着であれば、いたしかたない。腕を下ろしていれば、隠れてしまって見えないところだ。

六助が腕を下ろし、不安げな顔をした。

「さほど大きいとは思いませんよ。いかにも借り物というふうでもないですし……」

左平次が慌ててそういうと、それならいいか、と六助が相好を崩した。

「で、この羽織だがよ、誰が譲ってくれたと思う？　左衛門さん」

六助がちょっと小鼻をうごめかせた。

「私が知っている人ですか？」

ああ、と六助が頷き、秀次《ひでじ》だ、といった。

秀次――。左平次は首を傾げた。

「ほら、父親は死んじまって、おっ母さんと姉さんと三人暮らしでよ」

いたずら好きで嘘つきで、長屋中が手を焼いていたあの子だよ、と六助がいう。

厠《かわや》に入った人に上から水をかけるわ、井戸端で洗濯をしている女の背中にがま蛙を乗せるわ、幼い子からあめ玉を袋ごとまきあげるわで、何かしでかすたびに母親が謝って回った。

「手習いに行きたくないばっかりに、師匠が死んだと触れ回ったのを覚えてないかい？」

それは大変だと、手習いに通わせていた親たちがこぞって弔問へ行くと、死んだはずの師匠はピンピンしていた。このときばかりは、人の生き死にで嘘をつくなと、差配から大目玉を食らった。

ああ、左平次は手を打った。眦《まなじり》の上がった、きつい顔つきをした男児《おのこ》だった。六助は、なにかと秀次親子の面倒を見ていた。

「そんな秀次が、奉公に出てからは真面目に勤めてよ。もうすぐ半元服だそうだ。この羽織は、奉公先の番頭さんから譲られた物だけれど、おいらは、おじさんにとても世話になったから、ぜひ祝言の席で着てくれって。あのいたずら坊主が生意気いいやがってよぉ」

六助が、ぐすりと鼻を鳴らした。

「挨拶《あいさつ》なんかも立派にしやがるんだ。おじさん、ご無沙汰《ぶさた》いたしております、なんて指までついてよぉ。早く商いを覚えて、おっ母さんに楽をさせてやりたいってさ」

きっと奉公先の醤油《しょうゆ》問屋の躾《しつけ》が行き届いているのだろう、と六助はいった。

醤油問屋と聞き、左平次は飛び上がった。

「醤油問屋、ですか？　どこの」

その勢いに気圧《けお》され、六助が思わず顎《あご》を引きつつ応えた。

「ええと、たしか幡随院《ばんずいいん》の近くと聞いたな。内田《うちだ》屋とかいう名だ」

金太が盗まれた物の中に、確か紋付羽織があった。しかも、かつて暮らしていた弁天長屋もそのあたりだ。醤油問屋で金太は大八車を借りたといっていた。秀次が奉公している店である可能性は高い。金太が三年長屋に越すことを秀次が知っていたら——。

嫌な予感が脳裏をかすめて、左平次はいきなり身を翻した。

「六助さん、いずれまた」

呆気《あっけ》にとられる六助を尻目に、左平次は走りだした。

まずは金太に持っていた羽織にかけはぎがあったか訊《き》くことにしよう。古着を山積みにした大八車の脇を、左平次は駆け抜ける。

「おおーい、差配さん、そんなに急いでどうしたんで？」

その声に足を止めて振り返ると、果たして吉五郎だった。

明日引っ越しをするのに、今日も商売かと感心していると、

「柳原土手ともおさらばなんでね、仲間うちに挨拶がてら行ってきたんですよ。雲行きが怪しいんで早めに仕舞ってきましたが」

吉五郎が照れくさそうに笑った。

「それはご苦労さまでした」

「ああ、そういや古手屋仲間から、ちょっと気になる話を聞きました」

少し前、どこかの奉公人らしい小僧が、兄さんの形見だといって、唐桟縞《じま》の小袖を売りにきたのだという。

「ちょいとおかしいと思いませんか？　唐桟縞ならいい値になる。としても兄さんの形見ならてめえで着ればいいものを古手屋に売りますかね」

吉五郎は首を傾げた。

「で、あっしはね、金太さんのことを吉助から聞かされてたもんですから、なんか怪しいなと思いまして」

「幾つぐらいの、どんな子だったか聞いてませんか？」

左平次が訊ねると、そこまでは、と吉五郎は応えた。左平次は再び走り出した。

「差配さん、どこ行くんだよ。長屋へ帰るんじゃねえんですかい」

「ちょっと寄るところが出来た。権助に、しっかり店番を頼むと伝えてください」

左平次は吉五郎を振り返りつつ、いった。

そろそろ夕餉《ゆうげ》の支度にかかろうかという刻限にもかかわらず、かちかち、きんきんと家の中から音がする。

「金太さん、入るよ」

左平次が障子戸を引くと、金太が鏨《たがね》を打つ手を止め、むすっとした顔を向けた。

「脅かすんじゃねえよ。手許《てもと》が狂う」

「それは、すまなかった。じつは聞きたいことがあってな」

金太が、息を吐いて鏨と木槌《きづち》を置いた。

「なんだよ」

「金太さんは、羽織を持っていたよな？」

「それがなんだよ。世話になった兄弟子からの古着だが、もちろん今はねえよ」

「その羽織には右の袂に二寸ほどのかけはぎの跡がなかったかい？」

金太が一瞬、眼を見開いたが、急に不機嫌になって、「知らねえ」と再び鏨と木槌を握った。

「家財を積んだ大八車は内田屋という醬油問屋から借りたのだろう？　そこに奉公している小僧で、名は――」

「車は借りたが、小僧なんざ知らねえ」

金太は左平次の言葉を遮って、声を張り上げた。

「仕事にならねえから、帰《け》えれよ」

金太は手許に視線を移し、木槌を振るった。左平次が、静かな声でいった。

「秀次が、認めたよ」

金太はぴくりと手を一瞬震わせたが、すぐに動かし始めた。

「誰がなにを認めたか知らねえが、おれにはかかわりねえこった」

「醬油問屋の内田屋の奉公人の秀次だ。金太さんは顔見知りなんだろう？」

吉五郎と別れた後、左平次は内田屋へ向かった。醬油酢問屋と屋根看板が掲げられた、立派な店《たな》だった。店の中から竹ぼうきを持って通りに出てきた小僧がいた。どんよりとした空を見上げ、口許を曲げた。眦の上がった眼。秀次だ。左平次は、秀次にゆっくりと近づいた――。

金太は、左平次の問い掛けにも応じず、手を止めない。金物を打つ音だけが狭い座敷に響く。

「秀次は、金太さんのことを知っていましたよ」

金太は黙りこくったまま、仕事を続けている。打っているのは刀の鍔《つば》だ。

「誰が家財を盗んだのか、本当は目星がついていたのではないかな。最初からではなく、大八車を返しに行ったときにでも」

左平次が訊ねても、金太は口を開かなかった。

「差し出がましいとは思ったが、金太さんが盗《と》られた荷を残らず集めてきた。ただ、羽織だけは、他人に譲ってしまった後だったので、今日は無理だったが」

「いい加減にしてくれ。誰がそんなこと頼んだよ」

金太が怒鳴った。

と、開け放たれたままになっていた入り口に、店子たちの顔が並んだ。

「いきり立つものじゃねえよ。おれは古道具屋から鍋釜《なべかま》と煙草盆を請け出してきたよ」

熊八がいうと、隣にいたおれんがにこりと笑う。

「あたしはお茶碗《ちゃわん》と箱膳」

「あっしは、夜具だ」と、正蔵。

「おれは、着物だ」と、吉五郎。

「火鉢とやかん、七輪もあるぜ」と、定吉。

なんだなんだ、と金太が眼を瞠《みは》る。家の前に家財道具が並んでいる。

「皆がこうして、走り回ってくれたのだ」

「木戸の前で差配さんが通せんぼして、あっちへ行け、こっちへ行けってさあ。人使いが荒いったらないよ。湯屋へ行かなきゃ、汗だくだ」

「お増さんは、権助の代わりに店番していただけだろう?」

定吉がいうと、あら、そうだったねえと、お増が笑い声を上げる。

「そういうわけでな、こうして家財はほとんど戻った」

左平次がいうや、金太が皆の顔を横目で順に見て、「おれンじゃねえや」と、そっぽを向いた。

「なにいってるのさ。秀次って子に売りさばいた店と物を全部訊いて、質屋や古道具屋、古手屋でちゃあんと金太さんの物を買い戻してきたんだよ」

お増がむっとしていった。

「買い戻した? 誰の銭だよ。おれは知らねえからな。だいたい、盗まれちまった物は、もうおれの物じゃねえよ」

余計な真似をしやがってと、金太はふてくされたようにいい放った。その態度に、おれんが紅を塗った唇を突き出した。

「まったく意地っ張りね。素直にありがとうっていえないの？」

「本当にてめえの物なら礼もいうが、おれがおれの物じゃないといってるんだ。礼のしようもねえや。ともかく、おれの荷じゃねえ」

金太がふんと鼻を鳴らした。

「おれんさんになんて物言いするんだよ」

正蔵がぼそりという。

「そうだそうだ。こっちが親切にしてやってるのに、さっきからとんがりやがって」

熊八がいきなり袖をまくり上げた。

「やろうってのか？　親切にしてやってる？　そういうのを押し売りっていうんだよ」と、金太が立ち上がる。

「あんたたち、よしなさいよ」

後ろにいた熊八の女房おようが止めに入る。

「おおい、差配さん、連れて来たぜ」

権助が木戸を潜ってきた。隣には秀次の姿があった。

「金太さん、秀次が来ましたよ」

左平次の言葉に、金太が身を強張《こわば》らせた。秀次は観念したのか、権助の後ろを俯《うつむ》き加減でとぼとぼ歩いて来る。

「こっちへおいで、秀次」

左平次が手招くと、秀次は眉を寄せた。肩をすぼめ、店子《たなこ》たちをおどおどと見回しながら、左平次の前に出る。金太がちらりと秀次を見てため息を吐き、苛立《いらだ》つように鬢を掻いた。

「金太さん、おれ……」

秀次は唇をぎゅっと噛《か》み締めた。金太が左平次を睨《にら》むように見る。

「そこに並んでる物は、差配さんが銭を出したんだろう？　なら差配さんの物だ」

「まだそんなこといってるのか」

定吉が呆気に取られたようにいった。

自分の物ではないと頑《かたくな》に拒む金太は、秀次に罪を負わせたくないのだろう。

「姉の具合がよくないそうだ。それで秀次はこれを銭に換えて薬袋料《やくたいりょう》にした」

左平次は金太の家財道具を指さした。

「ふうん、ならいいじゃねえか。ともかくおれにはかかわりねえことだ。さ、皆、帰ってくれよ。仕事があるんだ」

金太が三和土《たたき》に下りて、左平次の肩を押して、障子戸を閉めようとした。

そのとき、秀次が前に進み出た。

「おれさ、金太さんが番頭さんに、三年長屋に越すことを話しているのを聞いちまって」

うらやましかったんだ、と肩を震わせた。

「ここに三年住めば願いが叶うんだろう？　醤油問屋に十一で奉公に入って、四年経つけど、なんにもいいことなんてありゃしないよ。姉ちゃんは具合を悪くして寝たきりだし、おっ母ぁだって、ずっと居酒屋働きだ」

金太は、親方の息子と喧嘩《けんか》をして工房を飛び出したが、錺《かざり》職人として独り立ちした。

「もういっぱしの職人なんだから、なにも三年長屋に住まなくたっていいじゃねえかって思っちまって。おれなんか、あと何年したら手代になれるのかわからない。懸命に勤めたって、この先になんの約束もねえんだ」

「誰がなんの約束をしてくれるのかね?」

左平次は秀次に訊ねた。秀次が、左平次に眼を向ける。

「ここに住んでいる皆にも約束などありはしない。私は、ここの差配になって間もないが、皆さん自身が三年長屋の噂を消さないよう、頑張っているのだと思うよ」

権助が首を傾げた。

「差配さん、よくわかんねえよ」

「権助さんにもなにか望みがあるでしょう?」

「まあ、なくはないけどな」

どこか照れるようにいう権助に、えっ、と店子たちが一斉に眼をしばたたく。

「毎日ごろごろしている、権助さんに?」

「どんな望みがあるっていうんだか」

皆で顔を見合わせて、いい募る。

「おれにだって、色々あるんだよ」

権助がむすっとした顔でいい返した。

「まあまあ。願いが叶うから住んでいるのではなくて、願いを叶えるために住んで頑張っているということですかね」

ますますわからねえ、と権助が文句をいった。

「ああ、うるせえうるせえ。なにをしに来たんだよ。そこの道具はおれのじゃねえから、差配さんが片付けてくれよな。秀次、おまえも店に戻れ。仕事があるんだろ」

金太が怒鳴りながら、皆に向けて腕を振った。

「そうはいきません。秀次は盗人《ぬすっと》です。番屋に突き出さないといけません」

左平次は、秀次と金太を交互に見ながら厳しい顔でいった。

二

盗人――と、秀次が俯き、身を強張らせる。

「ちょっと待てよ、差配さん。番屋に突き出すってのはやりすぎじゃねえのか？」

金太が顔色を変えた。左平次は首を横に振る。

「どんな訳があろうと、他人の物に手をつけてはいけない。ましてや、金太さんがうらやましかったから盗みを働いたのだとしたら、金太さんを憎くてやったのと同じだ」

左平次の言葉に秀次が両の手をぎゅうっと握りしめた。

「それに、私は番屋で盗人を捕まえるといいました。ですから番屋へ行かねばなりません」

さあ、と左平次が秀次の腕を取り、促す。すると秀次は、てこでも動くものかとばかりに足を踏ん張った。まるで幼子がだだをこねているようだ。

金太が間に割って入った。

「やめろよ、差配さん。秀次は十五だ。まだ子どもだ」

「いいえ、もうすぐ半元服だそうです。大人の手前です」

今度は、お増がすごい形相で前に出てきた。

「差配さんが、そんなに情のない人だとは思わなかったよ。いくら盗人を捕まえるって番屋で啖《たん》呵《か》切ったからってさ、こんな子どもを突き出して、どうすんだい。付け髷《まげ》差配のご機嫌取りでもしたいのかい？　それとも御番所の役人の鼻を明かしたいのかい？」

お増が下から、ぐっと左平次を睨みつけてきた。

「お増さん、私はご機嫌取りをしたいとも鼻を明かしたいとも思っていませんよ。悪事は悪事。秀次もわかるな？　今度の盗みは子どもの頃のようないたずらでは済ませられない」

「わ、わかってるけど」

秀次が消え入りそうな声でいった。熊八が心配げな顔で左平次に訊ねてきた。

「もし番屋へ行ったら、奉行所へも連れて行かれるのかい？」

左平次は、それは、と熊八に応《こた》える。

「町名主の叱りで済むかもしれませんし、奉行所の役人からの屹度《きっと》叱りも考えられます」

左平次の脳裏に、定町廻《じょうまちまわ》りの鬼嶋の顔が浮かんできた。

秀次は大八車ごと盗んだ。鍋釜に小袖、夜具、火鉢などなどだ。ほとんどが中古か損料屋で借りたものだとして、安く見積もっても二両以上にはなるだろう。立派な盗みだ。

「縄をかけられ、自身番から大番屋に移されて詮議《せんぎ》を受け、奉行所に引っ立てられることも覚悟しておいたほうがよいでしょうね」

秀次の顔からみるみる血の気が失《う》せていく。盗みなどの罪を犯せば、十五歳以下でも奉行所で裁きを受けなければならない。

　屹度叱り以上なら、敲《たた》きになるかもしれない。敲きは、裸に剝かれ、竹で作られた箒尻《ほうきじり》で背などを打ち叩《たた》く刑だ。ただし、秀次は十五であるので、叩かれる回数を日にちに換算して入牢《じゅろう》することになるだろう。左平次は、なおも続けた。

「母親が住んでいる長屋の家主と町内の五人組、それと奉公先の内田屋さんの主人も奉行所に召し出されることになるでしょう」

　秀次がはっとした顔を向け、呟《つぶや》くようにいった。

「家主さんや、ご主人まで」

「おまえは長屋を追い出され、奉公先も失う。それだけ大変なことをしたのだということを肝に銘じなさい」

　左平次は厳しい目で秀次を見た。それまで黙っていた金太が喚《わめ》き出した。

「その家財道具は、おれが秀次にくれてやったことにすればいいじゃねえか。具合の悪い姉さんの薬代にしろってよ。どうせ、使い古しの物ばかりなんだ」

「そうはいきません。秀次が盗みを働いたと認めているのですから」と、左平次がいうや、

「差配さん！」

　金太も熊八も、定吉も吉五郎も、正蔵も権助も、おれんやおよう、お富にお増も一斉に声を上げた。およう が負ぶっている赤子までもがぐずりだす。その騒ぎに、商いから戻ってきたばかりの多助が驚いて、なんのことやらわからぬままやってきた。

　左平次は眉を引き締めた。

「せっかく盗人を捕まえたんです。大手を振って番屋に行けます」

秀次がぎゅっと目をつむり、歯を食いしばりながら、泣き始めた。

「おれ、そんなに悪いことをしたんだな。金太さんがうらやましくて、妬《ねた》んで、だから、困らせてやろうってさ。おれ、やっぱりガキだな。てめえのことしか考えてなかった」

多くの人に迷惑をかけることを考えもしなかった、と声を震わせた。

おれんが、手拭《てぬぐ》いを秀次に差し出す。秀次は手拭いを受け取り、嗚咽《おえつ》を堪《こら》えながら礼をいう。

皆の視線が左平次に注がれ、その視線は秀次を許してやってくれといっているようだった。だが、左平次は厳しい表情で皆を見返した。

「そんなに険しい顔するなよ、差配さん」

「なんだか怖い」

おれんは、正蔵の背後に隠れて恐る恐る左平次を窺い、その手が正蔵の肩に触れる。正蔵はおれんを守るように口許を引き結ぶ。左平次は再び秀次を促した。秀次は涙を拭い、少し赤い目で左平次を見つめた。気持ちが落ち着いたのだろう。

「古川のおじさん、よろしくお願いします」

と、頭《こうべ》を垂れた。一瞬、金太が妙な顔をした。

「では、皆さん、行って参ります」

左平次が秀次をともなって歩き出すと、

「おい待てよ。待ってくれよ」

ふたりの前に、金太が裸足《はだし》で飛び出してきた。

「もういい加減にしてください。金太さん」

左平次は眉をぐっと寄せると、金太を睨みつけた。うっと呻《うめ》いて、金太が怯《ひる》む。

金太は唇を嚙み締め、左平次に道を開けた。秀次は皆に向き直り背筋をぴんと正した。

「皆さま、まことにご厄介をお掛けいたしました。この御恩は生涯忘れません。牢に入ることになっても入らずにすんでも、拗《ねじ》けた心を入れかえて、出直します」

はっきりとした口調でいい、今度はきちりと頭を下げた。

「そうか、頑張れよ」

「若えんだから、いくらでもやり直せるぞ」

誰からともなく声が上がり、秀次は、その言葉を受け止めたのか、しっかり前を向いた。

女たちは、健気《けなげ》な秀次の姿に胸が詰まったのか、袂で目許を押さえる。

左平次は、秀次の肩に軽く触れて促し、長屋を後にした。

御切手町の自身番屋の前に来ると、それまでしゃんとして歩いていた秀次が、いきなり震え出した。ああ、と情けない声を出し、その場にしゃがみ込むと頭を抱えた。

「どんな目に遭わされるのかと考えると、やっぱり怖いよ、おれ」

「それは当たり前だ」

左平次は秀次の傍らに膝《ひざ》を突いた。亀の子のように手足を縮めてうずくまる秀次の背を優しく撫《な》でる。

「秀次は、ちゃんと自分のしたことに気づいてくれた。皆にしっかり詫《わ》びることも出来た。けれど、悪事は消えない。だから、番屋に行かなければいけない。わかるな」

秀次の息が小刻みになる。震えはまだ止まらない。

「そこで、なにをしておる」

だみ声が左平次の背に降ってきた。定町廻り同心の鬼嶋だ。その後ろには、目付きの悪い、顎が尖《とが》った小者がいた。鬼嶋が秀次をじろじろ見ながらいった。

「なんだ、その小僧は？」

顔を上げた秀次の眼に怯《おび》えが走り、身体が強張った。

鬼嶋が、ふんと鼻を鳴らして番屋の入り口に敷かれた玉砂利に足を踏み入れた。

「番人」

鬼嶋が大声で呼びかけると、中から「へえ」と顔を出したのは市兵衛だ。

「町内変わりないか、といいたいところだが、番屋の前に、妙な輩《やから》がおる」

鬼嶋が、左平次と秀次に顎をしゃくった。市兵衛が書き役を押しのけて、低い衝立《ついたて》の向こうから顔を出し、左平次を見るとすぐに口許を曲げた。ごきかぶりに似た徳蔵が市兵衛と顔を並ばせ、

「これは三年長屋の差配さん。今度の厄介事はなんでしょうなぁ」

早速、嫌みを飛ばしてきた。市兵衛の腰巾着《こしぎんちゃく》だと物言いも似てくるのだろう。

「おや、そのお店者、どこかで眼にしたような」

と、徳蔵が首を傾げた。徳蔵は弁天長屋の差配だ。醬油問屋の内田屋の近くだ。秀次を見知っていてもおかしくはない。

左平次は秀次の背を抱いたまま、いった。

「市兵衛さん、徳蔵さん。ご多忙のところ恐れ入ります。じつは以前、うちの店子の金太さんの

家財道具の盗難がありましたでしょう」

「ああ？　そんなことがありましたかねぇ」

市兵衛が眉を寄せ、付け髷を指で整えるように撫でた。

「ん？　市兵衛、そのようなことがあったかな？　おお、そういえば、思い出した。お主、盗人を捕らえるとかなんとか啖呵《たんか》を切っていった者だな。その後、いかがした？」

鬼嶋が侮りを含んだ笑みを浮かべた。

「さすがは鬼嶋さま、よく覚えておいでで。ささ、こちらに、お上がりください。本日は鈴木越《すずきえち》後《ご》の羊羹《ようかん》がございますよ」

と、市兵衛が揉《も》み手をせんばかりの粘っこい口調でいった。

「ほう、それは豪勢だな。相伴させてもらおうか。見廻りで喉《のど》も渇いた」

鬼嶋は上機嫌でいいつつ、左平次をじろりと見た。

「用がないなら、さっさと立ち去れ」

左平次は秀次の腕を取る。膝が落ちそうになる秀次を支えながら立たせた。

「盗人を捕らえました」

げっ、と市兵衛と徳蔵が仰《の》け反った。鬼嶋も顔をしかめる。徳蔵が、俯く秀次の顔を覗《のぞ》き込み、

「なんと、おまえは内田屋さんのところの奉公人じゃないか。うちの店子じゃないか」

そう叫んだ。秀次の身体が、ぴくりと震えた。

「そうです。醤油問屋の内田屋さんに奉公している秀次です。この者が、うちの店子の家財道具の盗人です」

「なんてこった。あの内田屋さんから盗人を出したってのかい。こりゃ、大事《おおごと》だ」

徳蔵が、やれやれと首を振る。鬼嶋が、ははは と大声を上げて笑った。

「居酒屋で酒を呑《の》んでいたとき、荷を盗まれたと騒いだ、あの間抜けな職人か。が、差配、これはお手柄だ」

「お褒めいただき、ありがとう存じます」

「私がその者を引き取ろう。まだ年若いようだが、盗みを働いたのだ。神妙にいたせよ」

鬼嶋は厳《いか》めしい声を出し、小者に向かって、秀次に縄をかけるよう命じた。

小者は捕り縄を手にすると、「小僧、こっちへ来い」と、凄《すご》んだ。

秀次が左平次の腕を摑《つか》む。恐怖のためか、その指先が左平次の腕の肉に食い込む。

「お待ちください」

左平次が、右手をかざして小者を制した。

「私はたしかに店子の家財道具を盗んだ者を捕らえて参りました。ですが、この者を引き渡すわけにはいきません」

秀次が眼を見開いて左平次を見る。鬼嶋は呆気に取られた顔をした。

「何を訳のわからぬことをいっているのです。鬼嶋さまにその盗人を渡しなさい」

市兵衛が喚くようにいった。

「渡しません。お忘れですか、鬼嶋さま」

「なにをだ」

「私は、あの折、あなたさまに、御番所では小さな悪事は捨て置けということかと訊ねました。

すると、その通りだとお答えになりました」

「それがどうした」

鬼嶋のこめかみが、ぴくぴくと動く。

「そのうえ、見て見ぬ振り、聞かぬ振りをする、という問いも否定なさらなかった」

つまりそれは、と左平次は声を一段高くしていい放った。

「うちの店子が家財道具を盗まれても、鬼嶋さまは事件として扱わなかった。むしろ、居酒屋の前に荷を置いたほうが悪いとまでおっしゃった。ですから、あなたさまがこの秀次を捕らえることは出来ません。事件とみなさなかったあなたさまの怠慢を認めるようなものです」

ぐぐっと鬼嶋が呻いた。

「だからこそ、私は、堂々と秀次を連れて来たのです。私は、うちの店子のために盗人を捕らえたかったからです」

「黙れ、黙れ。妙な屁《へ》理屈を並べたておって。この私を愚弄《ぐろう》する気か、貴様」

「そうですよ、すぐにお詫びをしなさい、左平次さん」

市兵衛が茹《ゆ》でた蛸《たこ》のように顔を赤くした。

「詫びる？　何かの間違いでしょう。それならば、家財道具が盗まれたことを知りながら、なにゆえ探索をしてくださらなかったのですか？　取るに足らない事だと思われていたからではございませんか？」

左平次は鬼嶋の顔をしかと見つめた。鬼嶋が歯を剝いた。

「我ら御番所の役人は小さな盗みにかかずらっている暇など、ないといっただろうが。裏店住まいの者の家財道具など、ろくな銭にもならん。いちいち探索など出来るかっ」

鬼嶋は開き直ったように怒鳴った。十手に指を掛ける。

左平次は、にこりと笑った。その様子に鬼嶋は面食らい眼をしばたたいた。

「ご自身の口で、たったいまおっしゃいましたね。小さな盗みにかかずらっている暇はないと。ならば、秀次は、すでに詫びを入れ、盗まれた店子も秀次を許しておりますので、これで終わりにしとうございます」

左平次は、丁寧に頭を下げたが、

「よろしいですね」

すぐに顔を上げ、鬼嶋へ真っ直ぐ視線を放つ。鬼嶋は、ぐうの音も出ないのか、ただ荒い息を吐いた。

「さ、行こうか、秀次」

秀次が戸惑った様子で鬼嶋と左平次を交互に見る。左平次は踵《きびず》を返した。が、ふと思い立ち、鬼嶋を振り返る。

「鬼嶋さま、こたびの一件で内田屋さんに目こぼし料などを求めては恥となりますよ。差し出がましいようですが、私から、このことはすべて伝えるつもりでおりますのでね。それと、徳蔵さん。長屋から盗人を出したくはございませんよね？」

うぐぐ、と徳蔵は悔しげに唸《うな》る。

では、失礼いたします、と左平次は再び一礼して、番屋を後にした。

「あの生意気な差配はなんだ！」

「鬼嶋さま、羊羹、羊羹。お気を鎮めてくださいませ。ほら、書き役さん、お茶を淹《い》れて」

市兵衛の媚《こ》びるような声に対し、「いらん!」と、鬼嶋の怒声が聞こえてきた。

三

「古川のおじさん、おれのためにあんなことといって大丈夫なんですか? おれが悪いのに。おれが盗みなんかしたから」

すたすたと歩く左平次に追いすがるように秀次がいった。

「長屋の皆からいわせると、私はお節介なようです。気にする事はない」

「でも、あのお役人――お店にも乗り込んでくるんじゃないかと。そうしたら」

「内田屋さんには私から話をするから安心しなさい。怖い思いをさせて悪かったな」

秀次が、いいえと首を振り続けた。

「人を羨《うらや》んだり妬んだりすることはあって当然だ。私だって、そうした思いにかられることがある。だが、ささやかな暮らしの中でも幸せや喜びを感じることは出来る。秀次もきっと見つけられる」

左平次は秀次へ頷きかけた。

落ちかかった陽の光が、秀次の顔を赤く染めている。秀次は、きつく唇を嚙み締めて、左平次の横を歩く。

「けれど、おまえは、たくさんの人たちに囲まれて暮らしているんだ。おまえが悪い心を起こせば、皆に迷惑がかかる。それを、きちんと心に留めておいてもらいたいのだよ。それと、お前を守ってくれようとした金太さんの気持ちも忘れないでほしい」

「はい」

秀次がこちらへ顔を向けた。その顔つきが急に大人びて見えたのは気のせいではないと、左平次は思った。

「それとな、秀次。私はもう古川左衛門ではないのだ。いまは、左平次と名乗っている」

そう告げると、秀次は不思議そうな表情をしたが、こくんと頷いた。

内田屋の主人は万事呑み込んでくれた。そして、もしも鬼嶋から目こぼし料を要求されても、渡すことはないと、きっぱりいった。内田屋は、奉行所の与力に得意客がいるという。同心の上役だ。脅しのようなことをいわれても、突っぱねると、豪快に笑った。

秀次は、いい主人を持っている。これから商いをみっちり仕込んでくれるだろうと思えた。もう道を踏み外したりすることはなさそうだと、左平次は心から安堵《あんど》した。

秀次を内田屋へ送り届け、左平次は長屋へ戻った。

揚げ縁の品物を片付けていた権助が、左平次の姿をみとめるなり木戸へ走り込み、

「差配さんが帰ってきたぞ」

と、口に手を当てて大声を出した。

夕餉の支度をしていた女たちや、湯屋から帰った男たちが、わらわら木戸前に出て来た。秀次が一緒でないことに動揺したのか、一体どうなっただの、番屋へ置いてきたのか、この役立たずがだのと、われ先に口にした。

「待ってください、いっぺんにいわれても困りますよ」

左平次は戸惑いながら、苦笑いした。

中でも、金太は鼻先が付きそうになるくらいまで左平次に詰め寄って来た。

「まさか自身番から大番屋に連れて行かれてねえだろうな？」

罪がはっきりしている場合は、詮議のために町内の自身番屋ではなく、大番屋へ連行される。

左平次は番屋での出来事と自分が考えていた事を店子へ告げた。権助が、ぽんと膝を打った。

「つまり、その八丁堀《はっちょうぼり》の野郎は、小せえ悪事は見て見ぬ振り、聞かぬ振りの知らんぷりか。だから、秀次を連れて行っても、四の五のいえねえし、捕まえられねえと」

「その通りですよ、権助さん」

なるほど、と皆が感嘆する。

「あんた、やっぱり元お武家だなぁ。考えてることが違う」

金太が眼を丸くした。

「おとなしい顔してさ、なんて情のない人だと思ったのさ。泣いたあたしたちも馬鹿みたい」

お増とおよう、お富が、うんうん頷く。まあまあ、と左平次がなだめる。

「秀次も魔が差したのでしょうが、悪事は悪事だときちんと教えたかったものですから。皆さんを騙《だま》すつもりで芝居を打たないと」

「そうかよ。なんにせよ、その役人がお役目熱心じゃなかったってのが幸いしたんだな」

権助が鼻を鳴らす。

「それはそれで腹が立つよね。威張りくさって町を歩いているくせにさ」

お増が腹立たしげにいった。お増は小間物を背負って町を歩いているが、時折、役人から中身を調べられているというのだ。近頃、贅沢《ぜいたく》品が取り締まりの対象になっている。

「あたしみたいな小間物売りが、金銀の簪《かんざし》なんか売っているもんかね。贅沢なんて言葉から一番遠いのにさぁ。売り物なんて、鼻紙や白粉《おしろい》、紅、櫛《くし》くらいなもんさ。なのに往来で、広げてみせろって、偉そうにいうんだ」

本格的な取り締りが始まったのだ、と左平次は思った。今のご老中は質素倹約がお好きな方だと耳にしている。裏店住まいの者たちは倹約などしなくとも、もともと質素な暮らしだ。さほど庶民に影響はないと思われるが、さてさてどのような風が吹くのか、予想もつかない。

「ねえねえ、差配さん。ここに並んでいる金太さんの家財道具はどうするのよ?」

おれんが困ったように見回す。定吉が、そんならよぉ、と声を上げた。

「鍋釜とか、金太さんが新しく揃えちまったものは、そのまま使ってりゃいいんだし、もちろん着物は手許に引き取るだろ。損料屋から借りてる物は返しちまって、二つある物は古道具屋に売っちまえばいいさ」

「その銭は差配さんの懐に戻せばいいってわけか」

吉五郎が得心したように腕を組んだ。

「一旦《いったん》懐から出した銭をまた戻そうなんてけちな真似は、江戸っ子だったらしねえよ」

権助がふんと鼻から息を抜き、なぜだか胸を張る。

私は江戸っ子ではないが江戸育ちであるからまあよいか、と左平次は心の内で呟いた。

「金太さんの盗人騒動も収まったんだ。その銭で今夜も、宴——」と、権助がいいかけたとき、

「ちょっと待ってくれ、その銭だが」

秀次と捨て子に使ってくれないか、と金太がいった。秀次の姉の薬代と、捨て子の白雪糕《はくせつこう》のた

めだという。

「おれさ、親兄弟とは縁遠いからよ。そういう銭の使い方出来ねえからさ。もちろん、差配さんがいいというならだけど」

金太が、左平次を窺い見る。

「それで、もちろん構いませんよ」

左平次が応えると、

「でも白雪糕は、豊太郎さん家《ち》が分けてくれているんだから、銭はいらないだろう?」

おようがいった。

「甘えてばかりではいけません。養い親になった定吉さんから、お礼という形で豊太郎さんの実家へ魚を届けてもらいましょう。豊太郎さんも実家に頼りきりという呵責《かしやく》が薄れるでしょうから。では、ここを片付けましょうか」

左平次は、売れる品を、手分けして売りに行って欲しいと頼んだ。引き取ってきて、また売りに行くのかと、熊八がげんなりしながらいうと、女房のおようが、丸太ん棒のような亭主の腕を引っぱたいた。

また、皆の手を煩わせることになってすまないなと、左平次は首筋を掻いた。

「しかし、金太さんは家財道具を盗まれて損をして、秀次はそれを売ったが、銭は薬袋料に消えて手許に残らず、私は売られた物を買い取って損をした。儲《もう》かった者が誰もいない。こういうこともあるんですねぇ」

と、左平次は笑った。

「いい気なもんだね、差配さんは」

「どこか、まだお武家なんだよ。鷹揚《おうよう》っていうかさ」

「まあ、そこがいいのかもしれねえけど」

「お節介だしな」

皆は、あれこれいいながら、道具の仕分けを始めた。

「そういや、豊さんの姿を見ねえな。ずっと静かなんだよ」

正蔵が衝立《ついた》てを担ぎながらいった。正蔵の家の真向かいが豊太郎の家だ。

おれんがくすくす笑った。

「なんでも戯作《げさく》に集中したいからって、籠《こも》りっ放し。時々、ご飯とお菜を持っていってあげているけど。銭を入れた空の器が家の前に出してあるから、生きてはいるわよ」

途端に正蔵が仏頂面をした。おれんが豊太郎の世話をしているのが気に食わないのだろう。その様子をちらと見て、定吉と吉五郎が吹き出す。

左平次が、ふと振り返ると、金太は眉間に皺を寄せ、小難しい顔をしながら行李《こうり》の小袖を一枚一枚たしかめていた。

「金太さん、黒羽織は私の知り合いが持っていますから事情を話して返してもらいますよ」

「そいつは助かる。兄弟子から譲られた物なんでよ」

そういいつつも、金太が何かを訊きたそうにしている。

「なにか気になることでも？」

「あのさ、あんたさ、古川っていうのか？」

ええ、と左平次は頷いた。金太は秀次がそういったのを覚えていたのだ。あの時、妙な顔をしたのはそのせいか。別段、隠しているつもりもない。古川左衛門という名だったと応えた。

ふうん、と金太が思案顔をする。

「じつはさ、おれがいま打っている刀の鍔の注文主が古川仁太郎《にたろう》ってお武家でよ。東国の藩の藩士らしいんだが。ま、同じ名字なんていくらでもあるものな」

左平次は、飛び上がりそうになった。古川仁太郎は伯父《おじ》だ。

「その古川仁太郎には会いましたか？」

「ここに越してくる前の工房に、中間《ちゅうげん》が来た。おれを名指しにして注文してきたのが、親方は気に入らなかったみたいだったけどな。差配さん、知り合いなのか？」

「伯父《はくふ》です」

はあ？　と金太が素っ頓狂《とんきょう》な声を上げた。

「伯父って、おじさんのことだよな」

「もう、十数年会っていない、父の兄です」

仁太郎は、左平次のように江戸の藩邸にずっと勤めている定府の藩士ではなく、国許にいる藩士だった。お役目で参府することになったのだろうか。ただ、伯父の剣術はとりあえず修めたという程度だ。刀や鍔などに凝るような人物ではなかった。

いったい、この偶然はなんだろう。

左平次は、思わず河童の祠を眺めた。

翌朝、皆に別れを惜しまれつつ、吉五郎一家が三年長屋を去っていった。

いつもの古着の代わりに、大八車には家財道具が積まれている。そこには、金太が使っていた手あぶりがひとつ載せてあった。古道具屋には売らずに、吉五郎が買い取ったのだ。

三年長屋にひとつ空き家が出来た。また掃除をして、油障子の張り替えをしなければならない。次はどんな店子がやってくるのだろう。近いうちに捨吉が報《しら》せにくるはずだ。

がらがらと車が音を立てていく。お里は母のおすえに抱かれ、文治と弥三は、はしゃぎながら、後ろを押す。

吉五郎は幾度も振り返っては、店子たちへ頭を下げた。吉助は車の横で荷を縛った綱を摑みながら、うな垂れていた。その背中がひどく寂しげだった。

左平次は、隣で吉五郎一家を見送る金太に呼び掛けた。

「あ？　なんだよ、差配さん」

「じつはですね……」

吉五郎が古手屋仲間から唐桟縞の小袖を売りにきた小僧の話を聞いてきたことも、盗人と秀次とを繋《つな》ぐきっかけになったのだと告げた。

「へえ、そんなことがあったのか」

「はい。そのことに恩義を感じてくれたらいいと思っているのですが、どうでしょうか」

「話がわかんねえよ」

呆れた顔をして、金太は踵を巡らせた。

「吉助はいい子です」

「生意気なガキだが、おっ母さんのいねえ間、よくやってたよな。しっかり者だと思うぜ」

「そうですか。そう思いますか」

左平次は思わず笑みをこぼした。

「それならば、吉助を、弟子にしてやってくれませんか」

えっと声を上げた金太が、驚くほどの速さで再び左平次に向き直った。

「今、なんていった？　よく聞き取れなかったんだが」

「吉助を弟子にしてください」

金太がぽかんと口を開けたが、すぐにぶるぶると首を振った。

「そいつは、無理な相談だ」

金太が大きな眼をぐりぐり回し、左平次へ唾を飛ばす。

「おれは、まだ独り立ちしたばかりの職人だぜ。仕事だって、ろくに入ってきやしない。そんなおれが弟子を取るなんて、無茶に決まっているだろう」

ああ、驚いたとばかりに金太が胸を押さえてぜいぜいと息をした。

「まあ、そうなのですけれどね」

左平次はもっともだと思いつつも、続けていった。

「吉助は、神輿《みこし》の飾りに心惹《ひ》かれたんだそうですよ。それと、母親と妹に簪を打ってやりたいともいっていました」

金太の表情が少しだけ変わった。子どもの頃に思いを馳《は》せるような遠い目をした。

大八車を押す吉助の背を金太はじっと見ながら、ぼそりと呟いた。

「へえ。そうかい。おれもそうだったなぁ。八幡さまの祭り神輿だ。陽を浴びて、きらきら輝く鳳凰《ほうおう》や、その周りを縁取る飾りがよ、担ぎ手の掛け声に合わせて、揺れるさまが、この世のなによりきれえに見えた」

煌《きら》めく光が、この世と神さまを繋いでいるようにも思えた。人の手であんなにきれいな物を作れるんだと、神さまを運ぶ輿を飾る誇らしさを職人たちは感じているに違いない、と金太は思ったのだという。

おっ母さんと、妹の簪か――と、金太が進んでいく大八車へ眼を向ける。

「差し出がましいようだが、ひとり口は食えぬがふたり口なら食えるのたとえもあります」

金太がさらに呆《あき》れて、ぽかんと口を開けた。

「あのなぁ、差配さん、そいつは夫婦の話じゃねえのか」

そこへ、いきなり割って入ってきたのは、おしんだ。

「ちょいと、金太さん、あんたいい女《ひと》がいるのかい?」

「いやいや、そうじゃねえって。差配さんがみょうちくりんなたとえを出すから、ややこしくなっただけだ。吉助を弟子にしろっていうのさ」

それじゃ、早くしないと行っちゃうよ、とおしんが慌てた顔をする。

「でもよ、おれは弟子にするつもりはねえよ」

あら、とおしんが残念そうな顔をした。

「吉坊は子どもだけどさ、炊事、洗濯、掃除、なんでも出来る子だよ。金太さんの役に立つと思うけどねぇ。職人仕事は傍にいて覚えていくものなんだろう?」

おしんが金太に訊ねる。まあ、奉公人はみんな、そんなもんだ、と金太がいった。兄弟子たちの仕事を見て、真似て、自分の物にしていくのだという。

「じゃあ、決まりですね。吉助を傍に置いてやってください」

「差配さん、こんなぼろっちい、狭い長屋で、ふたり暮らしなんか出来るかい！」

「ずいぶんな言い方だねぇ。うちなんか熊みたいな亭主とあたしと赤ん坊の三人暮らしだよ」

およウがすかさず嚙み付いた。

「それは言葉の綾《あや》ってもんだ。そっちは夫婦だろう？　おれは赤の他人だ」

金太が鼻息荒くいった。ふむ、と左平次が口許を曲げる。

「差配と店子も赤の他人同士だが、親子も同然というだろう？　なら店子同士は兄弟同然ではないかな」

「なんだい、屁理屈こねやがって」

「吉坊がいなくなったら、長屋も寂しくなるねえ」

おようとおしんが頷きあう。ああ、くそう、と金太が地団駄を踏んだ。

「小僧！」

と、叫んだ。吉助が金太の声に目を見開いて、振り返った。

「小僧じゃねえ、おいらは吉助だ」

「いいや、おれは親方だ。だから、おめえは小僧だ。こん畜生め」

吉助の顔が上気する。大八車からすぐさま離れようとした。

「吉坊！」

お里を抱いた母親のおすえが吉助の手首を摑んだ。吉助はおすえを見て、唇を嚙んだ。吉五郎が何事かと大八車を止める。

「申し訳ない。吉助は金太さんの弟子になります。錺職になるのが夢だそうです」

左平次が声を張った。

吉助は自分の手首を摑む、おすえの指をもう片方の手で包んだ。

「おっ母さん、ごめんよ。おいらさ、おっ母さんが帰ってきてくれて嬉しかった。けど、やりてえことがあるんだ」

どうして、とおすえが吉助の腕を強く引く。

「新しい暮らしが始められるんだよ。それとも、おっ母さんをまだ許してくれてないの？　お前が出て行ったら、おっ母さんはずっとあんたに嫌われたままになっちまう」

左平次は、おすえに呼び掛けた。

「違います。これが新しい暮らしなんです。吉助は自分の道を見つけた。それを黙って見送ってあげてください。親はもう見守ってやることしか出来ません」

左平次が大声でいう。呆然《ぼうぜん》とするおすえの指を吉助が解《ほど》いてゆく。全ての指が離れたとき、吉助は走り出した。おすえがわっと泣き声を上げて荷の上に突っ伏す。

「おすえ、しっかりしねえ」と、吉五郎はその肩を摑んで揺さぶる。

「だって、お前さん」

「吉助にはやりてえことがあるんだ。その代わり、文治と弥三が頑張ってくれるさ。なあ」

文治と弥三が力強く頷く。

「兄ちゃん、頑張れ」と、負ぶわれているお里が首を回した。吉助がぐすっと眼許をこすり上げた。

「金太さん、よろしくお願いします。悪さをしたら、遠慮なく張り飛ばしてくだせえ。役に立たなけりゃ、いつでも帰してくれて結構ですから」

吉五郎の言葉に、おう、と金太が胸を張る。

「一人前の錺職にして帰しまさぁ」

よ、かっこいいぞ金さん、と定吉が手を叩いた。喜びに満ちた顔で吉助が駆け寄って来た。

「金太親方、ご厄介になります」

「おれは厳しいからな。おまえ、おっ母さんと妹に簪を作りてぇんだってな」

吉助は、うんと応えた。

「うんじゃねえ、はい、だ」

「わかりました。親方」

親方と呼ばれて、こそばゆいのか金太は無理やり厳《いか》めしい面をして、

「家族のいねえおれには一生作れねえ物だ。しっかり励めよ」

偉そうに金太はいった。吉助の眼はきらきらと輝いていた。左平次にも、同じ眼を向けた。

吉助は毎朝、河童の祠に手を合わせ、掃除をした。それから、飯を炊き、しじみ売りから買ったしじみで味噌《みそ》汁を作る。そのかいがいしさに、まるで金太さんの女房だねと、お増が笑った。

左平次は吉五郎一家の店をこっそり見に行ったが、すぐにお里に見つかり、小袖を一枚買わされた。通りを行く人も多く、おすえの客あしらいも評判で、常連も増えているようだ。お梅がおすえを船宿で働かせていたことが活きているのだ。お梅は、なにもかもお見通しなんだろうかと、

左平次はあらためて思った。

四

水無月《みなづき》も半ばになったが、ここ数日、陽の照りは一向に和らぐことを知らない。高い空から、ぎらぎらと光を降り注いでくる。

甘酒売りの多助は、さすがに暑すぎて、売れ行きが悪いとこぼしていた。

店座敷に座っているだけで汗が滲《にじ》んでくるので、左平次は幾度も首筋を拭った。

このところ、房楊枝《ようじ》の束と黒文字の楊枝、歯磨き粉が次々売れた。暑さのせいではあるまいと思うものの、いつもより客が多いのはたしかだった。

杖《つえ》をついた隠居が、

「この房楊枝には河童大明神さまのご利益があるって聞いたが、まことかえ」

はあ、と左平次が曖昧《あいまい》に頷くと、隠居は嬉しそうに余分に銭を置いた。

「もし、これは多うございますよ」

左平次が銭をかえそうとしたが、隠居は受け取ろうとしなかった。

「三年長屋にある楊枝屋の房楊枝には霊験があるそうじゃないか。それくらいでは足りないくらいだよ」

隠居は、そういって店の前を立ち去った。その後も幾人かの者が房楊枝を買って行く。人によっては、三束、四束とまとめ買いをした。

左平次は狐につままれたような気分になって、うんと唸った。どうしたわけで房楊枝が売れるようになったのか、まるきり見当がつかない。しきりに首を捻《ひね》っていると、若い娘が三人、店の前に並んで房楊枝を手に取った。

「これよね、これ。恋が成就するかもしれない房楊枝」

きゃっきゃっと房楊枝を持って喜んでいる。なにが楽しいのかはわからないが、左平次は思い切って、娘たちに訊ねた。

勝ち気そうな眼をした黄八丈の着物を着た娘が、左平次に訝《いぶか》しい顔をした。

「やだ。売っている本人が知らないの？　いま両国《りょうごく》の芝居小屋で評判なのよ」

「両国の芝居小屋？」

左平次は驚いて尻を浮かせた。

「入水しようとした娘を助けた浪人さんがね、娘が身重と知って、産み月まで一緒にいてあげるのよ」

左平次は、どこかで聞いた話だと思い、胸の奥がざわつき出す。

娘は、夢中になって、観てきたばかりの芝居について語る。

「その浪人さんは仕官が叶い、娘と子どもを迎えに行こうとするんだけど、祭りの神輿に阻まれて会えないの。それから幾度も機会があるのに、その都度すれ違っちゃうのよ。それが歯痒《はがゆ》くて、悲しくて」

次第に娘たちの瞳《ひとみ》が潤んでくる。赤子を抱えて途方に暮れた娘がある長屋の前に赤子を捨てようとしたが、眼の前に河童が現れた。河童に、ここで楊枝屋を開けば必ず運が開けるといわれ、娘の境遇に同情した店子たちが、皆で赤ん坊を育てることになる。娘が丹精込めて房楊枝を作っ

て暮らしていたところ、ある大身《たいしん》の殿さまにその房楊枝が気に入られ、

「家臣のひとりが、楊枝屋に買いに行ったら――あとはわかるでしょう？」

はあ、と左平次は頷いた。その家臣が、娘を助けた浪人者だったということだろう。

楊枝屋を開いたのは娘になっているが、たぶん豊太郎が母親に宛てた文をきれいな恋物語に仕立てたのだ。

「もしや、その娘は乳が出ないので、白雪糕を赤子に与えていませんでしたか」

「なんで知っているの？　その通りよ。長屋の店子で薬種屋を勘当された男が、その赤子のために白雪糕を分けてくれと、父親に頭を下げに行く場面にもじんときたわよね」

娘たちは、目尻を派手な手拭いで押さえながら、うんうん頷いている。

白雪糕は、菓子屋だけでなく薬種屋にも置いてある。豊太郎自身はなかなかいい役になっているらしい。

「しかもね、その浪人さんは、前に子どもを失くしているの。娘は、偶然にも子どもに同じ名をつけちゃうのよね。ああ、そのときにいい争って……。でも結局は、夫婦になって、仕官もやめてふたりで楊枝屋をやるって筋書きだったわ」

「その舞台となったのが、ここではないかと」

「だって、ここは河童さまを祀る三年長屋でしょう？　他にはないもの」

娘たちは、いくつもの束を買った。

左平次は途方に暮れた。豊太郎は引きこもって戯作を書いていたと、おれんがいっていたが、まさかこんなことになっていようとは。それに、劇中の浪人は私だろうが、子どもを失くしたと

か、赤子が偶然同じ名であったとか、豊太郎の創作とは思えない。娘の美津が行方知れずだと知っているのは、家主のお梅と捨吉だけだ。

三人娘の甲高い声が災いしたのだろうが、左平次の頭は、きんきんしていた。店先を立ち去ろうとする娘たちを左平次は呼び止めた。

「娘さん。その芝居の外題と戯作者を教えてください」

黄八丈の娘が振り向いた。

「恋情柳乳房《こいなさけやなぎのちぶさ》よ。戯作者は、これが初めてのお芝居らしいけど、ええと、なんだっけ。ああ、そうそう、樫尾空蔵って」

そういって、娘たちはけらけら笑う。

かしおくうぞう……。

左平次は仰け反りそうになった。洒落《しゃれ》を利かせた狂歌師の狂名じゃあるまいし、戯作者の名としては、少々間が抜けている。しかし、どんな戯作者名だろうと、筋書きだろうと、やはり豊太郎が初芝居を打ったのだ。

めでたい事に変わりはない。

ははは、やったではないかと、左平次は我がことのように嬉しくなった。実家には勘当され、妻子と別れて暮らし、あこがれていた戯作者に入門を断られ、母親に小遣いをもらいながらも、なんとかやりきったのだ。

以前、本気で戯作を書きたいのならちゃんと納得出来る話の筋を考えたほうがいい、と豊太郎に意見したことがあった。

それで発奮したかどうかはわからないが、喜ばしい。

豊太郎が母親へ宛てた文を元にした戯作というのが少々心配ではあるが、観に行ってやりたいと思った。房楊枝がこれだけ売れるのだから、客の入りもいいのだろう。

まだ陽は高かったが、左平次は、いそいそと店仕舞いを始めた。

芝居は、やはり長屋総出で観に行くべきであろう。たとえ、お節介だろうと、余計なお世話だろうと行くべきだ。そう思い立った左平次は、早速、腰を上げた。皆に知らせなければ、よし、明日、芝居に行こう。

豊太郎にも報せておこう。皆で行くといったら、驚くだろうか、照れるだろうか。さて、弁当はどうするか、やはり花川戸の料理屋に頼むかと、左平次が考えながら長屋の木戸を潜ると、

「おや、どうしたのさ、差配さん」

おしん、お富、おようが井戸端で洗濯をしていた。

「まさか、もう店賃の催促かい？」

おようがいうと、おしんとお富があからさまに嫌な顔をした。

「いや、そうではありません。豊太郎さんを見かけませんでしたか」

ああ、とほっとしたようにおしんがいった。

「ずっと留守にしているようだよ。うちの隣だから、よくわかるけどさ、かたともすんともいわないもの」

「そうですか」

ならば、芝居小屋に寝泊まりしているのだろうか。おれんが飯を持って行っていたが、それも

手つかずで残されたままになっているという。

「おれんちゃん、むくれちゃってさ」

「でもさ、いくら豊太郎さんの世話したって、あの人にはおかみさんと子どもがいるんだから、はなから無理な話なのにさ」

「いやだ、おれんちゃんはそんな娘じゃないよ。水茶屋勤めはしているけど、身持ちの堅い子さ」

女たちは勝手にわいわい話をし始めた。

「いつだったか、豊太郎さんがおれんちゃんの兄さんに似ているっていってたかな。火事で死んじゃったそうだけど。ふたりっきりの兄妹《きょうだい》だったんだって。おれんちゃんを助けようとして、兄さんが身代わりになったって、話してたことがあるよ」

おようが、ちょっと洟《はな》を啜《すす》る。火事か。それは聞いたことがなかったと、左平次は眼を見開く。皆、それぞれに辛い思いを抱えているのだと思いつつ、左平次は、権助の家の障子戸を叩いた。

「権助さん、権助さん」

左平次は幾度も障子戸を叩いた。おようが、振り返る。

「権助さんも昨晩は戻っていないよ。あのぐうたら者がどこにいったのやらと噂していたんだから。差配さんは気づかなかったのかい？」

吉五郎の家の障子戸を張り替えてもらった昨日、湯屋に行くと出ていったのは知っている。それからまもなく左平次も、湯屋へ出掛けた。湯屋の二階には、将棋を指したり、碁を打ったり、男たちだけが入れる休み処《どころ》がある。軽い酒食の用意もあった。番台の爺さんに訊くと、権助は、二階でしばらくとぐろを巻いていたが、少し前に誰かと連れ立って出て行ったというのだ。湯屋は町内に一軒ずつある。来る客はだいたい近所の者ばかりなので、番台に座る爺さんは、ほとんどの顔を見知っていた。よくよく湯屋の爺さんに訊ねると、権助とともに出て行った男たちは、これまで見たことがない顔だったうえに、そのうちのひとりの頬には三本の傷が生々しく残っていたという。

「あののんきな権助さんにしては、至極真面目な顔をしていたなぁ」

と、爺さんは唸るようにいった。左平次は少し前に、急いで出掛けようとした権助に、どこに行くんだと声を掛けたが、「どこだっていいだろう、ガキじゃねえんだ」と返された。

権助は、かつてはちょっとばかり悪さもしていたようだ。またそういう仲間にひきこまれなければいいがといっていたお梅の心配が、左平次にも移った気がした。権助は、祖父の香具師《やし》から譲られた金子を持っている。ぐうたらしていても飯が食えている分、昔の仲間に狙われやすいかもしれない。豊太郎の行き先のあたりはついたが、権助はいったい何をしているのだろうか。

胸が騒いだ。

だが、どこを捜せばいいのだろう。いつもは長屋に空き家が出るとすぐに現れる捨吉が、今回に限って姿を見せない。

明日は皆を誘って芝居を観に行くつもりだが、全員が揃うのは無理かと思ったとき、

「姉さん、姉さん」

多助が、走って木戸を潜ってきた。多助の顔を見て、おしんが立ち上がり、前垂れで手を拭《ふ》きながらいった。

「なんだい、嬉しそうな顔してさ」

「甘酒が売り切れだよ。もう釜が空っぽだ。それでも人が並んでて、大騒ぎだったんだ」

「そいつはすごいねぇ」

おしんが眼をまん丸くした。

「やっぱり、暑い時には、熱い物を飲むもんなんだよ。暑気払いになるからさ」

いや、そうじゃない、と多助がいった。

「芝居小屋から出てきた客が途端に集まり始めたんだよ。女ばかり」

おようが頭のてっぺんから声を出した。

「不思議なこともあるものだね。よほど喉が渇いていたのかね」

「だったら、甘露水売りに行くだろうさ。うちの甘酒がおいしいんだよ」

おようへ、おしんが自慢げに顎を上げた。

「なんにせよ、売り切れるのはいいことだ。さ、湯屋へいっておいで、汗だくだろう。今日は、定吉さんから魚を買っておくよ」

「あら、毎度あり」

おようが調子よく応えると、あはは、と女たちが笑う。

左平次は、権助のことが頭から離れなかった。頬に三本傷のある男とは、どんな関係なのだろう。左平次が考えあぐねていたとき、吉助が七輪を重そうに持って金太の家から出てきた。

「夕餉の支度かい？」

「陽が落ちたら、火をつかっちゃならねえから、いまのうちに魚を焼いちまおうと思ってさぁ」

「おい、吉坊、煙を家に入れるんじゃねえぞ」

「はい、親方」

金太の声に吉助はしゃんと背筋を伸ばした。

「早く鏨を持たせてもらえるといいな」

左平次は小声で吉助にいったが、

「とんでもねえや。あと二、三年は無理だ」

金太の大声が飛んできた。左平次は首をすくめた。

「ああ、ところで吉坊は権助さんを見なかったかい？」

吉助は、七輪の前にしゃがみ込んで火をおこしながら、首を横に振った。火をおこすためにあおぎ始めた団扇《うちわ》の手が少し震えているのを左平次はみとめたが、

「そうか――」

と、一言だけいった。

「権助さんが、どうかしたのかい？」

吉助が少しおどおどした目付きで訊ねてきた。こまっしゃくれてはいるが、こういうところはまだ子どもだ。何かいいたそうな顔をしている。

「昨夜は家に戻っていないようなんだ。湯屋に行って、そこから見知らぬ人に連れていかれたらしいんだよ」

吉助が、ぎょっとした顔をして、団扇をあおぐ手を止めた。

「それってさ、頬にさ――」

いいかけて、吉助がぶるぶる頭を振る。

「頬に三本の傷だろう？」

左平次が吉助の横にしゃがみ込んで問うと、吉助は、唇をぎゅっと引き結び、目蓋《まぶた》を閉じた。

「――っていったんだよ、権助さんが」

左平次は、なんだ、と訊き返す。

「権助さんと男と男の約束をしたんだ」

そうか、と左平次は唸った。

「しかし、権助が危ない目にあうかもしれないとしたら、どうだ？」

吉助の顔色がさっと変わった。危ない目というのは、方便だ。そうとでもいわなければ、頑に首を横に振り続けるだろうと左平次は思ったからだ。

「二、三人のちょっと怖そうな兄さんたちと、木戸ん処で話していたんだ」

そのうちのひとりの男の頬に、三本の傷があったという。湯屋の爺さんがいっていたのと同じ男だろう。権助め、何をしているんだ。

「おいら、それを見ちまったんだ。そしたら、権助さんが珍しく怖い顔をして、おいらを睨んだんだ」

「それはいつのことだい？」

昨日だ、と吉助がいった。それなら、一旦、湯屋から長屋に戻って出かけたのだろう。でさ、と吉助がいい辛そうな顔をする。

「このことは、誰にも内緒にしてくれって。船橋屋《ふなばし》の羊羹を買ってきてやるから、絶対にいうなっていわれた」

権助との約束を破ってしまったことが悔しいのか、それとも怖いのか、吉助はか細い声で、

「差配さん」と呼びかけてきた。

「大丈夫だよ。権助さんには、吉坊から聞いたなんていわないよ。その代わりに、店の大戸を下ろしておいてくれるかい」

「差配さん、おいら、金太さんの弟子だよぉ」

ちょっとだけほっとしたような、不服そうな吉助の声が聞こえた。

左平次は、お梅のところへ行こうと思い、走ろうとした。お梅なら、頬に三本傷のある男を知っているかもしれないからだ。

「ああ、差配さん、差配さん」

そこで向かいから歩いてきた者に声を掛けられた。屋根職人の正蔵だ。

「何を急いでいるんです」

「ああ、あのな、権助を捜しにいこうかと」

へっと、正蔵が眼をしばたたく。

「権助なら両国の芝居小屋で呼び込みをやってますよ」

左平次は仰天のあまり、頭がくらくらした。

「どうして呼び込みを?」

「どうしてかは知らねえけどよぉ、豊太郎さんの芝居が大当たりを取ってるんだよ。権助は手伝いに駆り出されたんじゃねえのかな」

あまりのことに、左平次は開いた口が塞《ふさ》がらなかった。ならば、三本傷の男は何者だろう。

その翌日、左平次は早朝から皆を集めた。

「これから、皆さんと一緒に両国に行きます。豊太郎さんの戯作がお芝居になったんです」

おお、とどよめきが上がる。

「願いが叶ったってことじゃないか」

お増が、河童の祠に手を合わせた。おれんも、嬉しそうだった。

「だって、家に引きこもって頑張っていたものね」

「木戸銭は差配さんの奢《おご》りかい？」

「もちろんです。皆さんにはお仕事を休んでいただくわけですから」

ひゃあ、じゃあ親方に早く報せねえと、という者もいて、大騒ぎになった。

芝居なんぞ何年ぶりだろう、衣装はどうしようかと、皆、色めき立つ。別に木挽町《こびきちょう》や葺屋町《ふきやちょう》に行くわけじゃねえんだ、いつもの恰好《かっこう》で構わない、などといいながらも、浮わついている。

木挽町、葺屋町、堺町《さかいちょう》にある小屋は、櫓《やぐら》を上げた立派なものだ。

だが、両国や上野《うえの》の火除《ひよ》け地になっている広小路の芝居小屋は、木枠を組んで、筵《むしろ》や葦簀《よしず》を巡らせただけの簡素な造り、といえば聞こえはいいが、要は安普請の極みだ。

「吉五郎さんのところも誘おうよ」と、おしんが早速飛んで行く。

芝居中に赤子は泣かないかと心配だったが、お富とおようは、うちのは行儀がいいから大丈夫だと、鼻息荒くいった。

花川戸の料理屋からも弁当が届き、皆、吉五郎の古手屋から上等な着物をそれぞれ借り受けて、浮き浮きしながら出掛けた。男たちは紋付の羽織だ。

定吉や吉五郎は、

「いやあ、豊太郎さんには物書きの才があると思っていた」

「うちの長屋から戯作者が出た」

と、大声で触れ回りながら歩く。左平次は少々気恥ずかしくて、俯いて歩いた。

両国橋の北詰は、相変わらずの雑踏だ。床店《とこみせ》が並んで、焼き団子のいい香りもしてくる。

その周りには、筵を掛けただけの芝居小屋が建ち並んでいる。その中でも、ひと際、人が並んでいる小屋があった。

「さあさあ、皆さん、町娘と浪人者の悲恋の話だ。そこのお嬢さん、手拭い一本じゃ足りねえよ。二本、三本、用意しないと涙でぐしゃぐしゃになるぜ。どうだい、手拭い買っていかねえか」

聞き覚えのある声に眼を向けると、権助だった。

「権助さん」

「おう、差配さん。それに皆さんもお揃いでお出ましかい。こりゃまた、結構なお召し物でございますなぁ。吉五郎さんのところはいい物を持っていやがる」

権助にはお見通しのようだ。

「ささ、豊太郎、もとい新人戯作者樫尾空蔵の芝居を見ていってくんな」

左平次が木戸銭を出すと、権助が、にやっと笑った。

「へへ、毎度あり。楽しんでってくだせえよ」

芝居の筋書きは、楊枝屋にやって来た三人娘のいうとおりだった。娘が橋から入水する場面で始まった。尾羽打ち枯らした浪人者が、その危難を救う。

物語が進んでいくうちに、観ている左平次は、尻のあたりがもぞもぞしてきた。浪人者の名は新川右衛門《しんかわうえもん》。私の古川左衛門のもじりではないか。そのうえ、仕官していた藩名まで似せてある。

なんだなんだ、と憮然《ぶぜん》として言葉も出せないでいるうちに、話は進んでいく。しかも、右衛門は、上役に盾突いて藩を飛び出し、浪人者となったことになっている。ちょっと、待てよ。

「さ、差し出がましいようだが、私は盾を突いてはいないぞ、不正を正さんがために」

左平次は思わず知らず立ち上がっていた。

「嫌だ、差配さん、これはお芝居だから」

おしんが、左平次の袂を引き、周りに「すいませんねえ」と謝った。

座り直した左平次は、むすっと口許を結ぶ。

その後、たまたまある大身の旗本の家臣となった浪人者は、子を産んだ娘を迎えに行こうとするが、祭りの神輿に阻まれてふたりを見失ってしまう。さらに幾度もすれ違って、なかなか再会出来ない。

芝居小屋の中の娘たちが、すすり泣きを始める。

「ああ、もう、あの方にはお会い出来ない」

と、赤子を抱き、ある長屋の前で途方に暮れている娘の前に、河童が現れる。

うむうむ、娘たちの話どおりだ。

赤子はみつと名付けられた。浪人者が、かつて亡くした子の名だという。長屋の店子たちに見守られながら、赤子はすくすく育つ。

左平次は腕組みをして芝居を見つめていた。周りの女たちは、皆、涙ぐんでいる。

最後の幕では、房楊枝を作って暮らしていた娘のもとに、旗本の殿さまがやって来る。房楊枝が気に入った殿さまが、家臣を遣わすが、その家臣が、娘と別れ別れとなった浪人者。いまは立派な武士となっていたが、その身分を捨てるといってふたりが抱き合ったとき、小屋の中は拍手喝采《かっさい》だった。

ううむ、と左平次はひとり唸った。おようが、左平次の顔を覗きこんできた。

「差配さん、なに難しい顔をしてるのさ。いい話だったじゃないの」

「入水しようとした娘に、浪人者が、気を落ち着かせようとして甘酒を飲ませるだろう。ああ、おいしいって、娘がいうじゃないか。あそこがいいねぇ。あたしも飲みたくなったもの」

お増が感心しながらいった。

なるほど、両国橋の袂で商いをしている多助の甘酒が売り切れるのは、そのせいだったのだ。

豊太郎が気をきかせたのだろうか。

舞台に役者が勢揃いして挨拶をしたが、その中に豊太郎の姿もあった。

ひとり、前に進み出てくると、

「樫尾空蔵でございます。本日もたくさんのお運び、まことにありがとうございます」

豊太郎は深々と客席に頭を下げる。

「よ、日本一」

熊八の声が飛び、周りからもやんやの歓声があがる。

「大変、お名残惜しゅうはございますが、樫尾空蔵、本日を限りに戯作者を廃業させていただきます」

安普請の芝居小屋が揺れるほどのどよめきが起きた。

「お静かにお静かに。あたしは、我《わ》が儘《まま》勝手を申しまして、家を捨て、妻子を捨て、戯作者を目指して参りました」

たった一作のこの興行で、気づいたことがあると、豊太郎が神妙な面持ちでいった。

「あたしは、菓子屋の惣領《そうりょう》息子でございます。お芝居を観ている方々が喜ぶお顔を見ながら、あたしの親父や店の職人たちも同じことをしているのだと気づいたのでございます」

豊太郎はひとつ息をした。

「初日のことでございます。客席を見て、あたしは驚きました。それもそのはず、実家の隣近所の人たちで埋め尽くされておりました。戯作者になるといったあたしを勘当した親父が、この小屋をまるまる借り切ってくれたのです」

しっかり語りながらも、豊太郎の頬には、いく筋もの涙が伝い始めた。

「美味《おい》しい菓子は、心を豊かにいたします。至福を感じることもございます。お芝居は、夢の世界、虚構のお話ではございますが、皆さまがその世界を堪能《たんのう》し、喜んでくださる。どちらも同じだと気づきました」

客席は豊太郎の言葉に聞き入っていた。

「これからは、家業の美味しい菓子で皆さまを喜ばせたい、笑顔を見たい、そう思った次第でございます」

豊太郎は再度、深々と辞儀をした。

「惣領息子の豊太郎ではなく、ひとりの奉公人として、一から出直す所存でございます」

芝居小屋の中は、万雷の拍手。豊太郎を褒めちぎる声が飛び続けた。

左平次が、ふと横を見ると、豊太郎の母親が袖口で目蓋を押さえていた。その隣に座る年増が、母親の背に触れている。きっと豊太郎の妻だ。か細いが芯《しん》の強そうな女性だった。

芝居小屋を出た豊太郎は、店子たちはもちろん、客たちに囲まれ、笑っていた。

たった一作の興行で、豊太郎は己が本来何をすべきだったのかを知ったのだ。戯作者になりたいという夢も、回り道になったが、必要だったのかもしれない。

と、小屋の横で、権助が三人の男に囲まれていた。皆、ひと癖もふた癖もありそうな人相をしている。見れば、ひとりの男の頬には三本の傷痕《きずあと》。

何か揉めているようで、ひとりの男ががなり立てるような声で権助に迫っていた。左平次は、急いで走り寄ると、権助に凄んでいた男の腕を背後から捻《ねじ》り上げた。

「痛《い》てて」

他の男たちが、今度は左平次に迫る。

「おう、てめえ、何をしやがる」

「権助ぼっちゃんに文句があるってのか」

権助ぼっちゃん？　左平次は思わず眼を見開く。

「先代のお孫さんだ。なんか文句があるってのか」

ああもう、と呆れたような声をあげたのは権助のほうだった。

「その男の腕を離してやってくれよ。べつに悪いことをしているわけじゃねえんだからさ」

左平次は、むっと唇を曲げた。

「いや、権助さん相手に凄んでいるように見えたぞ。隠さなくていい。何か揉め事なら、私が間に立ちますから」

権助は、襟元から手を差し入れてぽりぽりと胸を掻いた。

「差し出がましいがってやつだろ？　あのさ、この三人は、この芝居小屋を仕切ってるんだ。豊太郎さんの芝居が掛けられないか、おれが頼んだから、手伝ってたんだよ」

左平次は、捻り上げていた男の腕を離した。

「権助ぼっちゃん、こいつ何者ですか。すげえ力だ」

「あ、その人、うちの長屋の差配だよ」

差配？　と三人の男が眼を丸くする。

「元はお武家だから、そこそこ強いんだ。うちの店子の熊さんも、腕を摑まれただけで崩れ落ちちまった」

はあ、と頰に三本傷のある男が感心したように息を吐いた。

「三人とも人相が悪いから勘違いもする。とくにお前だ。その傷はなんだい？」

左平次がいうと、男は、ひどいなと、拗《す》ねたように頰の傷を撫でる。

「女が可愛がってる猫に引っかかれたんだよ」

権助が笑いをかみ殺しながらいった。

「ぼっちゃん、人にいうときは、女に爪を立てられたことにしてくださいって頼んだじゃねえですか」

「そうだったっけ、忘れてた」

権助はげらげら笑った。

芝居の興奮もさめやらぬまま、店子たちは長屋へ帰っていった。

権助が大川を行こうと左平次を誘った。かなり遠回りになると返すと、舟に乗るという。

柳橋《やなぎばし》の船宿で猪牙舟《ちょきぶね》に乗った。

大川の川面《かわも》は、荷船や猪牙舟、屋根舟で埋め尽くされている。とくにこの時季は、納涼舟が多く、舟客相手に水菓子などを売る、うろうろ舟も多く浮かんでいる。

「夜だったら花火があがったのになぁ。けど差配さんとふたりじゃ、ぞっとしねえ」

権助は、ため息をついた。

「あ、そうそう。娘に甘酒を飲ませる場面は最初なかったんだよ。あれは、おれが豊太郎に入れるように勧めたんだ。多助の甘酒、売り切れたろう」

左平次は思わず笑ってしまった。

「祖父《じい》さんがさ、活きた銭を使えっていってたんだ。いくら銭金を持ってても、使わなきゃ意味はねえ。けど、無駄に使うのは、もっと意味がねえってさあ。身の丈に合わねえものを身につけたり、食ったりしても、しょうがねえって」

初めは、何をいっているかわからなかった、と権助は笑った。

「けど、おれにも何か出来ねえかなって思いはじめたんだよ。楊枝屋の店番だけじゃなくてさ、活きた金の使い方が出来ねえかってさ」

第六章　町入能

一

豊太郎が三年長屋を出た。これで、吉五郎の家と合わせてふたつの空き家が出来た。

豊太郎の芝居のおかげで、長屋の名はますます知れ渡り、入りたいという者が、木戸前に連日集まるようになっていた。その度に左平次は、家主が店子《たなこ》を決めることになっていると説いて、引き取ってもらっている。

長屋を訪れた者たちは、ぶつぶついっていたが、皆、奥の祠《ほこら》に手を合わせて帰っていった。少しでも、河童《かっぱ》の霊験にあやかりたいという思いなのだろう。

その帰りには、左平次の楊枝屋《ようじ》に寄っていく。だから、いくら楊枝を作っても追いつかない。

「豊太郎さんの芝居はすごかったからなぁ。毎日大入りだった」

左平次が房楊枝を作る横で、権助はのんきに店番をしている。

初秋を疑いたくなるほど蟬がうっとうしいくらいに鳴き、風鈴屋のしゃらしゃらした涼やかな音も消し飛んで行くように思える。

「あの芝居のおかげで、この楊枝屋も繁盛してるよな」

「作っても作っても追いつきません。店が繁盛するのはいいことですが」

左平次はそういいながらも、やはり捨吉が姿を見せないことが気になっていた。

「さてと、客も引いたみてえだし、湯屋へ行ってくるよ」

腰を上げかけた権助が、あっと気付いたように顔を左平次に向けた。

「そういえば多助の奴、いい娘《こ》がいるみたいだぜ」

「権助さん、それはまことのことなんですか」

驚く左平次の顔を見て、ああ、と権助は満足げに頷《うなず》いた。

「片付けを手伝ってるところを見ちゃったんだよなぁ。あの雰囲気から見て、もうずいぶん前からの仲のようだ。丸顔の愛らしい娘だったよ。多助も隅におけねえなぁ」

権助がにやにやした。

「お、おしんさんはそのことを」

姉のおしんは弟の多助と甘酒の店を持つことが望みだ。権助は腕を組み、首を傾げた。

「けど、あの、おしんさんだから、気づいているかもしれないぜ。時々、多助の様子を見に行っているようだからな」

左平次は唸《うな》った。多助も十七だ。想い人がいたとしてもおかしくはない。が、おしんにしてみれば、いまは色恋にうつつをぬかしてほしくないと思っていることだろう。

「じゃ、湯屋に行ってくらあ」

権助は店座敷から、表に飛んで出る。

「ああ、権助さん」

左平次の制止も無駄だった。

今度は、多助とおしんか。差配は忙しいものだと、左平次は思いつつも、楊枝を削る。

一匹の白猫が店の前を通った。河童の祠のお供えをいつも狙っている雌猫だ。これまでは吉助弟妹《きょうだい》に追い返されていたが、いまは堂々と木戸を入って行く。

「左平次さん、お待たせいたしました」

くぐもった声が聞こえ、左平次は猫を追う眼を移した。笠《かさ》は変わらず着けているが、手甲に脚絆《きゃはん》に草鞋《わらじ》ばきの旅姿の捨吉がいた。足下が汚れている。

「捨吉さん、どちらかへ行かれていたのですか?」

「ええ、迷子を捜しに」

妙な事をいう。迷子を捜しにというのはどういう意味だろうか。

「ひとつ、家は決まりました。加平《かへい》という男の六人家族です。子がふたりに女房と、亭主の両親。生業《なりわい》は、まあ、季節物売りといいますか――」

左平次は、はあと首を傾げた。

「正月の宝船の絵や、いまなら七夕の笹売りでしょうか」

「そうです。季節物を家族で作ることもあるようで」

左平次は困り顔でいった。

「連日、ここに住まわせてくれと人が来るので参っています。家主が決めているといえば、家主の住まいを教えてくれといわれ……」

捨吉は、ふっと息を吐いた。

「三年長屋の店子になるには、ある決め事があるのです。それにそぐわない者は住まわせておりません」

左平次は耳を疑った。

この長屋の店子になる決め事とはなにか、と捨吉に訊《たず》ねようとしたが、若い娘の客が連れ立って来た。捨吉が店前をあける。娘たちは房楊枝を幾束も買い、左平次をちろりと見ると、くすくす笑いながら去って行く。

捨吉が、少しだけ口角を上げたように見えた。

「豊太郎さんの芝居以降、私があの話の浪人者ではないかと声を掛けてくる方もいます。女房はどこだと家の中を覗《のぞ》く人もいて困りましたよ」

まさか、こちらからあれはただの芝居だと先に声を上げるわけにもいかず、戸惑うばかりでと、左平次は捨吉に告げた。

「芝居の影響は大きいですからね。いっそ、ここは芝居の楊枝屋ではありません、と貼り紙をしたらいかがでしょうね」

捨吉は軽口のつもりでいったのだろうが、左平次には拭《ぬぐ》えない疑問があった。豊太郎の芝居の筋書きだ。

「それにしても、金太の家財道具を盗んだ者を捕らえ、吉助を金太の弟子にするなど、お節介もここまでくると善行になりますね」

「皮肉なら、市兵衛さんだけで間に合っていますよ」

左平次は多少拗《す》ねた口調でいった。

「とんでもないことですよ。立派な差配さんになられたものだと思っています。皮肉なら、例の付け髷《まげ》の差配には敵《かな》いませんよ」

　捨吉は、市兵衛を知っていた。

「もちろん、山伏町界隈《かいわい》の差配のことは顔も性質も調べてあります。ごきかぶりの徳蔵のことも。これから、左平次さんが組むことになる五人組の方々も」

　左平次はどこかぞっとした。捨吉はどこまで調べ上げているのだろう。初めのうちは新米差配を心配しているのだろうと考えていたが、どうも様子が違うような気がする。店子には決め事があるというのも気になる。やはり、この長屋には、なにか秘密があるのだ。

「つかぬことをうかがいますが、豊太郎さんが母親にあてた文の中身までご存じだったということはありませんよね」

　捨吉はくつくつと笑った。じつは、湯屋で豊太郎の実家の番頭に訊ねたのだという。

「三年長屋に世話になっている者だと告げると、あっさりと教えてくれましたよ」

「まさか市兵衛さんに伝えたのも……」

　捨吉は首を振り、抑揚のない声でさらりといった。

「捨て子ではなく、きちんと人を選んで女が預けにきたのだとしたら、養育費をだまし取ることになりませんかと、湯屋でお伝えしただけのことです。そうしたら、番頭さんが慌てて番屋に駆け込んだというわけです」

　それを信じた市兵衛は焦ってやってきたというわけだ。おかげで、おみつは定吉夫婦の養女となり、すくすく育っている。

「まさか、私のことを豊太郎さんに伝えていないですよね？」

左平次が思い切って訊ねると、捨吉はふうと息を吐いた。

「権助はあなどれませんよ。秀次の一件から左平次さんの住んでいた長屋を探し出しました。豊太郎に協力するためにね」

あいつめ――と左平次は苦笑した。責めたところで致し方ない。なにもいうまいと決めた。

「承知しました。けれど、捨吉さん、教えて下さいませんか？　おふたりは、何者なのですか？三年長屋に住む者には定められた決まりがあるというのも、合点がいかぬのですよ」

「お梅さんから話を聞いたと思っていたのですが」

いいえ、と左平次は首を横に振った。

「私はお梅さんに助け出されたことを恨んでおります。あの炎の中で死なせてくれればよかったと、いまでも思っています」

左平次は捨吉の思わぬ返答に困惑した。話をすり替えられたようだ。

「お梅さんにとっても、私は憎い妾《めかけ》の子ですから。母と一緒に焼け死んでしまいたかった。生かされたのが悔しい」

珍しく捨吉が静かだが怒りを込めた声を出した。

「私は、もう喜びも悲しみもすべて捨てる意味で、名を変えましたので」

捨吉の表情は笠に隠れて見ることは出来なかった。けれど、左平次は捨吉に怒りでなく、悲しみを感じた。お梅に命を救われたことを恨んでいる捨吉が、お梅のために働いている。

「これは余計な話をいたしました。どうか忘れてください」

「でも、それならなにゆえお梅さんの下男のような真似をしているのですか」

捨吉は口許を曲げ、さあ、どうしてか、わかりませんと首を傾げた。

「私のことなどいいではないですか。それより、新しい店子の加平さんは千住《せんじゅ》宿から参ります。五日後ぐらいになりますので、よろしくお願いいたします」

ああ、それと、と捨吉が続けていった。

「もうすぐ月番差配ですね。番屋の改築が行われるというのはご存じですか」

「聞いておりません。山下町の番屋を、ですか？」

付け髷の市兵衛さんの持つ、七つの長屋がすべてかかわる番屋だといって捨吉は去って行った。

そんな大掛かりなことなのか、と左平次は驚きを隠せなかった。

夕刻、仕事を終えて帰ってきたおれんが、

「ねえ、差配さん、花火を見に行こうよ」

と、誘ってきた。水茶屋の娘たちが連れ立って見物に行くというのだが、あたしだけいい男がいないからさぁ、ひとりじゃ行けないよぉ、と拗ねたようにいった。

大川の川開きは五月末から八月末までの三ヶ月。その間の夜の賑《にぎ》やかさは、昼間と変わらないくらいだ。川岸には提灯《ちょうちん》が連なり、床店《とこみせ》が並ぶ。川面《かわも》には幾艘《そう》もの舟が浮いて、夕涼みと花火を楽しむのだ。

「おれにしなよ、差配さんとじゃ歳が釣り合わねえよ」

いつの間にか湯屋から戻った権助が楊枝屋に顔を出していった。おれんは、権助を横目で睨《にら》んだ。

「嫌ぁよ。去年一緒に行ったら、あれが食べたいこれが食べたいって、みんなあたしに銭を払わせたじゃない。花火どころじゃなかったわ」

「つれねぇことというなよ、おれんちゃん」

「あの、差し出がましいようですが、正蔵さんと行かれたらどうですか？」

正蔵はおれんに惚《ほ》れている。おれんも気づいているようではあるが、正蔵には眼もくれない。おれんの望みは玉の輿《こし》だ。屋根職人の正蔵では、とても相手にならないというのだろう。ところが、「正蔵さんか」と、おれんが考え込んだものだから、左平次も権助も、つい顔を見合わせた。

「悪くないわね。話は弾みそうにないけれど。権助さんみたいに人の銭を当てにはしなそうだし」

そこかよ、と権助が声を張る。それは大事なところだと権助に教えてやらねばと、左平次は心ひそかに思った。

その後、長屋をおれんと出て行くときの正蔵の様子といったらなかった。手と足が一緒に出て、真っ直ぐ前を向きっ放しだった。

「肩に衣桁《いこう》でも入っているようだな」

権助が真面目な顔をして呟《つぶや》く。

片やおれんは、水色の小袖《こそで》の襟元をゆったりくつろげ、白粉《おしろい》を薄くはき、紅を塗り、団扇《うちわ》で風を送りながら、からころと歩く。

「変なふたりだなぁ」

熊八と定吉が縁台を持って出てきて、笑いながら見送った。

花火見物に行ったおれんと正蔵が、わずかでも話が出来るといいのだが、と左平次は心配しながら、店仕舞いを始めた。

通りの側に縁台を据えた熊八と定吉は、将棋を指し始めた。団扇で足下の蚊を追い払うように叩《たた》く。

「差配さんもやらねえか。賭《か》け将棋」

「駄目ですよ、賭けなんて。御法度ですよ」

「クソ真面目だなぁ。いいじゃねえか、湯屋代だよ、湯屋代」

ああ、畜生、そこに指しやがったか、と熊八が口許《くちもと》を曲げる。湯屋代か、と左平次は苦笑する。

その時、険しい顔の老女がひとり、店前に立った。

「お片付け中、申し訳ございません。こちらは、三年長屋さまでしょうか？」

長屋に、さまを付けられたのは初めてだが、左平次が頷くと、ここにおしんが暮らしているか、と訊ねてきた。

「おしんさんはまだ仕事から戻ってはおりませんが、なにか」

「あなたさまは、こちらの」

「差配ですが」

これはお若い、と老女はやれやれというように首を横に振った。歳の頃は、六十過ぎ。品もあり、どっしりと貫禄《かんろく》のある身体をしていた。どこか慇懃《いんぎん》無礼な老女の態度が少々癇《かん》に障り、左平次は背筋を正した。

「私は、この長屋の差配をしております、左平次と申します。おしんさんのことをお訊ねですが、どのようなご用件でこちらにいらしたのでしょうか」

老女は、むっと口許を引き締めた。

「これはご無礼をいたしました。わたくしは、さちと申します。上野黒門町《くろもんちょう》で小間物商を営む上総《かずさ》屋惣兵衛《そうべえ》の、奥向きで働いております」

さちと名乗った老女は、おしんを迎えにきたという。あまりに急なことで、左平次は慌てた。

おしんがかつて離縁されたことはむろん知っている。その婚家が上総屋なのか。

「お、お待ちください。迎えにいらしたというのは、一体どうしたことでございますか」

左平次の問いに、おさちはとつとつと語り始めた。

おしんは上総屋の先の女房で、子もいたが、夫の惣兵衛が、おしんの実家の噂を耳にして離縁したという。

おしんは常々、実家は人の借金を背負わされて店が潰《つぶ》れた、といっていた。ところが噂では、おしんの実家は人を騙《だま》して手に入れた銭で商いを始め、結局しくじったということになっていた。偽りの噂を主人の惣兵衛に吹き込んだのは、惣兵衛が贔屓《ひいき》にしていた芸者だったという。まんまとおしんを店から追い出し、その女は、ちゃっかり後釜《あとがま》に納まった。

ところが、人の負債を抱え込まされたのは、実は、おしんの家のほうだったことが人伝《ひとづて》にわかった。惣兵衛が後悔したときには、芸者は他の男と組んで身代を根こそぎむしり取り、出て行った後だった。店は傾き、騙されたのだと知ったが、もう遅い。

「はあ、それで、今頃おしんさんを迎えにきたとでもいうのでしょうか？」

「その通りでございます」と、おさちは当然だという顔をする。

左平次は、懐手をして考え込んでから、口を開いた。

「勝手ですねぇ」

おさちが、えっと眼を上げた。

「差し出がましいようですが、人の噂を信じて、本妻おしんさんを追い出し、今度は自分が騙され、店が傾いた。それでおしんさんを迎えに、というのが勝手だというのです。まことに詫《わ》びたい気持ちがおありなら、ご亭主の惣兵衛さん自身が来るべきではないでしょうか」

まことにおっしゃるとおりで一言もございません、とおさちが俯《うつむ》いた。

「ですが、旦那《だんな》さまは、ご体調を崩され、今は寝たり起きたりの暮らしでございます」

それは、と左平次は眉《まゆ》を寄せる。

惣兵衛は、傾いた店を立て直すために奔走し、親戚《しんせき》、知人の力を借りて、店はなんとか持ち直したという。しかし、精根尽き果てたのか、以降、寝込みがちになってしまった。

「今は間口もかつての半分、奉公人も半分。小さな店にはなりましたが、それでも、お内儀《かみ》さんに戻ってほしいというのが、旦那さまを始め、奉公人の願いです」

とくに、長松《ちょうまつ》さまが、とおさちが必死な形相でいった。長松というのはおしんの子であろう。

そこへ、屋台を担いだ多助が戻ってきた。

「ただいま、差配さ、ん——」

多助が店先に立つおさちを、眼を細めてじっと見つめた。

「まさか、おさちさん、かい？」

おさちが、はっとして眼を見開いた。小走りに多助に近寄る。

「多助ちゃん、いえ多助さんだよね、なんて立派になって」

おさちが、袂《たもと》を眼に当てた。しかし、多助はおさちへ冷たい眼を向けた。

「今さら、なんの用ですか。姉と上総屋さんとは、もうなんのかかわりもないはずですが」

多助の物言いは厳しかった。

おしんが上総屋から追い出されたのは、まだ多助が幼いころだったはずだ。それでも、そのときの悔しさを忘れられないのかもしれない。

左平次がおさちの代わりに多助へ告げる。

「おしんさんに、家に戻ってほしいとお願いにいらしたのですよ」

「そんな話があるか。姉ちゃんを追い出しておいて、今度は戻れだって？　物じゃねえんだ。あっちだこっちだ容易《たやす》く移せるか。ふざけるな」

穏やかな多助が珍しく声を荒らげ、吐き捨てた。

おお、なんだなんだと、縁台に座っていた熊八と定吉が腰を上げようとした。

「どうぞ座っていてください」

ふたりが加わると話がややこしくなりそうなので、思わず左平次が制した。

「あ、てめえ、立ち上がろうとしたときに駒を動かしやがったな」

「そんなせこい真似するか。てめえみたいなへぼ相手に」

「へぼがへぼっていうんじゃねえ」

取っ組み合いの喧嘩《けんか》になりかけ、下駄《げた》屋の半兵衛とおさんが店から飛び出してきて止める。左平次が、呆《あき》れたように息を吐く。おさちは背筋を伸ばして多助にいった。

「ご迷惑でしょうが、お内儀さんがお戻りになるまで、待たせていただいてよろしいですか」

「構いませんよ。でも、家には入ってほしくありません」

「もっともでございます」

多助は屋台を担ぎ、木戸を入って行く。

じわじわ、と蟬が鳴く。西陽が、おさちの顔を照らしていたが、次第にその横顔に影が出来始める。おしんはどうしたのだろう。いやに帰りが遅い。

「あの、こちらに座って涼んではいかがですか。団扇もどうぞお使いください」

左平次は、蚊遣《かや》りを焚《た》いて勧めたが、

「お気遣いは無用です。お内儀さんがお戻りになるまで、このままお待ちしますので」

おさちは立ったまま微塵《みじん》も動こうとしなかった。

左平次が気になって、店を閉じることも出来ずに見守っていたとき、おしんが中年男に支えられて帰って来た。足下がふらふらしている。

二

おしんは、かなり酒が入っているようだ。隣の職人ふうの男は初めて見る顔だった。働いている店の客なのだろう。

「お内儀さん」

おさちが駆け寄った。

「誰だい、あんた?」

眼の周りを赤くしたおしんが、おさちをとっくりと見つめた。お忘れですか、とさらにおしんへ近づく。

「わたくしです。さちですよ」

「あはは、おさちさんなんて、あたしは忘れちまったよ」

おしんは男から離れると、すまなかったね、ありがとうと頭を下げた。男は「あんまり酒をすごすんじゃねえぞ」と、手を振って去って行く。

おしんがおさちの横をすり抜け、木戸を潜《くぐ》ろうとしたとき、

「旦那さまが、お倒れになったんです」

おさちがすがるようにいった。おしんが、とろんとした眼をおさちに向け、せせら笑う。

「旦那さま？　あたしにはそんなものはいないよ。若い女房がいるんだろうから、そっちに看病してもらいなよ」

「あの女は、もうおりません。もともと身代を狙って入り込んだんです」

「あらまぁ、それは気の毒だったねぇ」

「お内儀さん、家に戻ってきてはくださいませんか。お願いいたします。どうか」

「でもさ、その女の言葉を信じて、あたしを追い出したんじゃなかったのかい。なんで今さら戻らなくちゃならないのさ」

馬鹿馬鹿しい、とおしんは酔いに任せて身を翻す。

「おしんさん、差し出がましいようですが」

「あらま、差配さん、まだお店を開けていたの？　最近、繁盛しているからかい」

あはは、と甲高い声で笑った。

「いえ、おさちさんが、おしんさんが戻るまで外で待つといったものですから」

おしんは、はっと息を吐き、お節介だねぇ、と後れ毛を撫《な》で付けた。

「で、なんだっていうの？」

「一度、詫びだけでも聞いてあげたらいいのではないでしょうか」

「真っ平ご免だね」

酔っているおしんは、おさちを睨《ね》めつけ、「とっととお帰り！」と、乱暴にいって袂を振った。

おさちがおずおずと言葉を継ぐ。

「長松ぼっちゃんが、おかわいそうで」

「今度は子どもで泣き落としかい？　あの女が、あたしが立派な跡継ぎに育てるっていったじゃないか。それを惣兵衛さんも得心してさ。さぞや、いい子に育ったろうよ。あたしには、な、ん、の、かかわりもないんだからさ」

おしんは語気を荒らげた。おさちが首を振る。

「それが……。わたくしたちがなにを話しかけても、長松ぼっちゃんは、おしゃべりにならないのです」

「ああ、そりゃ静かでいい子じゃないか」

おしんは、つんと横を向いた。話を聞く気がないのなら、さっさと立ち去ってしまえばいいものを、おしんはおさちから離れない。お店や亭主に未練はなくても、置いてきた子どものことはやはり気掛かりなのだろう。

「差し出がましいようですが」

またそれか、とおしんが毒づいた。

「おしんさん、悔しいですよね。お辛《つら》いですよね。しかし、ずっと嫌な思いを抱えて、虚勢を張って生きるのは容易じゃありません。ご亭主が詫びたいと思う気持ちは本物だと思うのですよ。詫びを聞いてからどうするかはおしんさんの勝手です。ですが何も聞かなければ――」

左平次は説き伏せるようにいった。

「もうお黙り。うるさいよ」

おしんは怒声を上げると、木戸を潜って行った。

おさちは、おしんを追うことはなく、左平次へ丁寧に頭を下げると、また参りますといって立ち去った。

どーんと、花火が打ち上がった。それとともに割れんばかりの歓声が聞こえてきた。

ちらちらと火花が落ちて行くのが見える。

華やかに咲く花火に沸く声はいつまでも聞こえてくる。ただひと時の楽しさの裏に、様々なことを抱え、皆が生きているのだ、そう思わずにいられない左平次だった。

ようやく店仕舞いにしようとすると、おれんが、むくれた顔をして急ぎ足で帰ってきた。

やはり正蔵との花火見物はつまらなかったのだろうか。

「どうしました、おれんさん」

「どうもこうもないわよ」

熊八と定吉が将棋を指す手を止めた。

「正蔵さんにはね、親方の娘との縁談が持ち上がっているんですって」

おれんが自棄《やけ》になったようにいった。

「正蔵に縁談？」

驚いた定吉が、縁台から急に腰を上げると、身体の大きな熊八の重みで縁台が傾き、熊八がころがり落ちた。

「立ち上がるなら、立ち上がるといいやがれ」

「うるせえな、それどころじゃねえだろう。正蔵に縁談だぞ。本当のことなのかい」

そうよ、とおれんは悔しかったのか、顎《あご》を上げた。

「両国橋の近くまでいったら、正蔵さんの仲間に偶然会ってさ。きれいな娘連れてるじゃねえかって、からかわれたのよ」

それで、正蔵さん、なんて応《こた》えたと思う？　と、おれんが左平次に迫ってきた。

「さあ、それは私にはわかりかねますが」

「同じ長屋に住んでる妹みたいなもんだって。せがまれたから連れてきたって、偉そうに。大っ嫌い！」

熊八と定吉が、ほおお、と呆《ほう》けたように口を開けた。

おれんは、眼を吊《つ》り上げてふたりを睨むと、木戸を潜って去った。

「ひゃあ、うちのかみさんより怖い」

定吉がぶるりと身を震わせた。

翌朝、木戸から出てきた正蔵は、すっかりしおたれていた。

「いってらっしゃい」

左平次が店座敷から声を掛けると、

「もう屋根から転げ落ちてぇ気分でさ」

ため息を盛大に吐いて、とぼとぼ歩いていく。おれんと正蔵の家は隣同士だ。今朝、顔を合わせ、おれんになにかいわれたのかもしれない。

正蔵の背が丸まっていた。

これは、相当きつくいわれたにちがいないなぁと、思っているところに、

「差配さん、おしんさんと多助さんが大喧嘩をはじめちゃったよ」

お増が血相を変えて、房楊枝を作り始めていた左平次の元へやってきた。

たぶん、昨日のおさちの訪問のことだろう。次から次にいろんなことが起こるものだと、左平次は、お増に店番を頼み、急いでおしんたちの家へ向かう。

おしんが、多助の襟を摑《つか》んで揺さぶっていた。

「婿養子っていうのは、どういうことだい！」

左平次は、おしんの怒鳴り声に腰を抜かしそうになる。昨日とは別の話だった。

多助が婿養子になる？

「清水屋《しみずや》って酒屋のひとり娘で、おゆきっていうんだ。姉さんも知っているだろう？　神田明神《かんだみようじん》の処《ところ》に甘酒屋が出来て、すごく繁盛しているんだ。清水屋さんも、その近くにあるんだよ。おれに甘酒を商わないかというんだ」

「だからって、なんでお前が婿養子に」

まあまあ、と左平次がふたりの間に割って入った。

おしんの結い髪はぐずぐずで、多助の髷もひん曲がっていた。

「ふたりとも落ち着いて」

「落ち着いてなんかいられるもんかい。上総屋と離縁してから、あたしがずっと多助を育ててきたんだよ。なのに、いい娘が出来たからって、婿養子だ？　おふざけじゃないよ」

おしんは多助に嚙《か》み付くようにいい募る。

「差し出がましいようですが、おしんさん。おしんさんは、多助さんに育てた恩を売りたいのですか？」

どれだけ苦労したか、どれだけ辛かったか、それを返してもらいたいのか、と訊ねた。

「そうではないでしょう。多助さんに一人前になってほしい、人並みの暮らしをしてほしいと願ってきたのではありませんか？」

その通りだけどさ、とおしんは半べそをかきながらいった。

「いきなり婿養子だなんていわれてもさ。ああ、知っていたさ。両国橋の袂にいつも、多助と一緒にいる娘のことはさ」

でも、とおしんが、顔を覆ってしゃがみ込む。そばにいたおようが、その背を撫でた。

「多助ちゃんはもう一人前になったんだ。好きな娘が出来て、たまたま婿養子に望まれちまったけどさ。おしんさん、頑張ってきた甲斐《かい》があるじゃないか」

多助が「姉ちゃん、ごめん」と、小声でいった。

「清水屋さんのご主人も、おれのことを気に入ってくれているんだ。これまで、店を出すのは怖かった。人に騙されるかもしれない、うまくいかないかもしれないって。でも、おゆきとなら一緒にやっていけそうな気がするんだ。姉ちゃんに迷惑ばかりかけてきたけど、今度は、おれが姉ちゃんを助ける番だ。清水屋のご主人は、姉ちゃんも近くに住めばいいといってくれている」

多助がそう言い募ると、嗚咽《おえつ》をもらしていたおしんが、きっと顔を上げた。

「冗談じゃないよ。婿養子に入る弟のあとに、のこのこついていく小姑《こじゅうと》がいるもんか！」

左平次は、おしんの前に膝《ひざ》をついた。

「じゃあ、おしんさんは、ここにいましょう。河童さまは皆さんを見ていますから」

「おやまあ、差配さんも河童さまを信じるようになったようだよ」

「そりゃあ、そうだよ、差配さんが来てからというもの、占い師の順斎さんに、定吉さん夫婦、古手屋の吉五郎さん、菓子屋の豊太郎さんと、ちゃんと望みが叶《かな》って長屋を出て行ってるんだからさ。もしかしたら、差配さんが河童さまかもしれないねぇ」

おようとお富のふたりは、そういうと、くすくす笑いながら互いの赤子をあやした。

お富と定吉の子となったおみつは、首の据わりもしっかりして、さらに愛らしくなった。昼間はおように乳をもらい、夜は白雪糕《はくせっこう》を喜んで口にしているという。もう少しすれば、粥《かゆ》でも大丈夫になるから、とおようはいっていた。

なにより、定吉が一層働き者になったのがお富は嬉《うれ》しいようだ。

「魚屋なら表店も出せるけど、うちは穴蔵職人だからねぇ。立身もなにもないわ」

と、おようは近頃ぼやいていた。

「ねえ、おしんさん、多助さんを養子に出してあげなよ」

おようにそういわれたおしんが、背を震わせる。

「姉ちゃん、昨日、おさちさんが訪ねて来ただろう。おさちさんは、姉ちゃんに上総屋に戻ってほしいといっていたよね。始めは勝手なものだと思ったけれど、姉ちゃんは長い間おれのために働いてくれたんだ。もうおれの荷をおろしてくれてもいい」

と、多助はいった。

「婿養子に入るのは、姉ちゃんの本意じゃないのもわかってるよ。でも、頼むから、もう姉ちゃん自身のことを考えてほしいんだ。上総屋に戻るのもいいかもしれない」

「勝手なのはお前も同じだ。婿養子に行くから、あたしが邪魔になったんだろ」

「そうじゃないよ。姉ちゃんだって幸せを――」

「うるさいよっ」

おしんは、その場にうずくまり大声で泣き出した。屋根の雀が驚いて、大空に飛び立った。それは、おしんの腕から独り立ちしていく多助のように見えた。その二日後、おしんが左平次の元にやってきた。ついてきてほしいところがあるという。

上野黒門町にある上総屋だった。

上総屋へ行くと決めたものの、ひとりでは嫌だと、おしんが、左平次へいった。

「あたしはね、あの家の敷居は二度とまたぎたくないんだよ。だけどさ、差配さんが詫びだけでも聞いてやれっていうから」

「十分です。よく決心してくれました」

左平次が笑いかけると、おしんはふんと横を向く。

「店番はまかせとけって」

権助が調子よくいった。店座敷に座り、早速やって来た客の応対を始める。いまだに、豊太郎の芝居の余波は続いていていて、房楊枝も歯磨き粉もよく売れている。

おしんは、左平次と歩き出すと同時に堰《せき》を切ったように話し始めた。

おしんの実家は、品のいい半襟を置く店として、小さいながらも繁盛していた。それで、小間物を商っていた上総屋の惣兵衛との縁談が持ち上がったのだという。

そのときの多助は、まだ、よちよち歩きの赤子だった。

「うちはさ、ふた親ともに火事で親を亡くしたらしくてね、幼馴染《なじ》み同士で一緒になったんだって。お互い惚れあってたって、よく聞かされたものでさ。あたしも、そんな夫婦になれたらいいって思ってたけど」

うまくはいかないもんさ、とおしんは、まるで自分を嘲《あざけ》るような笑みを浮かべた。

長松が生まれると、惣兵衛は若い芸者にうつつを抜かし、ろくに家に戻らなくなった。それでも、奉公人たちがいるから店だけは守らねばと、おしんは懸命に働いた。

そこへ、実家が人に騙されたうえに借金まで背負わされ、店が潰れたと報《しら》された。

「あたしはね、なんとかしてやってくれないかと惣兵衛さんに頼んだんだ。長屋住まいでもいいから、少しの間、親と弟の面倒をみてやってくれって」

しかし、そのときすでに芸者から、人を騙したのはおしんの実家のほうだという偽りを吹き込まれていた惣兵衛は激怒して、おしんと離縁したのだった。

「まだ多助は七つになったばかりだった。ふた親はがっくりきたのか、続けて死んじまってさ。悔しくて、つらくてさ。でも、家を出た後は、残してきた長松のことが気になって、上総屋の前を幾度通ったかしれない」

おしんはただただ話し続けた。

ずっと張り詰めていたおしんの心の糸が切れたようだと、左平次には思えた。ずっと吐き出したかったが、やっと、その機会に恵まれたかのようだった。

上野黒門町は下谷広小路沿いにある。すぐ近くには不忍池《しのばずのいけ》が広がっている賑やかな場所だ。植木屋や西瓜《すいか》を売る水菓子屋、玩具《おもちゃ》屋、饅頭《まんじゅう》屋など床店が並び、往来も激しい。

おしんがふと足を止めて、わずかに眉を寄せ、きょろきょろとあたりを見回した。

「どうかしましたか?」

左平次が訊ねると、店がないという。上総屋だった場所が別の店になっていると、おしんは顔色を変えた。

「ここよ。この五間間口の店が上総屋だったの」

おしんが懸命にいい募った。先日訪ねてきたおさちという奥向きの女中は、たしかに上野黒門町といった。おしんは顔を強張《こわば》らせ、小走りになった。左平次も慌てて追いかける。

ひとつひとつ看板を確かめるようにおしんが進む。

路地の手前でおしんが立ち止まった。間口二間の小さな店だ。軒に小間物上総屋と看板が下がっていた。

「なにこれ。こんなに小さくなっちゃって」

呆然《ぼうぜん》とした顔のおしんの口から洩《も》れた声が震える。

店の内で客の応対をしていた番頭がこちらに気付き、「お内儀さん」と叫んだ。その声を聞きつけたのか、奥から、おさちが姿を見せた。おしんは不安そうな顔を左平次に向けた。

「おひとりでお行きください。私は近くの茶屋で待っていますから」

「ほんとだね、ほんとに待っててくれるよね」

「もちろんです」

左平次は、おしんの背をそっと押した。おさちが、左平次に頭を下げた。

広小路の茶屋で、左平次はおしんを待った。

陽の照りが容赦なく降り注ぎ、汗が流れるように出る。不忍池で涼を取る者たちが、楽しそうに歩いていく。池に浮かぶ弁天堂に向かう者も多いのだろう。池畔には料理屋もあり、池の東側には、男女で過ごす出合茶屋が連なっている。

ちりんちりん、と鈴をならしながら飛脚が通り過ぎて行った。

三

雑踏の中にいると、左平次の眼は、つい女児にいってしまう。行方知れずの美津の姿を捜してしまうのだ。時折、女児を連れた母親から睨まれることもあるので気をつけねばとは思っているが、こればかりは仕方がない。

おしんは、半刻《とき》（約一時間）も経たぬうちに出てきた。おさちと番頭が、おしんを引き止めることもなく頭を下げて見送っている。

やはり、おしんは惣兵衛を許すことが出来なかったのだろうか。

左平次は銭を置いて立ち上がる。不安げな顔で左平次を捜していた、おしんの名を呼んだ。おしんが、はっとした顔で左平次を見る。店を振り返ることもせず、おしんは左平次に向かって歩いて来る。しかし、その足取りが、どこか重い。

「途中で甘味でも食べていきましょうか」

左平次の腹は、もう幾杯も飲んだ茶でぱんぱんだったが、おしんの様子が気になってそう声を掛けた。

「相変わらず、お節介だね、差配さん。あたしは大丈夫だよ。それより、権助さんの店番のほうが気掛かりじゃないの？」

おしんがかすかに笑いながらいった。

「恐れ入ります」

広小路をゆっくりとふたりで歩いた。左平次は黙っていた。

「なにも訊《き》かないんだね、差配さん。興味ないかい？」

おしんが皮肉っぽくいった。左平次は、首を横に振る。

「そうではありませんが。それこそ、差し出がましいことですのでね」

はあ、とおしんが嘆息して、「泣いたんだよ」と、ぼそりといった。四十近い男が、泣きながら許してくれといった、とおしんが唇を噛んだ。

「身体も痩《や》せちまって、白髪も増えててさ。そんな男があたしに頭下げててさ」

おしんは少し洟《はな》を啜《すす》って上を向いた。

「離縁して十年だよ。そんなあたしに戻ってきてくれってさ。なんのつもりだい。身体がきかなくなったから、あたしに世話でもさせようって魂胆なんだろうさ」

馬鹿にしてるったらないよ、とおしんは吐き捨てた。

「お子さんには、会えたのですか？」

左平次の問いに、おしんは首を横に振った。

「あたしのことなんか、覚えているわけないじゃない。長松がまだ赤子のときにあたしは追い出されたんだから」

左平次は、うーんと唸った。

「差し出がましいようですが、私が惣兵衛さんと同じ立場なら、そんな惨めな姿は、元の女房に見られたくはないし、見せたくもないですね」

おしんが、訝《いぶか》る。

「さらにいえば、戻ってきてくれなどと、口が裂けてもいえません」

「なら、もっと情けないじゃないか」

「それだけ、おしんさんに詫びたかったということでしょうね」

左平次はにこりと笑った。

「それならもっと早く詫びてくれりゃよかったんだ。あの女に身代根こそぎ持って行かれて、元の店も人手に渡ったそうだよ。それで、元の上総屋でなけりゃ、おしんに申し訳が立たないって頑張ったらしいけど、結局、間口二間の小店さ。帰り際に、おさちがそういってた」

あーあ、とおしんが急に声を上げた。

「元々見栄っ張りだったのにさ、その男が泣いたんだよ。あの人が――」

この十年、泣きたかったのは、あたしのほうだった、と、おしんが眼を潤ませた。

「ね、差配さん、そうだよね？」

「ええ、ならば、その十年分を取り戻してはいかがでしょうか」

左平次は頬を緩ませた。

長屋は大騒ぎだった。多助は婿養子に行くことが決まって、おしんは、長屋から上総屋に通いながら、店を手伝うことになったのだ。

あたしは、まだ亭主を許したわけじゃないからね、とおしんは、うそぶいた。

子の長松とは、少しずつ時をかけて母子《おやこ》になっていくつもりだといった。

「おしんさんのお腹を痛めて産んだ子だもの。心配ないよ」

お富が、おみつを抱きながらいった。

「あたしとおみつだって、本物の母子と思えるようになったもの」

「ありがとう、お富さん」

おしんが素直に礼をいったので、おようもお増も仰天した。

四

左平次は、河童の祠に手を合わせる。もうすぐ新しい店子がやってくる。

「ね、差配さん、うちのあとに入って来る人は決まっているのかい？」

祠の周りを掃除していた吉助が訊ねてきた。

「加平さんという人だよ。ご夫婦とお子さんふたりと、ご亭主のご両親の六人家族だ」

ひゃあ、と吉助が素っ頓狂《とんきょう》な声を上げる。あの狭い家に大人四人と子どもか、と妙に感心したふうだ。

「おいらン家《ち》は子ども四人だからなんとかなったけど、大人が四人じゃ、ぎゅうぎゅう詰めだ」

「まあ、なんとかなるものだよ」

「大人は、みんななんとかなるっていうけど、なんとかならないことだってあると思うけどな、おいらはさ」

正蔵とおれんが、井戸端で顔を合わせても挨拶《あいさつ》すら交わさないと、吉助はにやにやしながらいって、再び竹ぼうきで掃除を始めた。

おれんはまだ怒っているのだ。

おれんとしては、自分に惚れていたはずの正蔵に裏切られたような気になったのだろう。女心というのは複雑なものだ。

おしんもそうだ。店には通うが、上総屋には入らないといっている。もっとも、こちらは、時が解決してくれると、左平次は思っている。

「金太さんとはうまくやってるかい？」

「まあね。近頃は、仕事が結構くるようになったみたいだ」

そういえば、金太が外出する姿を時折見かけるようになった。

「たまに酒を呑《の》んで帰ってくると、うるさくてさ。錺《かざり》職人ってのは、どうだこうだと」

ははは、と左平次は笑って、

「親方のそういう話は、ちゃんと聞いておくものだよ」

と、吉助の頭を撫でた。子ども扱いされたのが悔しかったのか、吉助が舌打ちした。

「あ、そうだ。金太さん、刀の鍔《つば》は打ち終えたかい？」

左平次は探るように訊ねた。刀の鍔か、と吉助は呟いて、

「打っていないよ。なんでも頼んできたお武家が、いまは江戸にいないから、別の仕事を先にしてるみたいだ」

と応えた。いまは江戸にいないのか。

「そのお武家は、いつごろ取りに来るのかな？」

「おいらには、そこまではわかんないな」

だろうな、と左平次は肩を落とした。金太に鍔を注文したのは、左平次の伯父《おじ》だ。藩籍を抜けたことは知っていても、もし、甥《おい》がここにいると、しかも武士の身分を捨てて差配に納まっていると知ったとしたら、どんなに驚くことか。

左平次は少しばかり不安に感じた。

「差配さーん、汲《く》み取りが来たよ」

下駄屋のおさんの声に、左平次は身を翻した。

長屋から西にある坂本村の百姓が長屋の厠《かわや》の糞尿《ふんにょう》の汲み取りにくる。畑の肥として使うためだ。その糞尿代は差配の収入になる。一年分でいくらと、あらかじめ支払われる銭は決めておく。これが長屋ではなく、武家屋敷や寺になると、値段が違うそうだ。食している物が違うからだという。坂本村の百姓は、寺が多い山伏町周辺を、ほとんど請け負っている。

「これは、どうもご苦労さまです」

百姓は陽に焼けた顔に頬被《ほおかむ》りをして、

「んじゃ、いただいていきまさぁ」

と、天秤棒《てんびんぼう》に桶《おけ》を下げ、長い柄杓《ひしゃく》を持って木戸を潜って来る。還暦を過ぎているが、足腰はまだまだしっかりしている。

汲み取りはなかなかの臭気で、当初は傍らに立ってその様子を見ていたが、匂いのせいなのか、眼はちかちかして、頭がくらくらした。大変な仕事もあるものだと、左平次は思ったものだった。このごろは立ち会いを控えている。

半刻ほどして、百姓が木戸を出て、「また参りやす」と、店座敷に座る左平次に頭を下げていった。

「この房楊枝をもらおうかしら」

聞き覚えのある声に、顔を上げると、果たして豊太郎だった。

豊太郎は、きちんと羽織を着けて、若い供も連れていた。

「あたしの戯作《げさく》のおかげで、この楊枝屋も繁盛してるんだってね」

「ははは、おかげさまでね」

左平次は苦笑する。と、豊太郎が急に身を乗り出してきた。

「あのさ、ちょっと前に、差配さん、うちを見に来たでしょう？」

「え？　そんなことしていませんよ」

左平次は空とぼけていった。

「嘘ついてもだめよ。差配さんが路地からそっと店先を窺《うかが》っていたって、おっ母《か》さんがいってたんだから。声を掛けようとしたら、そそくさと行っちまったって。あたしが、通りの掃除をしていたの見たんでしょ？」

ばれていたのか、と左平次は首筋を掻《か》いた。ちょうど豊太郎の母親が店から出て来たので、身を隠したつもりだったが。

「あたしが、しっかりやってるか心配だったの？　ほんとにお節介だこと。はい、今日は白雪糕と、皆に大福を持ってきたから」

供が白雪糕と大福を頭を下げながら店座敷の上に置いた。

「これは、かたじけない。お富さんにも、皆にも礼をいわせないと」

そんなことはいい、と豊太郎は、端整な顔に笑みを浮かべて、今度は、若い奉公人が豪商になるまでの戯作を書こうと思っているといった。

「苦労あり、涙あり、恋もありって」

ひとり悦に入っている。戯作者は廃業したはずだが、書くのをすっぱりやめたわけではないようだ。

「ああ、でも、もう家から飛び出したりしないから安心して。ここに戻ることはないから」

「戯作を楽しみにしていますよ。ああ、そうだ、ちょうどよかった、豊太郎さん」

左平次は豊太郎に菓子を頼んだ。初めて月番差配を務めるので、他の差配たちへの手土産を持参しようと思っていたのだ。

「初めての月番かぁ。大変ねぇ。お菓子はお代をいただくけれど、いいわよね」

「それはもちろん」

豊太郎が、小首を傾げて考えていたが、

「あの付け髷の差配さんは？」

「私の組ではありません。とはいえ、市兵衛さんは長屋を七つも持っていますからね。雇っている差配が必ず私の組にもいるでしょうけれど」

なるほどねぇ、と、豊太郎は顎に細い指を当てて、考え込んでいたが、

「じゃ、うちで一番人気の饅頭にしたらいいかな。餡《あん》が自慢で、お旗本もお使い物にしているくらいだから。あれなら嫌味もいわれないと思うけど」

自信たっぷりにいった。

「それだと値が張りませんかね？」

左平次が困った顔をすると、

「大丈夫よ、少し割引いてあげるから」

豊太郎が、うふっと笑って請け合った。


月番差配として自身番へ行く日が来た。左平次は、縞《しま》の小袖に帯を締める。

「それじゃあ、権助さん。月番差配の間、店をよろしく頼みますね」

すでに、ちゃっかり店座敷に座っていた権助は、おうと応えて、頷いた。

「もうおれの楊枝屋みたいなもんだから」

と、図々しいことをいった。が、顔馴染みになっている客もいるというから、それなりにちゃんと務めているのかもしれない。

楊枝も作ってみようかというので、それだけは止めた。

無地の茶色の羽織の紐《ひも》を結ぶ左平次のほうを向き、しかし変な家だよな、と権助が首を捻《ひね》った。

一昨日《おととい》越して来た、新しい店子の加平一家のことをいっているのだろう。

じつは、加平一家は、まだ店子の誰とも挨拶をかわしていないらしい。加平の女房は、誰よりも朝早く起きて米をとぎ、洗濯も皆がいないのを見計らって出てくるというのだ。

引っ越してきた日、大八車にはわずかな荷と、加平の父親であろう老爺《ろうや》が寝かされていた。大八車の脇には、女児と、加平の女房と母親、五つほどの男児がいた。

加平は、四十に届くか届かないかくらいの歳だった。これから世話になるからと、樽代《たるだい》と称する謝礼をいくらか包んで持ってくると、少し白髪の交じった頭をきちりと下げた。

家はどこかと、ぼそぼそした声で訊ねてきたので、左平次が案内をするつもりで腰を上げようとすると、結構だという。

遠慮ではなく、左平次を少々拒んでいるようにも思えた。

これでは、加平一家と店子たちとの顔合わせも出来ないと思ったが、加平はさっさと大八車を引いて、木戸を入った。

がたがたと荷を運び入れる音と、加平の女房の声を聞きつけて、お増とおようが左平次の元に飛んできた。お増は、七輪で魚を焼いていたのか、団扇を振り回していた。

「ねえ、ちょっと、差配さん、誰かが勝手に引っ越してきたよ」

「いやいや、新しい店子です。加平さんです。ああ、そうだ。お知らせしていませんでしたか」

あらま、とお増とおようが目をしばたたく。

「じゃあ、手伝いでもしようかね」

ふたりは木戸を潜って戻っていったが、すぐにとって返してきた。しかも、なにやら怒っている。手伝いなどいらない、もう終わったといわれたという。そのうえ、お増とおようの眼の前で、ぴしゃりと障子戸を閉めたらしい。

五

さて、と左平次は息を吐くと、自身番へ出向いた。

江戸の町人たちは、商家の問屋仲間などを除いて、租税を支払っていない。その代わり、水道や祭り、火消しの経費、さらに自身番に詰める書き役の賃金などは、各町内で負担することになっている。それを納めているのが家主たちだ。したがって、店賃は大切な財源となる。

家主や差配が、やかましく店賃を取り立てるのは、そのせいでもある。

自身番に着くと、すでに六人の差配がいた。

六人？　と左平次が目をしばたたくと、弁天長屋の差配である徳蔵が、

「新参の差配さんが一番遅かったですなぁ。もう皆さま、お揃いですよ」

と、一同を見回していった。

なぜ、徳蔵がいるのだ、と左平次は首を傾げながらも、

「これは大変失礼いたしました。三年長屋の左平次と申します。まだ新参でございますゆえ皆さま、お引き回しのほどよろしくお願いいたします」

頭を下げた。徳蔵が、やれやれという顔をした。

「やはり市兵衛さんのいった通りでしたよ。ご挨拶だけでしたねぇ」

ああ、しまった、と左平次は思った。

豊太郎の番頭が届けてくれた饅頭を持ってくるのを、すっかり忘れていた。

今頃、権助が見つけて食べているかもしれない。

「これだから、元お武家さまは。鬼嶋さまには盾突き、捨て子騒ぎは起こす。どうも町人の私らを見下していなさるようですな。」

徳蔵が他の差配に顎き掛ける。

「差し出がましいようですが、見下すなど、そのようなことは微塵も思っておりません」

左平次は訴えるようにいったが、はいはいと、徳蔵はおざなりに返答をして、

「さて、皆さま、こたびは私も含めて六人組となります」

そういうと一同を見回した。

他の差配たちが互いに顔を見合わせる。その中で、五十がらみの差配が手を挙げた。

「おや、助次郎《すけじろう》さん、なにか？」

徳蔵が訝りながらも、

「左平次さん、こちらは毘沙門《びしゃもん》長屋の助次郎さんです」

と、相手を紹介した。

「これはお初にお目にかかります」

助次郎に、左平次は腰を折る。

左平次は、いまだ土間に立たされたままでいた。毘沙門、ということは市兵衛の七福神長屋のひとつだ。四角ばった顔をした男だった。

「なにゆえ、徳蔵さんがいらっしゃるので。先月も月番をなさっていたじゃありませんか」

助次郎が訊ねる。その疑問は、左平次も当然感じている。徳蔵は、笑いながらいった。

「たいしたことではございません。左平次さんは初めての月番ですから、市兵衛さんが心配なさいましてねぇ。徳蔵がついていてやったらどうか、とおっしゃったのです。お優しい方ですよ」

なるほど、と他の差配が頷いた。

市兵衛はなにを考えているのか。

書き役の甚助が、左平次をちらりと見て、眉をひそめた。以前、甚助は、市兵衛が町奉行所の定町廻《じょうまちまわ》りである鬼嶋への袖の下やその他で、町費を使い込んでいると告げ口をしにきたことがある。そのことが市兵衛の耳に入ったと考えられなくもない。他の組の徳蔵をわざわざ月番差配に据えたのは、左平次が妙な動きをしないよう、見張らせるためだったとしたら――。

「あのう、ごめんくださいまし」

番屋の腰高の衝立《ついた》てを男が覗き込んできた。

「どちらさまですかな」

書き役の甚助が応じると、三年長屋の加平だという。左平次が慌てて振り返ると、七夕の笹竹を束にして肩に背負った加平が立っていた。加平は、右手に提げていた濃紺の風呂敷《ふろしき》包みを黙って差し出した。忘れてきた饅頭の包みだ。

権助が、左平次が忘れたのに気づき、笹竹売りに出る加平に持たせてくれたのだろう。

「か、加平さん、これは助かりました」

いいえ、と加平はぼそりといい、すぐに身を翻した。

通りに出た加平は、小さく「笹竹ぇー」と売り声を上げた。あれでは売れそうにないなぁ、と左平次はいささか心配になる。七夕も間近であるというのに、売れ残ってしまったらどうするのだろう。

そういえば、加平の商いは季節もの売りだと捨吉がいっていた。七夕の次はなんだろう。盂蘭盆会《うらぼんえ》に供える茄子《なす》や胡瓜《きゅうり》を売るのだろうか。なんにせよ、加平には長屋に戻ったらあらためて礼をせねばと思った。

「遅くなりましたが、どうぞお茶受けに」

左平次は腰を屈《かが》め、風呂敷包みの結び目を解《ほど》いた。

ほう、と徳蔵がすぐに桐箱の菓子折りを手許に引き寄せ、蓋《ふた》を開けた。

白皮の饅頭と、薄い桃色の皮の饅頭が花を描くように丸く並べられている。しかも饅頭には金《きん》箔《ぱく》が散らしてあった。

これはきれいだ、趣味がいいと、差配たちから声が上がったが、徳蔵だけは口許を曲げた。ずいぶん豊太郎もおごってくれたものだと驚きつつ、徳蔵の苦々しい顔を見て、左平次は胸のすく思いがした。

「これは、ありがたく頂戴《ちょうだい》しましょう。それにしても、このように豪華な饅頭をお茶受けにするとは、三年長屋の差配さんは実入りがよいようですな」

徳蔵がちくりという。なにがなんでも皮肉がいいたいらしい。書き役の甚助が気の毒そうな顔で左平次を見た。

「そうそう、左平次さんの楊枝屋もたいそう繁盛なさっているそうで」

初老の小柄な差配がいった。

「それはうらやましい」

腹の突き出た中年の差配も左平次に笑いかけてきた。左平次は軽く会釈をした。すると、まだ土間に立ったままの左平次を見ながら、

「いつまで突っ立っておいでですか、早く上がったらいかがです」

徳蔵がいくぶん厳しい声を出した。

初老の差配が、すっと左平次が座るための隙間を空ける。左平次はようやく雪駄を脱いで座敷に上がり、腰をおろした。

「さて、皆さんはすでにご存じかと思いますが、先月の月番で、古くなった番屋の改築、修繕を行うことが決まりました」

これについては、すでに町名主、町年寄、町奉行所の許可も下りていることをご報告させてもらう、と徳蔵がいった。

「徳蔵さん、私は聞いておりませんが、すでに上からの許しも出ているのならば、仕方ありません。いつ頃、どの番屋から始めるかも、もう決まっているのですか」

それと、請負う職人はどうなっているのかと、左平次の斜め前に座っていた差配が膝を進めた。

「まあまあ、伝吉《でんきち》さん、落ち着いてください。差配の皆さんには、お知らせしたはずなんですがねぇ」

徳蔵が不思議そうに首を傾げた。私の処にはちゃんと文書が届きましたよ、と、ひとり、ふたりと順に差配が声を上げた。

「では、私が受け取り損ねたのでしょうかね」

　ぐるりと皆を見回して、伝吉がいった。他の差配たちが肩を竦《すく》める。伝吉は、歳の頃は四十を少し出たくらい。浅黒い精悍《せいかん》な顔つきをしていた。

　徳蔵は、伝吉の言葉を受け流し、さらに話を続けた。材木屋、大工や左官など改築を請け負う者たちも、入札によって決まったばかりだといった。

「不正のないよう、私と市兵衛さん、定町廻りの鬼嶋さまが改築の請負い職人を吟味いたしましたので、ご安心を」

　徳蔵は差配たちに向かって念を押す。他の差配たちは、それならば間違いはないと、しきりに頷いている。ひとり苦い顔をしている伝吉と、ふと眼が合った。伝吉が、わずかに笑みを浮かべたように思えた。

　番屋の改築と修繕の話を終えると、徳蔵は三人の差配たちを引き連れ、そばでもたぐって帰ろうと賑やかに番屋を後にしていった。

　左平次と伝吉、それと市兵衛が家主である毘沙門長屋の差配、四角張った顔の助次郎が、長火鉢を囲んで座り直した。夜回りをする鳶《とび》の者たちが来るまで、先月の町内費の掛かりや町触れの確認、町中での揉《も》め事、訴え事の書類に目を通すための居残りだ。

「月番差配として、初めて月行事《がちぎょうじ》につきますと、色々戸惑うこともありましょう。でも、幸いこの番屋には市兵衛さんがおられますので、万事お任せしておけば心配などありませんよ」

　助次郎は、左平次が持参した饅頭を頬張り、これは美味《うま》いですな、とほくほく顔をした。

「ああ、それと近々、お城で町入能《まちいりのう》があるのは、もう聞いておられますかな?」

左平次と伝吉は顔を見合わせた。

一瞬、しまったという表情を助次郎がした。町入能というのは、将軍が代替わりしたときや、将軍家に祝い事があったときなどに催される能舞台だ。町人とついているように、その日は町人も江戸城中に設《しつら》えてある能舞台で将軍とともに能を観賞する。もちろん、江戸中の町人が入るのは無理なので、各町内から幾人ずつと代表者を決めるのだ。

町入能は無礼講だ。上さま相手に好き放題いっても、罪には問われない。町人たちは能舞台よりも、日頃の鬱憤《うっぷん》晴らしを楽しみにしている節もある。だいたい、城中に入ることだけで自慢になるし、帰りには、高価な菓子も土産にもらえるとくれば、長屋の店子連中の鼻はしばらく膨らみっ放しになる。

助次郎は空とぼけたように、黙って茶を飲み干したが、

「それはおかしいですな。左平次さんは家主さんがお梅さんですから、そちらにお知らせがいっているのだと思いますが、伝吉さんは家持ち差配ですから……」

言葉の終わりのほうは、ごにょごにょしてよく聞き取れなかった。

「どうも、私は市兵衛さんに嫌われているようですね」

伝吉が遠慮なくそういって、助次郎をきつく見据えた。

助次郎は、四角張った顔に汗を滲《にじ》ませながら、伝吉の視線をはずしていった。

「滅相もない。市兵衛さんは先代の伝吾郎《でんごろう》さんの頃から、一目置いているはずですよ」

「さて、どうですかね。うちの親父も市兵衛さんとは反りが合わなかったと聞いてますが」

伝吉が応えたとき、

「おい、いるか」

と、鬼嶋がのっそり入ってきた。左平次をみとめ鬼嶋はむっと、唇を曲げた。が、すぐに視線を移して、助次郎へ話しかけた。

「変わりはないか」

「はい、なにもございません」

助次郎は背筋を正して、深々と頭を下げる。

「お暑い中、お見廻りご苦労さまでございます。ああ、鬼嶋さま」

助次郎はすっと膝立ちをして、饅頭をふたつ懐紙に包んで、鬼嶋へ差し出した。

「三年長屋の左平次さんからの饅頭でございます。お裾分《すそわ》けで失礼ではございますが」

「ほう。ようやく気遣いが出来るようになったか。市兵衛も一安心だ。番屋の改築の件ではずいぶん骨を折ってやったと、市兵衛に伝えてくれ」

「それは承知いたしております」

鬼嶋は、助次郎の返答を聞くや、すぐに身を翻した。伝吉と左平次は、鬼嶋の背に向かって頭を下げる。と、伝吉が、下げた頭のまま小声でいった。

「饅頭を包むついでに別の小さな紙包みも入れていたのを見ましたか?」

左平次は頷いた。助次郎はそれをあらかじめ帯に挟んでいたのだろう。おそらくというより、あれは絶対に袖の下だ。あのすばやさは手慣れたものだった。

「ああ、鬼嶋さま、お見送りを」

助次郎が立ち去る鬼嶋を慌てて追いかけた。左平次は、その姿もどこか気になった。

「まあ一分というところですかね」

頭を上げた伝吉は不快そうな声でいった。そして、書き役の甚助へ、

「ここひと月で鬼嶋に渡っている金子はどのくらいだい？　甚助さん」

伝吉が問い掛けた。甚助は、びくりと肩を竦ませて、いまのが一分なら、と算盤《そろばん》を弾《はじ》いた。

「二十日ほどお顔をお出しになっているので、ざっと、五両になります」

甚助は、そう答えた。

五両――か。鬼嶋はただ番屋に顔を出すだけで、それだけの銭を得ているのかと、左平次は呆《あき》れた。小遣いとしては十分過ぎる。それ以外にも、市兵衛は長屋のごたごたや厄介事の目こぼし料を払い、料理屋では宴席を設けている。こたびの番屋の改築だか、修繕だかも、入札で不正のないように鬼嶋と市兵衛、徳蔵がしっかり立ち会ったといっているが、一番、信用出来ない奴らではないか。

しばらく考え込んでいた伝吉が、あっと気づいたように声を出し、左平次を見た。

「申し遅れました。手前は、やなぎ長屋の差配で伝吉と申します」

「やなぎ長屋？　ああ、傘屋の柳屋さんですか。同じ山伏町ですね」

「ええ、三年長屋さんと、さほど離れてはおりませんよ。以後、お見知りおきを」

「いえ、こちらこそ」

裏店の住人の雨具はほとんど笠や蓑《みの》で、高価な傘は滅多に買わない。

「実は左平次さんの房楊枝を私も使っております。家内が買ってくるのですがね」

「それはかたじけのうございます」

左平次が、軽く首を縦に振ると、元はお武家と聞いていたが、いまの物言いはたしかにそんなふうだ、と伝吉が笑った。

初めてまともな差配に会ったような気がして、左平次には心強く思えた。

左平次さん、と甚助が、突然手をついた。

「一体どうしました。手を上げてください」

「盗人の一件では、まことに小気味よくお裁きくださって、ありがとうございました。あのあとの鬼嶋さまと市兵衛さんの悔しがりようといったら、ありませんでした」

とくに、市兵衛が鬼嶋をなだめるのに懸命で、笑いを堪《こら》えるのが大変だったと、そのときの様子を思い出したのか、甚助は口許を押さえた。が、すぐに表情を変えた。

「ただ、市兵衛さんは怖いお方です。あっしが、ちょこちょこと町費の費えを調べていることに気づいちまって。なにか書き留めているのではないかと、長屋にまで人を寄越《よこ》して家捜ししたんでさ。そのとき、市兵衛さんと一緒に来たのが助次郎さんです」

「あの差配が？」

伝吉が、むむと唸る。

「それから、今後一切、そうした疑わしい真似はしないと誓文を書かされました。でないと、書き役を辞めさせ、うちの長屋の差配にも追い出すようにいうと」

甚助が悔しげに声を震わせた。それは脅しじゃないか、と伝吉が呆れた。

「市兵衛は長屋を七つ持っていて、ひとつひとつが三十、四十もの世帯がある大きな長屋だから、力を持っているのは致し方ない。だが、好き勝手をしていいわけではない。私の親父の伝吾郎ともそこで衝突していたようですがね」

市兵衛は、かなり以前からこの一帯を牛耳っていたということか、と左平次は唸る。

「で、家捜しされたとき、書き留めた証《あかし》は取られたということですか？」

左平次が訊ねると、甚助は首を横に振った。出納の怪しいものを書き留めた証は、嫁した娘の家に預けてあると、甚助が答えた。

「伝吉さん、左平次さん、町入能だって、市兵衛さんは自分の長屋の店子とお気に入りの差配の長屋からしか人選びをしませんよ。くじ引きだといっておりましたが、どうせいかさまですよ」

甚助の口調が次第に熱を帯びてくる。家捜しされ、誓文まで書かされた悔しさが、またぶり返してきたのだろう。

左平次は、ふとわずかな気配を感じて、甚助さん、お茶をくださ い、といった。

甚助は、妙な顔をして茶を淹《い》れた。そこへ、助次郎が扇子で扇ぎながら戻ってきた。

「お待たせしました。いや、鬼嶋さまはまことにお役目熱心なお方だ」

わざとらしくいって、座敷に上がった。

「腹が空《す》きませんか。文書へ眼を通す前に腹ごしらえをいたしましょう」

助次郎は左平次を見る。これは、新参の左平次にいっているのだ。

「では、手前がいつものそば屋に頼んできましょう」

伝吉が立ち上がった。

「かけそば四杯で十分でしょう。町費でまかなうのですから、ね」

助次郎は一言も返さずに頷いた。

出前のそばを食べ終えると、町触れの確認から始めた。

「金や銀などの贅沢《ぜいたく》品は身につけない、木綿の小袖にすること。また同じ文言ですなぁ。まあ、裏店の店子にはあまりかかわりない。いつもがこの通りですから」

助次郎はさっさと町触れを終え、ああ、そうだ、そうだと左平次へ顔を向けた。

「七夕の前に井戸替えをしてくださいよ。もう職人は頼んだのですか」

井戸替えは、年に一度行う井戸の大掃除だ。

「うっかりしておりました」

「いくら楊枝屋が繁盛しているからといって、長屋の差配の仕事を怠るのはよくありませんね」

助次郎の皮肉に、伝吉が助け舟を出してきた。

「うちで雇っている職人をお貸ししましょう。あとは、長屋の方々総出でお手伝いいただければ大丈夫ですから」

「それは助かります」

左平次がいうと、助次郎はあからさまに嫌な眼付きを伝吉へ向けた。

細々とした文書は嫌というほどあった。どこの長屋で子が生まれた、離縁した、復縁した、葬いがあったなどなど。店子の管理もすべて差配の仕事で、届けを出さねばならない。

その中に、おみつが定吉夫婦の養女になったとあったのが、嬉しかった。

夕刻になり、夜回りをする鳶たちがやってきて、ようやく左平次は帰路についた。

同じ山伏町の伝吉とは、当然連れ立って歩くことになった。

その途中、左平次は背後からのきつい視線を感じ取っていた。おそらく助次郎のものとみて間違いはないだろうと思った。助次郎も市兵衛の息がたっぷりかかった者だ。月番差配として番屋にいる間、助次郎は書き役の甚助の動向を探るよういわれているのかもしれない。

助次郎は甚助を見張り、徳蔵は私を見張っている。この番屋はなんだ、と左平次は怒りにも似た気持ち悪さを感じた。

「番屋の改築の請負い職人の名簿は、ご覧になりましたよね」

伝吉がいった。

「あれは、ほとんど市兵衛の知り合いですよ」

「まことに？　では、入札というのは？」

伝吉は、日暮れの陽に染まる通りに、響き渡るような笑い声を上げた。

「不正だらけに決まっているでしょう」

材木屋や親方連中から、市兵衛は改築費用の何割かを受け取るのだろう、と伝吉は吐き捨てるようにいった。

伝吉が縄のれんの下がる居酒屋の前で立ち止まった。中からは賑やかな声が聞こえる。

「軽く寄っていきませんか。お近づきのしるしに」

「店子に、店を任せて来ておりまして」

左平次が遠慮がちに応えると、

「なに、三年長屋の店子は皆、真面目で善人ばかりだと評判だ。ちゃんとその店子も店仕舞いをしてくれているでしょう」

伝吉が少々羨《うらや》ましそうにいった。店番は権助だ。店仕舞いも手慣れたものだろう。今頃はもう湯屋にでもいっているかもしれない。

「では少しだけ」

左平次の応えを待つ間もなく、伝吉が縄のれんを潜って行った。

「左平次さん、さあ入った入った」

伝吉が手招きした。


翌朝早々に、権助が店へやってきた。

「ああ、腹が減った。お増ばあさんに煮物と漬け物をもらったから、差配さん家は飯だけでいいぜ」

左平次は呆れながらも、権助に飯と味噌《みそ》汁を出した。権助は、台所に置いてある壺《つぼ》から自分で梅干しを出してくる。勝手知ったる他人の家とはいえ、ここまでくればたいしたものだ。左平次は揚げ縁を下ろし、楊枝と歯磨き粉を並べながら、

「昨日は加平さんに菓子を持たせてくれて助かった。かたじけない」

と、礼をいった。

「ったく忘れていきやがったんで驚いたよ。差配さんも世話が焼けるなあ」

権助が飯をかき込んだ。左平次は店を整え終えると、権助の前に腰を下ろした。

「でもよ、あの加平って新しい店子は何者だい？　口もろくにきかねえし、無愛想でよ。女房も子どもも、同じようだって、お増さんがいってたよ」

「長屋に馴染むまでには時がかかるさ」

左平次がそういうと、

「そうだな。差配さんもここに来たばかりの頃は、妙にしゃっちょこばっていたからなぁ」

へへへ、と権助が笑った。

「ん？　どうしたよ、真面目な面してよ」

権助が上目遣いに左平次を見る。

「じつは掃除をしようかと思っているのだよ」と、告げた。

「掃除？　井戸替えのことかい？　もうそんな時期かぁ」

違う、と左平次は居住まいを正した。

「番屋の掃除だ。あそこは汚れが溜《た》まっているのだ」

権助は飯を頬張りながら、「なんだよ。月行事で番屋の掃除をしろって決まりでも出来たのかよ。面倒くせえなぁ」と、文句をいった。

「そうではない。権助さんは香具師《やし》の元締めの孫だ。あの人たちに顔が利くのだろう」

「まあ、豊太郎さんの芝居興行の時も口利きしてやったけどよ」

「人を使って調べて欲しいことがあるのだ。市兵衛と定町廻りの鬼嶋の悪事だ」

権助は、ぽかっと口を開けた。口の中にはまだ飯が残っていたが、急いで飲み込んだ。

「つまりあの付け髷の差配とその役人があくどい真似をしてるっていうのかい」

おいおい、そいつは許せねえな、と権助は飯碗《わん》を膳《ぜん》の上に勢いよく置いた。

「で、その悪事ってのはなんだよ？」

権助が身を乗り出してきた。

昨夜、居酒屋で左平次は伝吉から、これまで市兵衛が行ってきたことを残らず聞かされた。

市兵衛はそれぞれに七福神の名をつけた長屋を所有しているが、そのうちの半分は騙し取ったようなものだというのだ。

差配は長屋の店子たちの監視役でもある。店子が悪事を犯せば、その責任を取らされることがある。市兵衛は、自分に従わない差配がいると、その長屋に破落戸《ごろつき》を住まわせ、盗みを働かせたり、長屋の店子たちを賭博《とばく》に誘わせて借金を作らせたりもした。鬼嶋と組んで差配のあらゆる弱みを握って脅し、やがては長屋ごと奪い取ったという。

また、長屋の悪い噂を流したり、店子を破落戸に脅させたりして出て行くように仕向け、空き家に困った大家から安く買いたたきもした。企《たくら》みに気付いた元の差配や家持ち大家が訴え出ようとしても、鬼嶋が先回りして握り潰していたというのだ。

「市兵衛はもともとこのあたりの地主でもあるから、皆かかわりたくはないようだ」

近々、番屋の改築、修繕が行われるが、それにかかわる材木屋、大工も市兵衛の知人や自分の店子たちだ、と左平次はいった。

脛《すね》を丸出しにして座っていた権助は、左平次の話を聞いて、苛々《いらいら》と脚を揺すった。

「気に食わねえな。やり口が汚《きたね》えよ」

権助が、すっくと立ち上がった。

「こうしちゃいられねえ。今の元締めに頼んで、市兵衛と鬼嶋を探らせる。ここの店番は、お増さんにしてもらおうぜ」

ひゅうと風のように表に飛び出た権助が、振り返った。

「正蔵さんと、熊さんにもその話をしておいたほうがいいと思うぜ、差配さん」

なるほど。正蔵は屋根職人、熊八は穴蔵職人だ。普請場に出入りしているので、大工や材木屋に知った者も多いはずだ。

「なんだか、うずうずしてきやがった。へへ、祠の河童さまを拝んでから出かけるか」

裾を絡《から》げて再び走り出した権助を見送り、左平次が、羽織の紐を結んだときだった。

「おはようございます、左平次さん」

捨吉だ。

「初めての月番差配は、いかがでしたか」

「どうもあの番屋は腐りかけているようです。お梅さんもそれをご存じだったのでは？」

「自分のような年寄りが出て行ったところで何が出来るわけでもない。なので、お梅さんは成り行きを見守っているそうです。どうか、左平次さんの、その差し出口を存分に活《い》かしてもらいたい、と」

「私の差し出口とは、また」

「まことの事でございますよ。思い出されてはどうですか。ご自身が藩を離れた訳を」

左平次は、ぐっと唇を嚙み締めた。

藩の上役が帳簿をごまかし、金子を自身の懐に納めていた。それを左平次が諫《いさ》めると、おまえの父親は見て見ぬ振りをしていた、と告げられたのだ。左平次は、父にも腹立たしさを覚えた。父は悪事を見逃し、口止め料として、高価な魚や菓子を受け取っていた。何も知らなかったとはいえ、左平次自身もそれを口にして舌鼓を打っていたのだ。思い出すと今でも我慢がならない。

今また、身近で同じような不正が行われている。番屋の差配たちを従わせ、町を牛耳る市兵衛と定町廻りの鬼嶋がいた。町費は差配が納めたものだ。しかし、その銭は店賃の一部で、店子たちが懸命に働き得た賃銀である。

「捨吉さん。私は、番屋の掃除をすることに決めました」

「そうですか。お梅さんに伝えます」

捨吉が、わずかに白い歯を見せ、黒文字の楊枝を手に取り、踵《きびす》を返した。

お増に店番を頼んだ左平次が表通りへと出たとき、

「左平次さん」

背後から伝吉の声がした。

「おはようございます。いよいよですね」

「ええ、昨夜打ち合わせた通り、まずは書き役の甚助さんが書き留めた数字と帳簿を突き合わせ、市兵衛が町費をどれだけ勝手に使い込んでいたか、その証を挙げましょう」

「それから、市兵衛の七福神長屋以外の差配たちをこちら側の味方にする」

左平次はそういって、伝吉を強く見つめる。

「さすがは、元お武家だ。なにやら顔つきが違いますな」

「そんなことはありませんよ。武士だろうが町人だろうが、不正は不正。正さねばならぬと思っております」

なるほど、と伝吉が深く頷いた。

「左平次さんのような方が差配になってくださってありがたい。私ひとりではこれまでなにも出来ませんでしたのでね」

ふたりは番屋へ向かいながら、決意をあらたにした。

「私の長屋に権助という者がおりまして、祖父がかつて香具師の元締めをしていたものですから、その者にも手助けをしてもらうつもりでおります」

それから、普請場に出入りをしている者たちにも、こたびの番屋の改修についての情報を仕入れてもらうと付け加えた。

「それは心強い。そうか、うちには大工と左官がおります。入札がどのように行われたのか、探りをいれることも出来ますね」

番屋に着くと、甚助が青い顔をして左平次と伝吉を見た。

「おやおや、山伏町のお二方、遅かったですなぁ。さ、早く早くお入りください」

こちらに向け、顔中に笑みを広げているのは、市兵衛だった。

そのうえ、番屋の中には町内の差配が全員集まっている。狭い座敷は人ひとり入る隙間もなく、仮眠を取ったり、罪人を留め置くための板場のほうがいくらか空いていた。

左平次と伝吉は、他の差配たちの間を縫うようにして奥の板の間へと入った。

「では、皆さんお揃いのようでございますのでね、これからくじ引きをいたします」

市兵衛が数十本もの紙縒《かみよ》りを握りしめた手を高だかと差し上げた。

左平次はようやく腰をおろしたところで、市兵衛の背に向けて訊ねた。

「なんのくじ引きでしょう?」

すると、市兵衛でなく、弁天長屋の徳蔵がむすっとした顔で応えた。

「町入能へ行く長屋を決めるのですよ」

するると、市兵衛が、左平次と伝吉へわざとらしく笑いかけてきた。

「では、引いてください。当たりには朱墨を塗ったものが十本入っております。ただの白い紙縒りははずれですからな。くじならば恨みっこなしでしょう?」

伝吉が身を寄せ、

「くじを見せてもらったほうがいいかもしれませんね」

と、皮肉混じりにいった。

「差し出がましいようですが、その紙縒りを見せていただけませんか」

左平次は思い切っていった。番屋の中の差配たちがざわつく。

「なにをおっしゃる。左平次さんは私を疑っているのですかな」

「いいえ、疑うなんてとんでもございません。ただ、公正に行われていることがはっきりすれば、皆さんもご安心かと思いましてね」

それが疑うってことだ、と怒鳴る徳蔵を市兵衛が止める。

市兵衛は、左手で紙縒りの上の方を握り、それまで握っていた部分を、左平次へ向けた。

たしかに朱墨を塗ったものが入っている。

「失礼しました。かたじけのうございます」

「よろしいですかな」

ふんと、鼻から息を抜くと、市兵衛は身を返した。では、どなたから引いていただきましょうか、と市兵衛がいった。

「新参の左平次さんから、いかがです」

徳蔵が囃《はや》し立てるようにいった。

「いやいや、新参者からでは申し訳ない。皆さんからお先に」

遠慮がちに身を引き、左平次は皆を順に見る。

「こういうときは、遠慮しあっていても埒《らち》があきませんよ。では私から、引きますよ」

市兵衛の雇われ差配である毘沙門長屋の助次郎が立ち上がる。

「さすがだね。おまえさんはちゃっちゃとしていて気持ちがいいよ。さあ、引いとくれ」

市兵衛が紙縒りを差し出す。助次郎は真剣な顔つきで選び、一本に手をかけた。

「まことに、それでいいのかい？」

「ええ、これで」

助次郎は紙縒りを引き抜く。差配たちから思わず声が洩《も》れた。朱墨が塗られていた。

「これはしまった。最初から当たりを引いてしまった」

「それも助次郎の運のよさだ。あとは連れて行く店子を誰にするか決めておくれよ。お城に入るのだから、なるべく行儀のいい者にしておくれ」

「もちろん、そのつもりでございます」

助次郎は他の差配たちに申し訳なさそうな顔を向けて再び腰を下ろした。

他の差配たちも次々にくじを引き始める。当たりが出た差配は大喜びだ。はずれを引いた者は、がくりと肩を落とす。

「さ、当たりはあと四本。あたしは最後に残った一本でいいからね」

市兵衛がいうと、徳蔵がすかさず立ち上がり、

「それでは市兵衛さんが気の毒だ。ここまできたらあみだくじにしようじゃないか」

なあ、皆の衆、といった。市兵衛は殊勝に頭を横に振り、

「徳蔵の気持ちは嬉しいがね。私は、町入能には以前もいかせてもらっている。それにいうじゃないか、残りものには福があると」

そういって、早く引けとばかりに左平次にくじをつき出した。

「十二本残っているうちの四本が当たりだよ、左平次さん」

左平次は紙縒りをじっと見つめた。市兵衛の持っている七つの長屋のうち、すでに四軒が当たりを引き当てている。最初の助次郎、徳蔵とあとふたり。はずれを引いてしまったのは、二軒の差配だ。

伝吉がこそっと囁いた。

「市兵衛には当たりくじを残すのだろうな」

左平次が一本の紙縒りに指を掛けようとしたとき、湯呑み茶碗を落とす音がした。

「ああ、こいつは失礼しやした」

書き役の甚助だ。

左平次が眼を向けると、甚助が親指と人差し指を擦り合せている。なんのまじないかと、訝しく思いつつ、左平次は突き出された紙縒りをじっくり見た。

これか――。

紙縒りに細工があったのだ。紙の縒りが、左巻きと右巻きがある。数えると、左巻きが四本、

右巻きが八本。

「さあ、他の差配が待ちくたびれますよ」

市兵衛に急《せ》かされたが、左平次は躊躇《ちゅうちょ》なく、左巻きの紙縒りを抜いた。朱墨があった。

「新参者で、町入能を観に行けるだなんて、運がよろしい」

市兵衛があからさまに悔しげな表情をする。左平次は、伝吉にそっと告げた。伝吉は素知らぬ振りをして、左巻きの紙縒りを引く。徳蔵が忌々しげな顔をした。

当たりはあと二本だ。

「ああ、当たらぬものかな。あたしは一度も町入能を観たことがない。お城にも入ってみたい」

伝吉の隣に座る初老の差配が呟いた。

市兵衛の差し出す紙縒りを拝みながら、初老の差配は指を震わせ、あっちを摑み、こっちを摑みと、悩んでいる。

この差配は、市兵衛の長屋で雇われている者ではないと、伝吉が左平次に耳打ちした。

そして、その差配が左巻きの紙縒りに触れた瞬間、伝吉が身体を捩った。

「おっと、これは失礼を」

伝吉の肩が触れて驚いた初老の差配は、そのまま後ろにひっくり返った。が、紙縒りはしっかり引き抜いていた。初老の差配は仰向《あおむ》けになったまま朱墨の付いた紙縒りを見るや、

「やあ、当たった当たった」

と大声を上げた。市兵衛が、むぐぐと顔を引きつらせた。残る当たりは一本。紙縒りは九本だ。

市兵衛は当たりの紙縒りを知っている。しかし、差配はあと九人。その中には、市兵衛の雇われ

差配がひとりいる。

「どうするつもりですかね、市兵衛さんは」

伝吉がいったとき、徳蔵が立ち上がり、皆を見回した。

「あと九本のくじのうち、当たりは一本ですが、ここはどうでしょうねぇ。町入能はいくら無礼講とはいえ、まとめ役が必要だと思うのですよ」

うむ、たしかにその通りだ、と誰かが賛同する声を上げた。どうせ市兵衛の雇われ差配のひとりだろう。

「ここはやはり市兵衛さんに行ってもらうべきじゃないかと」

徳蔵は口許に笑みを浮かべてはいるが、その眼は厳しく差配たちを睨み付けている。

少し気の弱そうな差配など、ひとたまりもない。びくびくしながら、「それがいいでしょうなぁ」と小声でいった。

市兵衛が、まあまあ皆の衆、と困り顔でいうと、徳蔵に険しい顔を向けた。

「徳蔵さん、なにを余計なことをいうのだね。まだくじ引きをしていない差配さんが私を含め九人いるのだよ。それなのに私に決めてしまっては、八人の方に申し訳ない」

首を横に振った市兵衛は、くじを続けましょうといった。

他の差配たちは、いつもは強引な市兵衛が遠慮する姿を見て、少々面食らったようだ。

「市兵衛さんが、そういっているんですから、くじを再開したらどうですかね」

伝吉がいうと、徳蔵が睨めつけてきた。左平次も膝を進めた。

「差し出がましいようですが、せっかくくじをお作りになったんです。市兵衛さんもそうおっしやっていますし、やはりここは公正を期しませんか」

その言葉に、市兵衛が口を歪《ゆが》めた。と、そこへ定町廻りの鬼嶋が顔を出した。

「お、どうした。差配が打ち揃って、なにをしているのだ。ああ、町入能か。もうどこの長屋が行くか決まったのか」

それが、と徳蔵が差配たちを押しのけるようにして鬼嶋の前に進み出た。

「あと一軒なんでございますが、私はやはり何度か町入能を観にいったことのある市兵衛さんがよいと思っているのですが、当のご本人が、どうしても首を縦に振らないのでございますよ」

ほう、と鬼嶋が、さほど興味はないというように差配たちへ眼を向けた。どうせ市兵衛が行くとわかっているような顔つきだ。鬼嶋が市兵衛に訊ねた。

「市兵衛、なにゆえ遠慮しておるのだ」

はあ、と市兵衛はかしこまり、居住まいを正した。

「これは公正なくじでございますからな」

伝吉が、公正が聞いて呆れると呟いて市兵衛を睨みつけた。

ん？　と眼を丸くした鬼嶋が伝吉を見る。

「山伏町の伝吉か。何が気に食わねえのか、いってみな」

「よろしいんで？　市兵衛さん、徳蔵さん、そして七福神長屋の差配さん方。くじには絡繰りがあるんじゃございませんかね」

「伝吉さんとやら、ずいぶんな物言いをなさっているが、わたしたちは、くじにはなにもかかわっていない。くじを作ったのは、そこの書き役の甚助さんだ」

毘沙門長屋の助次郎が、甚助をちらりと横目で見やった。

甚助は脚の上に載せた拳《こぶし》をぎゅうっと握り締める。

「そ、その通りでございます。あたしがくじを作りました」

首元から汗が流れ出す。

「なら、なにも疑うことはねえじゃねえか。市兵衛もそう遠慮しねえで、皆のいうことを聞いてやったらどうだい？」

「とんでもないことでございます」

市兵衛は大袈裟《おおげさ》に顔の前で手を振る。

「それでなくとも、私は色々と陰で噂を立てられておりましてね。町費を使い込んでいるとか、鬼嶋さまへ必要以上の饗応《きようおう》をしているとか」

こたびの番屋の改修にしましても、と市兵衛は、付け髷に触れて、眉を八の字にした。

「まっとうな入札であったにもかかわらず、私の知り合いの大工や材木商ばかりだと」

市兵衛はわずかに顔を伏せたまま、伝吉と左平次に弱々しい視線を向ける。

「そんなふうに思われていちゃ、くじを引かずに私の長屋が町入能に行っては、さらに角が立つではございませんか。そんな証はどこにもございませんのに」

市兵衛は、肩をすぼめ、声を震わせる。

「おいおい、おれへの饗応だって。ふざけるんじゃねえよ。たしかに、目こぼし料はもらっているし、ときには一緒に飯も食うが、たいした銭じゃねえぞ」

伝吉が顔をそむけ、息を吐いた。

市兵衛は眉尻《じり》を下げた。

「そうですよ。鬼嶋さまには、わずかな目こぼし料で、どれだけ、お世話になっているか」

悪党を捕らえることだけが奉行所ではない。悪事を未然に防ぎ、犯罪に至らぬよう訓示するのも大切な役目だと市兵衛が取り出した扇子を振りながら懸命に訴える。

「それを鬼嶋さまは実践なさっておいでなのですよ」

それですのに、と市兵衛は悔しげに袖口で目許を押さえた。

「そこまで持ち上げるこたぁねえよ」

鬼嶋が照れながら、鬢《びん》を掻く。

「いいえ、いい機会ですからいわせていただきますよ。奉行所では、悪党を捕らえるほうが、評価は上がるのですぞ。大きな事件であれば、お奉行さまから御褒美だっていただける。しかし、鬼嶋さまは、そうしたことには眼もくれずに、この町内を守ってくださっているのです」

どこぞの長屋のように、河童を拝んでいるだけでは、世の中なにも変わらない、と市兵衛はたっぷり皮肉を込めた。左平次は、さすがにむっとして口を挟んだ。

「差し出がましいようですが、他の長屋には稲荷《いなり》があるではないですか。たまたま、うちは河童というだけです。店子が信心しているものを引き合いに出すのはおやめください」

「はいはい、それは失礼。拝むだけで願いが叶《かな》うなら、だれも苦労はしないといいたかっただけですよ。鬼嶋さまは、そうではありませんのでね。町を見廻り、悪事を未然に防ぎ、あたしたちの世話をしてくださる。拝むなら鬼嶋大明神ですよ」

市兵衛は小鼻をうごめかせる。鬼嶋が、そう持ち上げるな、と苦い顔をして差配たちをぐるりと見回し、低い声を出した。

「おれに不正があるというなら、証を持ってこい。それから話を聞いてやる」

と、鬼嶋が身を翻す。

「さ、見廻りの続きだ。町入能は市兵衛に決めろ。先導して行く者が必要だ。徳蔵では、まだ頼りないからな」

「これは参りましたなぁ。そんなにはっきりとおっしゃらなくても」

徳蔵は、他の差配に愛想笑いを向けつつ、頷き掛ける。

と、一旦《いったん》、番屋の外へと出かけていた鬼嶋が振り返った。

「ああ、そうだ。伝吉の長屋の者が茶屋の女に入れあげて、喧嘩騒ぎを起こしたぜ。いま、その男どもを大番屋送りにしてきたところよ」

「うちの店子が？　誰ですか？」

思わず腰を上げた伝吉に向け、鬼嶋が意味ありげな笑みを浮かべる。

「大番屋にお前が行けばいいことだ。では、な。また参る。番屋は色々大変なことも多かろうが、よろしく頼むぞ。なあ、甚助も皆のために尽くせよ」

柔らかな声を掛けて、歩き出した。

甚助は平伏した。甚助がくじを作ったのなら、左巻きの紙縒りと右巻きの紙縒りの不正をわかっていたはずだ。左平次が視線を向けたが、甚助は頭を下げたままでいた。

左平次と伝吉にその不正を教えてくれたのは甚助だ。

甚助は、仕事を取り上げると脅されているのか、何か弱みでも握られているのだろうか。

「鬼嶋さまのお言葉もございましたので、町入能は、市兵衛さんに行っていただくということで、よろしいですな」

徳蔵は鼻高々にいい放った。

市兵衛は、「すまないねえ。でも、鬼嶋さまのお言葉となれば従わないと」と、申し訳なさそうな顔で一同を見回した。

「何をおっしゃいます、市兵衛さんに先達を務めていただければ、初めてお城へ行くあたしらも安心だ」

「その通りですよ。行けなかったあたしらの分まで、楽しんで来て下さいませ」

「ああ、上さまからお下げ渡しになる菓子を、ぜひともお裾分けしてもらいたいですなぁ」

町入能に行く者も行けない者も、和気あいあいと笑顔で盛り上がる。くじを引けなかった差配も、不服の声を上げない。

これがこの番屋のおかしなところなのだ。

市兵衛に逆らう者は誰もいない。逆らうことも出来ない。

市兵衛は、柔和な顔をして、

「ああ、肝心なことを忘れておりました。町入能へ連れて行く店子を、ひとつの長屋から十名ずつ選んでおいてください。町入能まではあとひと月ありますが、なるべく早めに決めていただき、番屋にお届けください」

と、頭を丁寧に下げた。

「そうそう、伝吉さん。くじは当たりましたが、茶屋で騒ぎを起こすような店子がいる長屋は、いかがなものでしょうなぁ」

徳蔵が、薄ら笑いを浮かべながら伝吉を見た。徳蔵を見返した伝吉は手をついて、

「騒ぎを起こしたのは店子ひとりとはいえ、差配の責任もございますゆえ、うちの長屋は、町入能を辞退させていただきます」

はっきりと口にした。その言葉を受けて、市兵衛が、ああ、と大袈裟に額を叩いた。

「徳蔵、余計なことをいいなさんな。伝吉さんはしっかりした差配さんだ。その店子だけを、町入能に連れて行かないようにすればいいことだ。それに、その騒ぎだって、大きなことじゃないかもしれないからね」

「恐れ入ります。私はまだまだ差配としての器が小さいようですなぁ」

徳蔵が歯を剝《む》き出して笑うと、つられて周囲も笑みをこぼした。

市兵衛は伝吉の肩をぽんぽんと二度叩き、

「面倒を起こす店子がいると、差配の気苦労は絶えません。私も幾度か経験しておりますよ、伝吉さん」

といい、立ち上がった。伝吉が、くそっと小さく洩らし、市兵衛に頭を垂れた。

それからすぐに散会し、月番差配だけが番屋に残った。

「いやいや、ようやく涼しくなりましたな。それでなくても暑いのに、狭い番屋に町内の差配が全員集まると、息が詰まる」

徳蔵が扇子を取り出した。伝吉が苦々しい顔つきで茶を啜る。毘沙門長屋の助次郎が、

「伝吉さん、あとのことは私らに任せて大番屋へ行ったほうがよいのではありませんかね？　店

子が水茶屋でどのような騒ぎを起こしたのかわかりませんから」

横目でちらりと見ながらいう。

「人物には心当たりがあるのですか？」

左平次が小声で問い掛けると、伝吉は首を縦に振った。

「たぶん半月前に入ってきた貸本屋の若い男だと思います……」

「なにか、気になることでも？」

「いつだったか、長屋の外で、その貸本屋と他の店子が夕涼みしながら将棋を指していたのですが、そのとき貸本屋が、水茶屋の女子《おなご》がまったく自分になびかない、よい手はないものだろうか、と冗談混じりに話していたのを耳にしましてね」

伝吉は通りすがりに、簡単になびく女子ではつまらないだろう、と口を挟んだという。

「すると差配さんも女で苦労した口か？　と返されましたよ」

ただ、貸本屋がわずかに袖をめくり上げたとき、二の腕に彫り物があったのをちらりと見たと、伝吉がいった。

「しかし、若い頃は意気がって彫る者も多いですからね。じつは」

と、左平次の耳許で「私も肩口にあります」と笑った。はあ、と左平次は眼を丸くしただけで、二の句が継げなかった。

貸本屋は、以前はちょっとばかり悪さをしていたが、いまはまっとうになって仕事をしていると、本人と親類から聞かされたため、伝吉は長屋に住まわせたのだという。

「伝吉さん、本日は、徳蔵さんもいらっしゃいますから、心配はありません。もたもたしている場合じゃないですよ」

助次郎が徳蔵へ頷きかける。

「承知しました。ありがとうございます」

その時、差配さん、大変だよ、と遠くから女の声が聞こえてきた。番屋にいるのは皆差配。誰もがなんだ、どうしたと色めき立った。懸命に走ってきたのは、おしんだ。

「おしんさん！」

左平次が声を上げると同時に、助次郎と徳蔵がすぐさまそっぽをむいた。おしんは、腰高の衝立てに、息を弾ませながらもたれかかると、

「差配さん、正蔵さんが大番屋に連れて行かれた」

眉をひそめていった。

「ど、どうしてですか？」

「おれんちゃんだってば！」

聞けば、おれんに岡惚れしていた若い男が、店が終わったら花火に行こう、酒を呑みに行こうと、毎日のように迫っていたらしい。

だが、おれんがまったく首を縦に振らないことに腹を立てたその男は、

「おれ、知ってるんだぜ、おまえさんが玉の輿に乗りたいってことをよ。おれ、貸本屋なんかやってるけど、ほんとは大店の次男坊なんだ」

おれんに向けて財布をちらつかせた。

「銭ならあるんだ。いくら出せば付き合う？」

おれんが怒りで顔を真っ赤にして、

「馬っ鹿じゃないの。銭だけで女がほいほいついてくると思ったら大間違いよ」

そう怒鳴ったとき、貸本屋が手を上げた。

息も切れ切れに話すおしんの話を聞きながら、左平次と伝吉は、顔を見合わせた。

「貸本屋はうちの店子でしょう」

「正蔵はうちの店子です」

「ああ、焦《じ》れったい。おれんちゃんは、その貸本屋に頬を張られて、地面に転がったの」

仕事帰りに茶屋の前を通り掛かった正蔵が助け起こしたが、貸本屋は、まだおれんへの怒りが収まらなかったようで、

「水茶屋勤めの女が大層な夢を見てるんじゃねえよ」

と、罵声《ばせい》を浴びせた。

「おれんちゃんを悪くいうな」

正蔵が躍りかかり、貸本屋の右頬を一発殴りつけた。

「これは、馬鹿にされたおれんちゃんの分だ」

正蔵は貸本屋の襟元を絞り上げると、今度は左頬を殴った。

「こいつは、おれの分だ！」

まともに拳を食らった貸本屋は地面に突っ伏し、鼻血を出した。

「この野郎。なにしやがる」

貸本屋が正蔵に摑みかかったところに、岡っ引きが走ってきたのだ。

「それで、ふたりとも引っ立てられちゃったのよ、差配さん、どうするの？　おれんちゃんも一緒に連れて行かれちゃったんだって」

それは大変だ。助次郎は、ふと浮かべた笑みをすぐさま引っ込めていった。

「そんな偶然があるものなんですねぇ。おふたりの長屋の店子同士の喧嘩ですか」

「しかも、女子の取り合いとはまた」

徳蔵が呆れつつも、

「いざとなったら、鬼嶋さまをお呼びになるといい。うまく取り計らってくださいますからね」

そのために町費を使っているのだから、と当然の顔をした。

左平次と伝吉は、まことに偶然なのか訝しく思いながら、急ぎ番屋を出る。

「おれんちゃんが働いている水茶屋の子が成り行きを見ていて、それで知らせにきてくれたんだ。だから、頼むよ。正蔵さんはちっとも悪くないよ。おれんちゃんを守ったんだからさ」

おしんが拝むようにいった。

「きっと大丈夫です」

ほんとだね、と左平次に念を押し、きっと伝吉へきつい視線を放つと、

「あんたのところの店子のせいで、正蔵さんが罪人になったら承知しないからね」

嚙みつくようにいった。

第七章　河童

一

「佐久間町《さくまちょう》の大番屋だからね」

おしんの声に背中を押されるように左平次と伝吉は、頷《うなず》き合うと駆け出した。走りながら、伝吉がいった。

「やられました。貸本屋は安次《やすじ》というのですが、おそらく市兵衛がうちの長屋へ入り込ませた者でしょう」

えっ、と左平次は伝吉を見る。

「お話ししたとおり、市兵衛のいつものやり口ですよ。このあと、ふたりが解き放ちになるように働きかけるはずです。それで私たちに恩を売り、こちらの弱みを握る」

「では、うちのおれんさんを狙ったのも、そうした目論見《もくろみ》があってのことなのですか」

「安次を殴った正蔵さんという方は」

「温厚で真面目な働き者ですよ。それと、おれんさんを好いていましてね」

そうか、と伝吉は息を吐いた。

安次は、正蔵が茶屋の前を通る刻限を見計らって、騒ぎを起こせばいい。それにしても、無口で物静かなあの正蔵が人を殴りつけたということに、左平次は驚いていた。

寛永寺の塀の処《ところ》で、休んでいる駕籠《かご》屋がいた。運のいいことに二挺《ちょう》止まっていた。

「駕籠で行きましょう」

伝吉へいい、左平次は駕籠屋に声を掛けた。

大番屋は、町内にある自身番よりも大きく、調べ番屋とも呼ばれている。そこでは吟味与力や同心によって、取り調べが行われ、罪状が明確になれば、牢《ろう》送りにされる。

正蔵が先に手を出したようだが、大丈夫だろうか、と駕籠に揺られながら左平次は思った。前の駕籠に乗る伝吉は、どう感じているのだろう。

佐久間町の大番屋の前で駕籠を降りるやいなや、左平次と伝吉は中へ飛び込んだ。

正蔵は縄で縛られていたが、おれんと安次とおぼしき男は座らされているだけだった。

安次は、吟味役の同心に、こんなに顔が腫《は》れては商いが出来ない、と訴えていた。

「安次！」

「ああ、差配さん。ほら見てくれよ、この面。陸《おか》にあがったふぐみたいになっちまった。酷《ひど》いんだよ、あいつ。あっしはね、この娘が気のつくいい子だったから、茶代を余分に出そうとしただけなんだ、ほんとなんだよぉ」

細目で尖《とが》った顎《あご》をした安次が、伝吉に甘えるようにいった。若い同心が、黙れ黙れと安次を制し、伝吉と左平次をじろりと見た。

「やなぎ長屋の差配、伝吉でございます」

「三年長屋の差配、左平次と申します。このたびは、ご厄介をおかけいたしました」

「差配さん」

おれんが、左平次の顔を見た途端、涙をこぼした。おれんの頬がわずかに赤く腫れていた。安次に平手打ちされたせいだろう。

「あたしのせいだよ。この安次って人があんまりしつこいから、つい」

「女、与力さまが来るまで余計なことは話すな」

若い同心が怒鳴った。

「差し出がましいようですが、なぜうちの正蔵が縛られているのですか。正蔵は同じ長屋のおれんを助けようとして、手を出してしまったにすぎません」

「なにをいっておるのだ。殴りかかったのは正蔵のほうだ。だから縄を打ったのだ」

「では、正蔵がなぜ安次さんを殴ったのか、その訳は訊《き》いているのですか？　おれんの頬を見てください。安次さんに平手打ちされたのです。先に手を上げたのは正蔵ではありません」

安次が苦々しい顔で、左平次を睨みつけてきた。

「そうした話も吟味与力さまがいらしてからにしろ」

同心が再び怒鳴る。左平次は若い同心をぐっと見つめた。同心がわずかに怯《ひる》んだ。

「なんだその眼は、町人風情が」

「恥ずかしながら、元は武士でございましたゆえ、失礼いたしました」

ふん、と若い同心が鼻を鳴らしたとき、大番屋に、同心と小者ふたりを従えた裃《かみしも》姿の初老の与力が入ってきた。

姿を見せた吟味与力を見て、はっとした伝吉がすぐさま平伏した。

「おお、伝吉ではないか。久しいの。親父どのの弔い以来だが、息災か」

「これは、神崎《かんざき》さま。こちらこそご無沙汰《ぶさた》いたしております。あの折には大層お気遣いいただきながら、なんのご挨拶《あいさつ》もせず」

「気にすることはない」

伝吉と与力が顔見知りとは、心強い。与力は番屋内を見回し、

「で、お主は？」

今度は左平次へ問い掛けてきた。吟味与力だけあって、視線が鋭い。

「三年長屋の差配でございます」

左平次が平伏すると、与力は、急に眼を細めた。これはこれはと、板の間に上がり込み、扇子を広げて膝《ひざ》をつくと、平伏する左平次の耳許《もと》で、

「お梅は元気にしているか？」

そう訊《たず》ねてきた。

「は、はい。新米差配の私を、陰から支えてくださっています」

うむうむ、と与力は満足そうに頷いた。

「さて、そこの者ども、神妙にいたせよ。なにがあったのか有り体に申せ」

神崎は朗々とした声を張り上げた。一同、揃って頭を下げた。おれんはむろんのこと、正蔵もその日のうちに解き放ちになった。しかし、安次だけは留め置かれた。なんと、盗みの旧悪がわかり、お縄になったのだ。

伝吉は、そうした者を店子《たなこ》にして住まわせたことを咎《とが》められ、過料（罰金）をいい渡された。安次とともに長屋へ挨拶にきた縁者も捜し出されることになったが、縁者というのは、どうやら嘘だった。なぜ伝吉の長屋に住もうとしたのかについては、安次は空いている処を見つけただけだといい張った。だが、なにより神崎与力を不快にさせたのは、安次がおれんに手を上げたことだったようだ。

「男と女の大きな違いは、力の強さだ。女子の心根は、ときに男に勝るほど強いが、腕力だけはいかんともしがたい」

それがわからぬ男は人としてもクズだ、といい放ったのだ。

鬼嶋のように役人風をびゅうびゅう吹かせる者ばかりではないのだと、左平次は、神崎与力を見つめた。

二

正蔵とおれんが大番屋から戻されると、長屋の者が総出で迎えた。おしん、お増、およう、お富は、おれんを囲んで、よかったよかった、と涙ぐんでいる。正蔵は定吉と熊八、権助に小突かれながら、照れ笑いを浮かべている。金太はその場に立っているだけだったが、どこか安堵《あんど》したような顔をしていた。

「まさか、おとなしい正蔵さんが、人を殴り飛ばすなんてなぁ、見かけによらないねぇ」

「なにいってるんだい、おじさん。惚《ほ》れた女を救うのが男ってもんだい」

吉助が、まるで自分の武勇伝のように自慢し、鼻の下をこすり上げた。

と、おれんが俯《うつむ》きながら、正蔵に近寄った。

「ありがとう、正蔵さん」

正蔵は、いやその、と顔を伏せる。

「おいおい、おれんさんが礼をいってるんだぜ、しゃんとしろよ」

権助がからかうようにいった。すると、正蔵がぐぐっと唇を噛《か》み締めた。店子連中は、一体どうしたのかと目を瞠《みは》る。

正蔵は、大きく息を吐いて、

「縁談は断ったから。おれんさん、おれはあんたにずっと惚れてた。あんたが玉の輿《こし》に乗りたいって河童《かっぱ》さまにお願いしているのは百も承知だ。それに歳だって離れているし、ただの屋根職人だが、おれは、おれは」

「もういいわよ、正蔵さん。ありがとう。あたしみたいな女を好いてくれて」

正蔵はぎゅっと目蓋《まぶた》を閉じて、再び顔を伏せた。

おぉだの、うわぁだの、なんだかわからない声が飛び交う。

「あのう、差し出がましいようですが、玉の輿というのは、なにもお金持ちに嫁ぐということだけではないと思うのですよ」

「はあ、なにいってんだい、差配さん。玉の輿は、金持ちに嫁入りすることだ」

権助が呆《あき》れたようにいった。ううん、とおれんが首を横に振り、俯く正蔵を見つめた。

「正蔵さんがあたしを好いてくれているのは知ってた。でも、職人なんて冗談じゃないって思ってたのも、ほんとのことよ。けれど、正蔵さんに縁談があるって聞いたとき、心の中がもやもやしたの。なんだか悔しかった」

えっ、と、正蔵が顔を上げた。

おれんは、ちょっともじもじしていった。

「差配さんのいう通りよ。玉の輿ってお金のことだけじゃないって思い始めたの。あたしを、ちゃんと守ってくれる人がいいなって。いくらお金があっても、情のない人じゃ困るもの」

権助がしかめっ面をした。

「ってことはよ、正蔵さんとおれんさんは」

「祝言だ！」

吉助が叫んだ。

おれんが「吉坊！」と、顔を真っ赤にした。

正蔵は、調子に乗った男たちにぼこぼこと殴られる。

「やめてくれよ、痛《いて》えじゃねえか」

そういいながらも顔は笑顔だ。

「皆、いい加減にしないか。さあ、正蔵さん、ここは男としてきちんとしないといけませんよ」

左平次がそういうと、正蔵は神妙な顔つきになった。皆もゴクリと生唾《なまつば》を呑《の》み込んでふたりを見つめている。

「おれんさん、おれみたいな者でよければ、一緒になってくれねえか」

おれんが、こくりと頷いた。長屋は、上を下への大騒ぎになった。

「おれんちゃんの気が変わらないうちに、早いとこ祝言を挙げちまわないと」

お増が、冗談ともつかぬようなことをいって、皆を笑わせる。

左平次は、市兵衛が、伝吉のやなぎ長屋とうちの長屋に仕組んだ妙な目論見が吉となったことを思うと可笑《おか》しかった。正蔵にとっては怪我の巧妙か、ともかく嬉《うれ》しいことだった。

この話を知らされたら、市兵衛は付け髷《まげ》が浮いてしまうほど、悔しがるに違いない。

「仮祝言を挙げちまおうぜ」

権助が調子に乗っていい出した。照れまくる正蔵に、「皆が祝ってくれるのだからいいじゃない」と、おれんも気恥ずかしそうに頬を染めていった。

「じゃあ、ちょっとくらい肴《さかな》がないとね。そろそろ豆腐屋の仙蔵さんが来る頃合いだ」

お増が木戸へ向かう。左平次は、はっとして騒ぐ皆から離れた。

誰も楊枝《ようじ》屋の店番をしていないことに気づいたのだ。慌てて戻ると、店の前に加平が立っていた。左平次は、店の前に立っている加平に声を掛ける。

「申し訳ありません」

「誰もいなかったので、私が見ておりました」

「ありがとうございます」

左平次が頭を下げたとき、ふと加平の掌《てのひら》が眼に留まった。たこのある、無骨な手をしていた。剣術をやっていたのだろうか。

「加平さん、先日は番屋に菓子を届けていただき、助かりました」

「礼には及びません。あれは権助さんに頼まれただけですから。では、これで」

さっと背を向けた加平はすべてを拒絶しているように見えて、左平次は呼び止めることが出来なかった。

「こいつはどうも、差配さん。いいことでもあったんで？　お増さんが豆腐をぜんぶ買い上げてくれやした」

やってきた仙蔵がほくほく顔をしている。

「はい、ちょっと祝い事なんです」

「へえ、そりゃ、あやかりたいねぇ。やっぱり三年長屋に住むといいことがあるんだな」

仙蔵は羨《うらや》ましそうな顔をして、天秤《てんびん》棒に吊るした空の板台を揺らしながら去っていった。

上座には、ひな人形よろしく正蔵とおれんが並んで座らされていたが、その夜は、仮祝言とは名ばかりの宴となった。

金太は仕事が詰まっているからと途中で席を立ったが、加平一家は誰も来ない。

「あの一家、ちょっとおかしいよなぁ」

おみつにちょっかいを出しながら、定吉がいった。おみつは表情も豊かになって、あやすと声を上げて喜ぶようにもなった。定吉は舐《な》めるように可愛がっている。

「おれを見て笑うのがたまらねえ」

定吉がいうと、

「よほどおかしな顔をしているんだろうさ」

女房のお富に突っ込まれていた。

穴蔵職人の熊八が、左平次の横にどかりと座り込み、

「差配さんよ、例の番屋改修の話なんだが」

小声でいった。

「もうなにかわかったんですか？」

「付け髷の差配が、てめえの庭に穴蔵を造らせてるって話だ」

穴蔵は地面を掘って造る蔵だ。火事のとき、土蔵よりも被害がくいとめられると、穴蔵を持っている武家や商家は多い。

「ほう、それは熊八さんの知り合いの話ですか？」

古い仲間だ、と熊八が頷いた。

「市兵衛の穴蔵ってのは底が二重になっているらしいぜ。付け髷の差配が口うるさいって、仲間は嫌気が差してるよ」

熊八の話を聞いた左平次は、ふむと考え込んだ。

「どうだろう、その穴蔵、お仲間の口添えで熊八さんも造りにいけませんかね？」

「おれがかい？　まあ、頼めば出来ねえことはないが」

もし、市兵衛に身許《みもと》を問われても、三年長屋の者というのは伏せてほしいと熊八に告げた。熊八は、親方の名は訊くが住まいまで気にする奴はいねえから大丈夫だ、と請け合ってくれた。

「どんな構造《つくり》になっているのかだけでも、見てきてくれれば助かります」

熊八は、任せとけと、厚い胸板を叩《たた》いた。二重構造の穴蔵。市兵衛がそこに何を隠そうとしているのか楽しみになってきた。そこで、左平次は町入能のことを思い出し、身を乗り出した。

「皆さん、お話があります。じつは町入能があり、この長屋から十名、行く事が出来るのです」

誰が行くかを決めたい、と左平次はいった。

「町入能ってお城に入れるんだよね」

おしんがいうと、

「姉さん、上さまだってご覧になるんだよ」

弟の多助の言葉に、おしんは、上さま！　と目をまん丸くした。

「能なんて、ちっともわからないけど、上さまとお城ってのはすごいもんだね」

「でも、金太さんと加平さんとこが来てねえからさ、今決めると不公平になるぜ」

権助がいう。

「まだ、先のことですから、とりあえずご報告だけでもと思いましてね。十名という決まりなので、恨みっこなしでとなると……」

「くじ引きが一番だろうな」

半兵衛が手を挙げていった。

それを聞いた左平次は、くじでもつまらぬ不正を働いた市兵衛を思い出して、腹が立った。どこまで身勝手な者なのだろう。

さて、いよいよこれからだ。

幸せそうな正蔵とおれんを見ながら、左平次は、己を鼓舞するようにくいと酒を呷《あお》った。

三

江戸の町に笹竹が幾本も立つ。笹は、色とりどりの千代紙で作った提灯《ちょうちん》や輪飾り、短冊で飾られ、それが風に吹かれて、しゃらしゃらと涼しげな音を立てる。

七夕だ。

少し前には井戸の底の浚《さら》いも無事に終えて、店子たちは河童の祠《ほこら》に胡瓜《きゅうり》を供えた。店子たちにとって生活用水である井戸は大切なものだ。これも水難除《よ》けの霊験を持つ河童に守ってもらうのだ。

屋根職人の正蔵が、七夕の笹竹をそれぞれの家の屋根の上に括《くく》りつけている。

笹竹はもちろん加平から買ったものだ。吉助は、早く簪《かんざし》が打てますようにと、短冊に記したらしい。正蔵の様子を下から心配そうに見つめているのは、女房になったばかりのおれんだ。とはいっても、まだおれんは正蔵と一緒に住んではいない。互いの家を行き来しながら、暮らしている。

笹竹を括り終えた正蔵が、左平次の元にやって来た。

「ご苦労さまでしたね、正蔵さん」

「てぇしたことはありませんや。いつも高《たけ》ぇ処に登ってますから慣れておりまさ」

店座敷の脇に腰掛けた正蔵は、首に掛けた手拭《てぬぐ》いで汗を拭《ふ》きつつ、左平次に申し訳なさそうな顔をして、二間ある長屋へ越そうと考えているといった。

左平次に否やはない。ただ、その前に、正蔵の仲間うちや、おれんの知り合いも呼んで、きちんとした祝言を挙げましょうというと、「ありがてぇ」と、正蔵はちょっと涙ぐんだ。

しかし、親方からの縁談を反古《ほご》にして大丈夫だったのかと、左平次は訊ねた。

「不機嫌な顔をしておりましたが」

好いた女子《おなご》がいるならしかたねぇ、と承知してくれたという。その代わり、仕事はこれまで以上にしっかりやってもらう、と約束させられたらしい。

そこで、正蔵は思い出したように番屋の改修を請け負った屋根職人のことが知れたといった。

「じつは、うちの親方も入札に参加していたんですよ。ところがね、差配さん……」

聞けば、材木屋、大工、左官、屋根職人、鳶《とび》も入れて、入札の値は前もって相談されていたらしいという。

すでに入札の値が決められていたとは、と左平次は呆れると同時に憤りを覚えた。

「うちの親方は、材木問屋が縁戚《えんせき》なので、かなり安く入札出来たんですが、こんな安値は怪しすぎると逆に難癖をつけられ、はじかれちまったそうです。屋根の受け持ちは、付け髷の差配さんの知り合いの息子だそうで」

「その入札のときの値がわかるといいんですが」

正蔵が、そいつはお任せください、といった。

「材木商や他の職人の入札値は知りようがねえが、うちの親方はてめえがいくらで請け負いたいか、二枚書いて、一枚を手許に残しているはずです。あとから難癖つけられたら困るのでね」

「そうですか。それなら入札したときの金高《かねだか》を教えてくれるでしょうか」

「もちろんでさ。親方も納得がいかねえといっておりましたのでね」

早速、このことを伝吉にも知らせに行こう、と左平次は思った。伝吉のほうでもなにか摑《つか》んでいるかもしれない。

「で、正蔵さん、おれんさんの作るご飯はおいしいですか?」

「あったりめえですよ。弁当も作ってくれるんで、いやもう仲間にからかわれて」

正蔵は顔を真っ赤にしながら、でれでれと相好をくずした。

正蔵が帰ったあと、左平次は、お増に店番を頼み、伝吉の元へ出掛けた。柳屋は間口が五間ほどの立派な店で、左平次が顔を覗《のぞ》かせると、帳場に座っていた伝吉が気づいて、飛んで来た。

「お忙しいところお訪ねしてすみません。いくつかご報告したいことがありまして」

「いやいや、私のほうにもありましたよ」

奉公人に店を任せると、伝吉は急《せ》かすように左平次を母屋へと促した。

客間からは丹精された庭が見える。百日紅《さるすべり》の淡い紅色の花が鮮やかに咲いていた。

伝吉は腰を下ろすなり、早速、身を乗り出してきた。

「うちの長屋にいたあの貸本屋ですが、なんと鬼嶋の小者でしたよ。小さな悪事を見逃してやる代わりに、自分の手先としていいように使っていたんだそうです」

「よくわかりましたね」

左平次が驚くと、伝吉は与力の神崎の力を借りたといった。

奉行所の同心は、三十俵二人扶持《ぶち》という薄給だ。しかし、定町廻りには役得がある。商家の奉公人や、長屋の店子、あるいは旗本や大名の中間《ちゆうげん》などが起こした不始末を見逃す代わりに金品を得ることは、当たり前に行われている。なので、定町廻りの暮らし向きは結構豊かだといわれる。これは公然の秘密で、奉行所も黙認しているようだ。

だが、今回の番屋の改修は、それとはわけが違う。鬼嶋と市兵衛が組んで、金儲《もう》けを企《たくら》んでいるとすれば、ただの悪事だ。

「もう十分に鬼嶋を叩けるのではありませんか？　与力さまにお願いすれば」

伝吉は、いやいや、と首を横に振る。

「鬼嶋は弱い者には威圧的な男ですが、上役に媚《こ》びへつらうのは得意らしく、神崎さま以外の与力たちの評判は悪くないようです。貸本屋の一件も、懸命に更生させようとしたが、その気持ちが通じなかったのが残念でならないと、吟味与力に涙ながらに語ったとか」

「厚かましいというか、しらじらしいにもほどがあります」

左平次は、怒るより感心してしまった。あのいかつい顔に涙など、想像するだけで震えが走る。どうせ目尻《めじり》にちょいちょいと唾でも付けたに違いない。それでも吟味与力を騙《だま》せるくらいには芝居上手なのかもしれない。まったく嫌な男だ。

「で、左平次さんはどのような話が？」

伝吉に問われ、入札の件ですがと、膝を進めた――。

半刻《とき》（約一時間）ほどして、左平次は柳屋を出た。去り際に、伝吉と甚助の話をした。

「また脅されているのではないかと心配です。町入能のためのくじを作ったのは甚助だ。紙縒《かみよ》りを左捻《ひね》りと右捻りにした絡繰りを知っていて手伝ったのですからね」

「そうですね。娘に預けたという帳簿の写しを見せてくれるかどうか」

甚助の協力はむろん必要だが、私たちが出来ることもある、と伝吉は少しばかり楽しそうにいい、「市兵衛と鬼嶋をぎゃふんといわせましょう」と拳《こぶし》をぎゅっと握りしめた。

左平次は、懐手で歩きながら空をぼうと見上げた。三年長屋の差配になるとき、お梅に「償い」といわれたことを思い出した。

お梅自身も「償い」のために三年長屋を作った、といった。

人は常に襟を正して生きているわけではない。自分の幸せを願うあまり、知らぬうちに誰かを不幸にしていることがある。人の世は、なかなかうまくいかない。

けれど、眼の前で悪事が行われるのを知りながら眼をつむるのは、もう真っ平だ。

今、私が守るべきは、三年長屋の店子たちの暮らしだ。そのためなら、大いに差し出口でもお節介でもしよう、そう決めたのだ。

しかし、鬼嶋と市兵衛をどう叩きのめすか。証拠を並べ、突き出しても、あの狡猾《こうかつ》なふたりのことだ。のらりくらりと逃げるかもしれない。

左平次が長屋の前まで戻ってくると、加平が天秤棒を担いで、木戸を出てくるところだった。

お増が店座敷から声を掛けてきた。

「差配さん、おかえり。今日もよく売れたよ。豊太郎さんの芝居のおかげだねぇ。房楊枝がなくなっちまうよう」

「それは、すぐに作らねばいけませんね。あ、お増さん、あと少し店番をお願いします」

ああ、いいともさと、お増がいうや、左平次は加平を追いかけた。

七夕の笹竹売りを終え、今は盂蘭盆会《うらぼんえ》に供える茄子《なす》や胡瓜を売っている。売り声を上げているが、やはり威勢はよくない。

「加平さん、加平さん」

左平次の呼び掛けに気づいて、加平が足を止めた。

「ちょっとお話しさせてください」

加平は迷惑そうに眉間《みけん》に皺《しわ》を寄せたが、思い出したように、「笹竹を買っていただいて助かりました」と、ぼそりといって頭を下げた。

「なんのなんの、殺風景な長屋が賑《にぎ》やかになったと、皆も喜んでおりますよ」

「では、あれは差配さんがすべて――」

「まあ、お節介差配といわれていますので」

そうですかと、加平は左平次から眼をそらす。天秤棒は担いだままだ。

「差し出がましいようですが、加平さんのお宅が長屋の者たちと馴染《なじ》めずにいるようで気になっておりましてね」

加平が視線を落とした。

「うちの子も女房も人見知りなもので。そのことでしたら、お気遣い無用です」

では、と加平が歩き出そうとしたとき、

「加平さん、加平さんはもしや元は武士ではありませんか?」

左平次の問いに、加平がまたも眉間に皺を寄せる。

「掌《てのひら》のたこですよ。天秤棒を担ぐだけで出来るものじゃない。かなり木刀で修練を積んだのではありませんか」

あ、いや、と加平がうろたえる。

「私も元は武士です。ゆえあって藩を離れまして、今はこうして長屋の差配をしておりますが、ちらと見てすぐに気づきました」

加平の顔が歪《ゆが》み、急に力が抜けたのか、大きくため息を吐いた。

「私の名は、佐倉《さくら》加平。西国の小藩で腰物役を務めておりました」

左平次は、ほうと心の内で頷いた。腰物役とは藩主の刀を管理する役だ。ときには試し斬りをすることもある。つまり加平は相当剣術が遣えるということか。左平次はそのとき、はっとした。これはいいかもしれない——。

「なにゆえ、藩を出られたのですか？」

加平は応《こた》えず、天秤棒を再び摑み直した。

「私のしくじりなのでお話ししても詮無《せんな》いことです」

左平次から逃げるように加平は立ち去ろうとした。左平次はその背に声を掛けた。

「じつは、私もしくじりました。ただ己の考えひとつで、仕えていた藩を出て妻子に苦労をかけてしまった男です。しかも、貧しい暮らしの中、妻は病死し、娘とは生き別れたまま。情けなくて、悔しくて仕方ありません」

左平次の言葉に足を止めた加平は黙って聞いている。

「今一度、仕官をお望みなのですか？」

加平は振り向きもせずに、ぼそりと応えた。

「望んだところで、いまどき仕官など無理でしょう。どこの藩も窮乏しております。新たな者を召し抱えることなど、まずありません」

差配さんもおわかりだからこそ、武士を捨てたのではないですか、と訊ねてきた。

「武家姿の差配では取っ付きにくいですし、いまは家主に刀を預けています。加平さんは、仕官をお望みなのですね。では河童の祠にお願いしてみてください」

加平が振り向いた。怒りがこもったような暗い眼を左平次へ向けた。

「ここは能天気な長屋ですね。病の老父母と子どもを抱えたしがない季節物売りが、河童に祈ったところでなにも変わりはしない」

「私もここに来たばかりのときは、そう思っていましたよ。けれど、ある者は運を摑み、ある者は大事なことに気づいた。それは、各々が強い思いを持っているからだと私は感じました。諦《あきら》めない思いですよ」

「ならば娘さんの行方も河童に訊けばいい」

加平は皮肉っぽくいった。

「もちろん、毎日祈っております」

馬鹿馬鹿しいと、加平が小声でいう。

ただ河童に頼るだけではなく、皆、くじけそうになるときの心の拠《よ》り所としているのだ、と左平次は感じている。

願いは叶《かな》えばいいというわけではない。そこから先が大事なのだと左平次は思う。表店を出した吉五郎は、これまで以上に商売に熱心になった。定吉もおみつを育てるのに、得意先を増やして懸命に働いている。吉助は錺《かざり》職になるため金太に叱られても怒鳴られても、じっと堪えて奉公している。正蔵とおれんだって、夫婦としては、これからだ。

「もう商いに出ませんと」

と、加平がいった。

「引き止めてしまい申し訳ありませんでした。最後に、私からひとつお願いをしたいのですが、よろしいですか？」

加平が訝《いぶか》しげな顔をした。

「近々、町入能があります」

正蔵とおれんの仮祝言の宴に姿を見せていなかったため、加平は町入能のことは知らない。

「その日に、手助けをしていただけるとありがたいのですが」

「私が、なんの手助けを？」と、加平はますます訝る。

「武士に戻っていただきたい」

はあ？　と加平がさすがに頓狂《とんきょう》な声を上げた。

「な、なにをいっているやら」

加平は、呆れた目付きで左平次を見つめたが、断りはせず、そそくさと立ち去った。相変わらず覇気のない加平の売り声を聞きながら、左平次は、にこりと笑った。

そして店に取って返し、「豊太郎さんの所へ行って来ます」とお増にいって身を翻した。

豊太郎は二つ返事だった。

夜が明けると、権助がやって来た。左平次が番屋へ行く支度をしながら話をすると、

「おいおい、そんなことしたら、皆、お縄になっちまうぜ、差配さん」

「そうだろうかなぁ」

左平次は、帯を締める。

「やなぎ長屋の伝吉さんにも今日、話すつもりでいるのだが」

権助は小難しい顔をして、腕を組んだ。

「豊太郎さんにも伝えておきました。あとは権助さんの仲間うちに助けてもらいたいのです」

「んなこと頼まれてもよ。町入能の日なんだろう？」

「だからいいのですよ。人が大勢集まる」

左平次は、自分を見上げている権助を、悪戯《いたずら》っぽい目付きで見返した。

「なんだ、権助さんなら真っ先に、面白《おもしれ》ぇといってくれると思ったんですが、意外と肝が小さいんだなぁ。それならば他の――」

権助が、待て待て待て、と身を乗り出した。

「肝が小せえといわれちゃ、おれの男がすたるってもんよ。どんと任せろ。お膳立《ぜんだ》ては、そっちでやってくれるんだろう？」

「もちろん大丈夫です。役者も揃っています」

加平が受けてくれればなおいいが、と思いつつ羽織の紐《ひも》を結ぶ。

「今夜、店を仕舞いにした後、皆に集まってもらうことになっている」

「役者にか？」

左平次は、うむと頷いた。

「役者といっても、熊八さんと正蔵さんと」

あとは伝吉さんですと、応えた。け、素人じゃねえか、といった権助に、

「権助さんもですよ」

左平次がいうと、おお、そいつはいい役者だとうそぶいた。まったく調子がいい奴だ。

権助は笑いながら、あっと膝を打った。

「あの付け髷差配だけどよ、仲間が面白え話を持ってきたよ」

ほう、と左平次は眼をしばたたいた。

四

権助の話によると、市兵衛が孫娘を武家奉公に出そうとしているというのだ。武家奉公に出た娘は、礼儀作法が身に付き、嫁に行く時にも箔《はく》がつくといわれる。

「付け髷差配の狙いは、ただの武家奉公じゃねえよ。大奥勤めだ」

「ほ、それはまた大層な。それで、その前に大名家に奉公をさせて、ひと通り武家の作法を身につけさせようというわけか」

権助は、うへへと笑った。

「奉公先はどこだと思う？　田丸藩だ」

田丸藩といえば、左平次が三年長屋の差配になってすぐ、占い師の順斎が相談役として召し抱えられた藩だ。長屋へ迎えにきたのは、たしか用人の戸沢右京だ。

ということは、市兵衛は田丸藩の重臣と付き合いがあるということだろうか。鬼嶋を介しているとも考えられる。

田丸藩は小藩ではあるが、徳川《とくがわ》家にずっと仕えていた譜代大名だ。そこから、大奥へと孫娘を推挙してもらおうと考えているのかもしれない。

「なあ、差配さん。金の臭いがぷんぷんするよな」

左平次も同じ事を考えていた。田丸藩に多額の金子を渡し、橋渡しを願うのだ。

大奥での奉公を狙うなら、田丸藩だけでなく、さらに石高も地位も高い大名家とも通じていたいだろう。むしろ田丸藩はその足掛かりか。

そうなれば、市兵衛にはかなりの金子が必要になる。孫娘の幸せを願ってのことか、それとも市兵衛の見栄《みえ》のためか。おそらくその両方だ。

しかし、田丸藩ならば、順斎がいる。

順斎が手を貸してくれたら――。

左平次は番屋へ出掛けた。

番屋には毘沙門長屋の助次郎がいて、じろりと左平次を見た。

「遅くなりまして、申し訳ございません」

「まだ皆さんお揃いではありませんよ。届け出と町触れを、ふたりで片付けましょうか」

左平次が火鉢の横に座るなり、助次郎がどさりと紙の束を置いた。

「ところで、助次郎さんは市兵衛さんの長屋の差配になって何年になるのですか」

「六年ほどでしょうかね」

市兵衛が罪に問われたら、七軒の長屋とその差配たちはどうなるのだろうかと、左平次は考えた。

ふたり黙々と届けを分けていると、助次郎の手が止まり、急に口を開いた。

「また離縁の届けが出てます。このところ多くて困りますよ。だいたい女房が子を連れて出て行きますが、その後の暮らしは並大抵ではない」

その口調には、どこか助次郎自身の思いが込められているような気がした。

「助次郎さんは、江戸の生まれですか。ご両親もご健在で?」

左平次が問うと、助次郎は、ため息を吐いた。

「あなたにはかかわりないことでしょう。さっさと仕分けをしてしまいましょう。ああ、これも離縁の届けだ」

「その代わり、うちからは夫婦がひと組出来ましたが」

左平次がいうと、

「それはめでたいですな。せいぜい別れないよう、差配が目配りしてやってください」

助次郎は素っ気なかった。書き役の甚助が、ちらちらとこちらを窺《うかが》っている。そこへ、別の小太りの差配が首筋の汗を拭きつつやって来た。

「もう仕分けを始めていたのですか、すみませんね。そうそう、町入能へ行く店子は決められましたか?」

助次郎が頷く。

「うちは三十軒の大所帯ですから。すぐにくじ引きをしましたよ」

「でしょうなぁ。そこへ行くと、三年長屋さんは十軒だ。決めるのも楽でしょう」

いやあ、と左平次は盆の窪《くぼ》に手を当てた。

「これからですが、行けない者と行ける者の人数がとんとんだと、くじ引きでも嫌なものですよ」

「なるほど、そういう困り事もありますか。なんといっても町入能ですからね。普段は入る事の出来ないお城の中が見られるのですから。その上、帰りには菓子ももらえる」

結局、菓子は長屋の店子で分けることになりますけどね、と小太りの差配は笑いながらいい、おやと首を傾げた。

「今日は、徳蔵さんはいらっしゃらないんですかね」

助次郎が思い出したように応えた。

「徳蔵さんは市兵衛さんの代理で、番屋改修の集まりに出ると」

左平次は、素知らぬ顔をして訊ねた。

「番屋をいくつも改修するとなると、それなりの金がかかりますが、落札額はいかほどだったのでしょうね」

「なぜ、それをお知りになりたいのですか？」

助次郎が左平次を探るように見る。

「差し出がましいようですが、番屋にこうして詰める差配として当然ではありませんか。町費から捻出《ねんしゅつ》するのですから」

左平次は、いささか厳しい声音でいい放った。

「左平次さんは新参なのでご存じないのかもしれませんが、ここは市兵衛さんが主になっている番屋ですから。私も市兵衛さんの雇われですし、万事、お任せでよろしいのですよ」

「しかし、番屋の改修はここだけで行うわけではありません。大掛かりなものですよ。その費えまですべて市兵衛さんひとりが責任を負っているわけですか？」

「そういう方なのですよ。町のために一所懸命なのです」

小太りの差配も、そうそうと頷き、左平次のほうへ膝を進めた。

「長屋で困ったことがあれば、すぐに市兵衛さんと鬼嶋さまが収めてくださいます。以前、私の長屋の店子に掏摸《すり》がおりましてね、それが知れたときには、私も顔が青くなりました。しかし、市兵衛さんに相談いたしましたら、すぐに対処してくださいました」

「その掏摸はどうなったんですか」

左平次は訊ねた。

「鬼嶋さまが捕らえました。ですが、無宿者ということにしていただき、事なきを得ました。あれは助かりましたよ。でなければ、身許をきちんと確かめなかった私だってお白洲《しらす》に出なければならなかったかもしれないのですから」

本来、掏摸を捕らえるときは、掏り取ったその瞬間でなければならないはずだが、鬼嶋はそうしたこともうやむやにしてしまうのだろう。役に立っているといえば、いえなくもない。ただ、市兵衛と鬼嶋は、そうしたことを積み重ねて他の長屋の差配たちの信用を得ているのだろうと思われた。それを崩すには、やはり証拠集めが一番肝心だ。

「ああ、そうだ。甚助さん」

左平次は、皆のために茶を淹《い》れている書き役の甚助に話し掛けた。

「先日、お願いした件ですが……」

え、あ、と甚助が口籠《くちごも》る。その様子を毘沙門長屋の助次郎が横目で見る。左平次は構わずさらに続けていった。

「お忘れですか？　私がここで根付けを落としたかもしれないと」

ああ、そうでしたね、と甚助が額を叩いた。

「うっかりしておりました。まだ捜しておりませんで、申し訳ございません」

「え？　根付けを落とされたのですか？　どのようなものです？」

小太りの差配がいい、はあ、と左平次は返事をした。

「安物ですが、私が武士だった頃から使っている兎をかたどった根付けでして」

夫婦《めおと》の兎で、雄兎は茶色で雌は白色だと、左平次は指で大きさを示しながら話した。

それはそれは、と小太りの差配は敷物をめくってみたり、届け出の間を覗いてみたりしてくれた。

「もし見つかったら、教えてください」

「こんな狭い番屋ですよ。あれば、もう誰かが見つけていると思いますがね」

助次郎は怪しむような口調だった。

「なければないで諦めます。ただ亡き妻が選んでくれた物でしてね。それが心残りで。私も通りを見ながら歩いているのですが、見つからなくて」

と、左平次は辛《つら》そうな表情をした。

小太りの差配は、「亡くなったお内儀の」と涙ぐんでいる。人が好《よ》いのだろう。これでは市兵衛と鬼嶋に騙され、信頼に値する人物なのだと思い込むのも無理はない気がした。

甚助は、くまなく探しますといって皆に茶を配り、

「伝吉さんが遅いですね」

と呟《つぶや》いて、開け放した掃き出し窓から首を伸ばして通りを見た。そのとき、ゆっくりと歩いて来る伝吉の姿が見えた。伝吉は、座敷に上がり込むなり、

「遅くなりました。途中で町名主さんにお会いしましてね、これを預かってまいりました」

一枚の町触れを差し出した。町入能について書かれたものだった。

五

その夜、左平次の家に伝吉、正蔵、熊八、豊太郎、権助、加平、そして甚助の七人が集まった。加平は渋々といった様子で、車座になった輪の外にいた。伝吉が懐から取り出した紙を広げ、口火をきった。

「私が、別の番屋の改修の落札額と内訳を、そこの差配から手に入れました。さほど不審な点は見当たりませんでした」

伝吉は、わずかに悔しげな顔をした。

正蔵と熊八が覗き込む。ふたりは、ふうん、なるほどと得心したような声を洩らした。

左平次が首を傾げる。

「私には、相場がまったくわかりませんが」

「番屋も直すところが一軒一軒違うでしょうけれど、どんな材木をどれだけ使うかで値が変わりますからね。でも、材料費は高くも安くもねえって感じでさ」

と、正蔵がいうと、熊八が、

「けど、大工、左官の人数がやたら多いのが引っかかるな」

無精髭《ひげ》を撫《な》でる。

「それは、おそらく幾つかの番屋をいっぺんに改修するための人数ではないでしょうか」

左平次がいうと、伝吉が、改修する番屋は全部で十軒です、と皆の顔を見回した。

「なになに、一軒当たりの人数が、大工五人と左官三人、屋根職三人を入れて、十一人！　で、日数は三月だって？　こりゃあ、ずいぶん大掛かりだ」

　熊八が目の玉をぐりぐりさせた。

「大工の賃金が一日、ひとりあたま四百五十文になっていますが、こいつはちょいと安く見積もってまさ。いっぱしの大工なら五百五十は欲しいところだ。左官と屋根職は四百文、か。まあまあだと思うが、どうだい？　正蔵さん」

　熊八の隣で、正蔵が頷いた。

「賃金は確かにそこそこだ。おそらく日数も考えての事でやしょう、まとまった仕事になれば職人にはありがたい」

　伝吉が腕組みをする。

「職人たちの賃金の一日分は一両二朱と百五十文。ひと月を三十日とすると、三十四両三分二朱。番屋一軒、三月で百両を越す掛かりとなる。が、妥当といえなくもない」

「つまり、番屋の改修に不正はないということでしょうか。せいぜい、市兵衛さんが知り合いに便宜を図ったというだけで」

　左平次が入札額と見積もりを睨《にら》みながらいうと、皆が、うーんと唸《うな》った。

「あっしの親方の入札額は、職人ひとりあたま四百文でした。屋根職人はふたりで十分だと、いっておりましたがね」

　正蔵が身を乗り出した。

　正蔵のいう通り、番屋によって改修箇所も違うから、一軒の番屋に十一人ずつ職人を入れる必要はないはずだ。

「他の親方衆だって、そう高い入札はしていねえはずですよ。町費でまかなわれることがわかっておりますからね。差配さんや商家が納めている銭は、あっしらの店賃の一部だし、あっしらが店で物を買った銭の一部なんだ。それが町費でしょう。そいつで儲けようなんて考える親方衆はいねえですよ」

正蔵がはっきりと口にした。寡黙でおとなしかった正蔵も変わったものだと、左平次は思った。おれんと所帯を持ったことで、自信がついたのかもしれない。顔つきも以前よりきりりと引き締まっている。

「本当は、もっと安く出来ると知っていながら、市兵衛さんは知人に便宜を図った。そこを突くぐらいしかないですかね」

そうか、と左平次が腕を組む。

「市兵衛と鬼嶋を叩くには、それだけでは弱い。高い入札額を選んで、その一部を礼金としてせしめるのかと思っていましたが……」

伝吉が悔しそうにいった。はあ、と豊太郎がため息を吐いた。

「もっと皆があっと驚くような悪事じゃなきゃ、筋書きを書く気も失《う》せちゃうよ、差配さん」

「まあまあ、豊太郎さん、これからですよ」

左平次は、豊太郎をなだめる。

ちょいと待ちねぇ、差配さん、と権助が、いきなり芝居がかった声を上げた。

左平次と伝吉が、同時に権助を見る。

「あ、ふたりとも差配か。まあ、いいや。お節介なほうの差配さんだよ。おれが仕入れてきた話、忘れてないかい？　市兵衛が孫娘を武家奉公に出したいって件だよ」

初めて耳にした伝吉が、ほうと身を乗り出した。

「香具師《やし》は鳶とも仲がいいんだ。鳶に、芝居小屋とかを造ってもらっているからさ」

権助がいった。香具師は、広小路や祭り、縁日などで、露天の店を開いたり、見世物や芸の披露をしている。

伝吉が不思議そうな顔で権助を見る。左平次は伝吉の耳許で、うちの前任の差配さんが香具師の元締めで、権助はその孫だと囁《ささや》いた。

あの方の孫ですか、と伝吉は眼を開き、納得して頷いた。

「で、こいつは、まだほっかほかの湯気が立ってる話なんだがな」

えへん、とばかりに権助が胸を張る。

「差し出がましいようですが、前置きが長いですよ。皆さん、話を待ってます」

左平次がたしなめると、わかったよ、細かい差配だな、とぶつぶついいながら、権助は語り始めた。市兵衛が、孫娘を武家奉公に上げようとしている先が、田丸藩だということは、左平次もすでに権助から聞いている。

「付け髷の差配が本当に狙っているのは、田丸藩の中屋敷の普請なんだよ」

皆が、どよめいた。

大名は、藩主やその家族や家臣が暮らし、政務を執る上屋敷と、隠居や元服を終えた若殿が住む中屋敷、別荘、あるいは国許からの物資の保管に用いる下屋敷を持っていた。

田丸藩の中屋敷は、かなり古く、ずいぶん前の暴風雨で半壊したままの姿をさらしているのだという。

「しかし、大名家の普請は、たいていは国許にいる職人を連れて来るものですよ」

左平次がいうと、権助が鼻をうごめかせた。

「ところがどっこい。そこに登場するのが鬼嶋だ。あの同心は、田丸藩の用人と顔馴染みなんだよ」

「順斎さんを迎えにきた用人と顔馴染み？」

「少し前に、田丸藩の下屋敷で中間が手慰み（賭博《とばく》）に興じていたんだ。どっかの馬鹿旦那《だんな》が、それで大損させられてさ。両者の間に入って、事を収めたのが鬼嶋だ」

伝吉が苦虫を嚙み潰《つぶ》したような顔をする。

「賭博は御法度だ。田丸藩とその旦那の両方から礼金を得たのだろうな」

あくどい奴というのは、色々な処に鼻が利くものだと左平次は妙に感心した。

権助が首を横に振る。

「そう思うだろう？　けど、鬼嶋は礼金はいらないと、頑として受け取らなかったんだとよ。これからは、藩できちんと監視なされるがよい、ってな」

用人が感服仕《つかま》つるって、いったかどうかは知らないが、鬼嶋に恩義を感じているらしい、と権助がいった。権助はさらに続けた。

「で、中屋敷の普請には、国許のお抱えの棟梁《とうりよう》と親方衆は来るらしいんだけど、材木運んで、大勢引き連れてやって来たら路銀が掛かるだろう。しかもいまは、米の不作でお武家はどこもかしこも、ひーひーいってる。無理に中屋敷を建て直さなくてもいいんじゃねえかと思うだろ？」

訳があるのか、と伝吉が権助に訊ねる。

「殿さまが隠居なさるからだよ」

なるほど、それなら仕方ないかと、左平次は思った。

「けどよ、付け髷の差配がしゃしゃり出たところで、大名家の普請なんか請け負えるはずがねえ」

熊八がむすっとした顔をした。

「熊さん、そこで鬼嶋が、礼金を受け取らなかったことが活《い》きてくるわけよ。職人と材木は江戸で調達したらどうか、と用人に持ちかけたんだ。そのほうが、国許から職人を連れてくるより安くあがる。自分が信頼している者を仲介してしんぜようって」

権助がいうと、熊八がぽんと膝を打った。

「じゃあ今回の入札で、その信用を得るために、番屋の改修を請け負うほどの職人だっていう事実を作ったってのか」

「うちの親方は、ただ頭数を合わせるのに使われたんじゃねえか。最初から、付け髷差配の知り合いが請け負うって決まってたんだからな」

正蔵は怒りをあらわにした。

ということはですよ、と左平次は考えこみながらいった。

「田丸藩に材木商や大工を紹介する市兵衛さんは、一銭も払わずに、孫娘を奉公に上げられるかもしれないってことですかね」

「それに、中屋敷の普請ともなれば、何百両という金になる」

伝吉が唸る。

「それ、いいじゃない。大名家から金をせしめるなんて、なかなかの悪事だと思うわよ」

豊太郎が色めきたち、懐紙と矢立を取り出すと、さらさら綴り始めた。

「ただし、その話が本当ならな」

伝吉の言葉に、権助が片膝を立てた。

「疑っているのかい？　お節介じゃないほうの差配さん。安心しろって。鳶仲間から話を聞いたあと、ちゃんと裏を取ってあるんだよ」

順斎のおっさんにさ、といってにやっと笑った。

左平次は腰を浮かして、

「順斎さんにいつ会いに行ったんですか？　でも、それなら確かでしょうね」

興奮気味にいった。熊八と正蔵も顔を見合わせる。左平次が順斎のことを教えると、伝吉は、ほうと感嘆した。

「田丸藩に召し抱えられた占い師？　それは心強い」

「ただ、順斎さんは、こちらのいう通りには動いてくれないのでは」

「そんな心配は無用だよ、お節介の差配さん。順斎のおっさんの占いで、付け髷の差配が悪党だって出ればいいわけだろう」

権助は自信満々だ。

「しかし、その企てがお釈迦《しゃか》になったとしても、付け髷の差配のことだ。また、あの手この手を使ってくるだろうな」

あ、あのう、とこれまでずっと口を開かなかった番屋の書き役の甚助が、

「こいつも使ってくだせえまし」

おずおずと、風呂敷《ふろしき》包みを皆の前に出した。

伝吉が結び目を解《ほど》くと、綴《と》じ帳が数十冊現れた。皆が目を瞠《みは》る。

「あっしが、書き役としてお世話になってから、五年になります。銭の流れがおかしいと思い始めたのは三年ほど前からです」

「驚きました。甚助さん、これが娘さんの処に預けていたという、帳簿の写しですか？」

伝吉が訊ねると、甚助が頷いた。

「私がお呼びだてしたことが、毘沙門長屋の助次郎さんに知られなければいいんですが」

左平次がいうと、甚助は口ごもった。

「左平次さんが兎の根付けをなくしたなどというのは偽りで、こちらに呼び出すための口実だろうと。なので、左平次さんと伝吉さんが、なにを企んでいるのか探ってこいと助次郎さんにいわれました」

おいおい、と権助が声高にいった。

「助次郎ってのも、付け髷の差配の腰巾着《こしぎんちゃく》なのかよ」

「助次郎さんは、市兵衛さんが持っている七軒の長屋のうちの一軒の雇われ差配です。もし、市兵衛さんになにかあったら、長屋の差配でいられるかどうか心配なのでしょう」

だとしてもよ、差配さん、と権助が左平次を止め、甚助を見据えた。

「番屋の書き役のあんたは、ここで出た話を助次郎って差配に伝えるつもりなんだろう？」

「滅相もない」

権助の剣幕に甚助が慌てた。綴じ帳を繰っていた伝吉が、

「まあ、落ち着け。この写しは、市兵衛にも鬼嶋にも、都合の悪いことが記されている。これを持って来てくれた甚助さんは、こちら側の人だよ」

といい、甚助をじっと見つめた。

「その通りでございます。あっしだって見て見ぬ振りをするのはもう堪えられませんよ。町入能のいんちきくじだって、市兵衛さんと徳蔵さんに命じられて、あっしが作らされました。でも、もう書き役の仕事を失ってもいいと、決めたんです」

甚助が顔をしわくちゃにした。左平次が背筋を伸ばし、深く頷いた。

「私にはわかりますよ、その気持ち。よく決心してくださいました。ですが、甚助さんが書き役をやめることはありません。番屋から追い出すのは、市兵衛さんと鬼嶋の方ですよ」

左平次は身を乗り出すと、甚助の手をぎゅっと握りしめた。

「左平次さん、かたじけねえ」

甚助が眼を潤ませる。

「いいねえ、この感じ。筋書きを書く意欲がますます湧いてくるわよ。で、その帳簿の写しは、どうなの?」

豊太郎が伝吉に問い掛けた。

「呆れたものだ。料理茶屋での饗応《きょうおう》、盆暮れの付届け、刀の研ぎ代、祝儀不祝儀、鬼嶋の湯屋代、髪結い代まで入っている」

それ以外には、番屋での茶菓子代、昼の弁当代、夜回りの者たちの夕飯代などが、こと細かに

書かれている。

「なあ、差配さんたちは月番のとき、昼飯に鰻《うなぎ》なんか頼んでいるのかい？」

別の帳簿を手にした熊八が、眼を通しながら憤然としていった。

「まさか、私は一度も食べたことがありませんよ」

「じゃあ、これはどうです？　茶は玉露で菓子は鈴木越後の羊羹《ようかん》って」

正蔵が、左平次と伝吉を見る。そのような高価なものを番屋で買うことなどないはずだ。

「茶は煎茶《せんちゃ》か番茶、茶請けは羊羹ではなく、床店《とこみせ》のだんご程度のものですよ」

「じゃあ、この帳簿に記されているのは、皆、嘘か」

権助がいうと、甚助は首を縦に振った。

「頼んだことにしているだけ。買ったことにしているだけです。あっしはそれを書けと、市兵衛さんと鬼嶋さまに強要されておりました」

豊太郎が筆を止め、嫌な奴らだねぇ、と嘆息した。

「鈴木越後の羊羹って、一棹《さお》一両はするのよ。それを幾棹買っているわけ？」

羊羹が一両、と熊八が、眼を剝《む》いた。

「ええと、一昨年《おととし》は十二本、昨年は十五本、今年はすでに十本です。茶もそうですが、市兵衛さんには、町名主と町年寄、お奉行所の与力さまに贈った品だと聞かされました」

「待って待って。約三年で三十七本じゃないの。つまり三十七両ってことよ。それが全部、付け髷の差配さんの懐に入っているってことなの？」

豊太郎が思わず身を乗り出す。

さらに、他の贈答品や鬼嶋への饗応の金もすべて、市兵衛が一旦《いったん》立て替える格好になっている
と甚助はいった。

「では、その代金を町費から市兵衛さんにお返ししているということですね。ですが、甚助さん
が市兵衛さんを怪しいと感じたのは、なぜですか？」

左平次が問うと、甚助が頷いた。

「あるとき、受取証をちらと見ちまったんでさ。それには、二棹しか記されていなかったんです。

市兵衛さんは、店の名だけ見せて、あとは幾棹買った、茶は何斤買ったといって、あっしはその
通りに書かされていました」

「その受取証はないのですか？」

甚助が首を横に振る。すべて、市兵衛が持っているはずだといった。

「この料理屋の二十両というのも怪しいな。鬼嶋ひとりにこれだけ使うかな」

伝吉が帳簿の写しを睨んだ。ぽん、と熊八が膝を叩いた。

「今、付け髷の差配は穴蔵を造っているって教えたろう、差配さん」

「うまく入り込めたのですか？」

「おうよ。やっぱり二重底にしてやがった。よほど見られたくないものか、これまでせしめた金
を隠しとくんじゃねえかと思ったね」

熊八が、ふんと鼻から息を抜く。

「もう造り終えたのですか？」

「ああ、なんとかな。あの付け髷差配がうるせえのなんの。早く造れ、まだ終わらないのかって。

もたもたしていたら手間賃を下げるとまでいいやがった」

まったく業突く張りで、嫌味な奴だ、と熊八が吐き捨てた。

二重底の穴蔵か、と伝吉が唸った。

「そこに受取証を隠すということはありますかね、左平次さん」

「証拠になるようなものを、市兵衛さんが後生大事にとっておくとは考えにくいですが……」

「そうかしらねぇ。あたしはむしろ逆だと思うわね。だいたい付け髷までして見栄を張るような人だもの。金に汚い人ほど、金への執着があるから、いい加減にはしない。受取証もしっかり残しておくはずよ。どれだけ儲けたか、ちゃんと金勘定をしないと気が済まないはずだから」

市兵衛がにやにや笑いながら夜中に算盤《そろばん》を弾《はじ》く姿が頭に浮かんできて、左平次は身震いした。

「菓子屋の若旦那がいうと、納得出来るなぁ」

正蔵が感心した。

「もちろん、うちはちゃんとした商いをしているけどね」

豊太郎は正蔵に向けて、くいと顎《あご》を上げる。

「なにを威張ってやがる。まだ親の脛《すね》かじりの若旦那のくせに」

権助がからかうと、豊太郎が、なによ！　と権助を睨みつけた。

まあまあ、とふたりを制止しながら、左平次は、帳簿の中に知っている船宿の名を見つけた。

以前、お梅に呼び出された「笹の葉」だ。

「どうしました？　左平次さん」

伝吉が不思議そうな顔つきで訊ねてきた。

「もしかしたら、この船宿が市兵衛さんの悪事を暴く証拠になりそうな気がします」

左平次は、にこりとした。へ？　と皆が眼を丸くした。そのとき、加平がのそりと立ち上がった。

「私にはかかわりがないようですので、もう帰らせていただきますが、よろしいですか」

「待ってください。いま話を聞いていたでしょう？　番屋がひとりの差配と鬼嶋という同心に牛耳られ、町費を勝手に使われているのです。それを正すために、こうして――」

加平は立ったまま、ぼそりといった。

「一番手っ取り早い方策がある。私がそのふたりを斬ってしまえばいい」

その声は、あたりが凍りつくほど冷たいものだった。皆を見回しながら、加平が、ふっと口許を緩めた。

「私は、幼馴染みの首を落としました」

うひっと豊太郎が身を仰《の》け反らせた。

「あんた、お武家さんだったのかい？」

正蔵があんぐりと口を開けた。

「なるほど、ちょいと気位が高そうな態度も頷けらぁ」

熊八の言葉に、左平次が、失礼だぞとたしなめた。

「構いませんよ。私の藩は西国の小藩でしてね。瘦《や》せた土地が災いし、農作物も育ちが悪く、財政も常に窮乏していました」

十数年前、日照りが続いて困窮民が出た際、加平の幼馴染みは、藩に蔵米を出すよう進言した。しかし、受け入れられなかったため、幼馴染みは勝手に蔵米を持ち出そうとしたところを発見され、打ち首となった。

「私は相談されていながら、止めることが出来なかった。評定には私も召し出されましたが、幼馴染みは己ひとりでしたことだといい続けました。私には家族もいましたし、病の親もおります。そのことを知っていましたから。幼馴染みは最期に、もし出来るなら、私に首を打ってほしいといったのです」

加平は唇を噛み締めた。座敷の中がしんと静まり返る中、左平次が口を開いた。

「以前、加平さんは、しくじりをおかしたといいました。しかしそれは、しくじりではなく卑怯《ひきょう》なのではありませんか」

「私が、卑怯者だと？」

加平が左平次を睨《ね》めつける。

「たとえ救う事がかなわぬまでも、擁護することは出来たはず。それをしくじりだなどと加平さんに思われていたら、幼馴染みの方は浮かばれませんね。どうせ、殿さまの太刀の試し切りにされたのでしょう？」

加平はぐっと拳を握り締め、声を荒らげた。

「私のしくじりは、そのようなことではない」

大きく息を吐いた加平がさらに続けた。

「私の心が乱れたことです。ひと息に首を落としてやる事が出来なかった。二度、三度と打ち据え、やっと――」

そのときの情景を思い出しているのか、加平の顔が苦悶《くもん》に歪む。

「あやつを苦しませたことが、私のしくじりなのです」

皆の表情も加平と同じように歪んだ。

加平の幼馴染みの首を打ち落とした刀は刃こぼれをおこし、加平は、腰物役を退いた。大した腕ではなかったのだな、と同輩からは嘲《あざけ》られ、罵《のの》しられた。だが、幼馴染みを楽に逝かせてやれなかったことが、なにより加平を苦しめた。

「でもその方は、最期を加平さんに託したではありませんか。そのことのほうが、私には大事に思われます」

左平次の言葉に加平が一瞬、はっと目を見開いた。

「つい差し出がましいことを申しました」

加平は何もいわず、座敷を出て行った。

「辛ぇ事があったんだなぁ。お武家さんってのは色々大変なんだな」

熊八が、ふんと鼻から息を抜いた。

「どうしようかしら。鬼嶋に扮《ふん》してもらおうと思っていたのに」

豊太郎は、不満げに唇を尖《とが》らせる。

「あんな話を聞かされちゃ、とても鬼嶋になってくれとはいえないなぁ」

権助も毒気を抜かれたような表情をしている。

「わかりました。それについては豊太郎さんと相談いたします。豊太郎さん、お願いしますね。町入能までに準備をしないとなりませんから」

「それは任せてちょうだい。付け髷の差配の悪事の手口も、随分、見えてきたものね」

そこで、伝吉が豊太郎に訊ねた。

「私にも何か役回りはあるのかな？」

「うーん、やなぎ長屋の差配さんは、悪人面をしていないから、どうしようかしらね」

豊太郎が笑った。甚助の帳簿の写しは、左平次が預かることになった。さすがの市兵衛も、ここにあるとは思わないだろう。それから、毘沙門長屋の助次郎に何か訊かれたら、見つけた根付けを届けただけといい張るように、と甚助に告げた。

「でも、兎の根付けというのは」

甚助が不安げな表情をした。左平次は立ち上がり、部屋の隅にある小引き出しから印籠《いんろう》を取り出した。それには、確かに兎の根付けが付いていた。

「亡き妻が選んでくれたものであるのはまことのことです。私と妻の思い出の品はこれしかありませんし、町人姿になってからは印籠を持って出ることはないですから」

皆の顔が暗くなったのを見て、左平次は慌てていった。

「そんなつもりでお話ししたのではありません。次に番屋に行く時、煙草を下げて参りますよ。助次郎さんにも、ちゃんと根付けを見ていただけるように」

左平次は、甚助へ頷きかけた。

伝吉を残し、他の者は家に戻っていった。

「さて、町入能の件ですが、見物人をこちらに引きつけるには、どうしたらいいですかね」

「与力の神崎さまのお力を借りることは出来ませんか？　奉行所の前は広いですから」

「なるほど。では、神崎さまにお話をしてみましょう。それと、人を呼び寄せるには、さくらが必要です。うちの店子にやらせます」

「それはいいですね。うちの店子にも声を掛けましょう」

そこで、伝吉が息を吐いた。

「私の店は、町入能で傘を納めるよう、町名主からいわれましてね」

町入能には、一度に二千五百人あまりが、本丸の表舞台で能を鑑賞する。将軍家からは、強飯《こわいい》と傘、町奉行所からは饅頭《まんじゅう》と酒が振る舞われ、後日、一分が下される。

「それは、名誉なことではないですか」

「とんでもない。献上とまではいきませんが、どうせ、お上に安く買い叩かれてしまいます。二百本はなかなか大変でしてね。足りない分を今、職人に作らせています」

「でも、町入能にかかわるのですから、神崎さまにもお頼みしやすいかもしれませんね」

ああ、そうだ、と左平次は立ち上がり、台所へ向かった。

「お待たせしました」

左平次は、大徳利を手に提げ、盆を持って居間に戻った。盆の上には、湯呑み茶碗《ぢゃわん》がふたつと、甘納豆、沢庵《たくあん》、海苔《のり》が載せてある。

「これはなんですか？」

伝吉が盆の上を眺めて、首を傾げた。

「出陣の儀式です。戦の前に武士は、敵を討取る、打ち鮑《あわび》、勝ちを収める、かち栗、そして、喜ぶために、よろ昆布を揃えます。洒落《しゃれ》みたいなものですけど」

けれど、栗は甘納豆、鮑は沢庵、昆布は海苔の間に合わせですが、と左平次は照れ笑いした。

「十分です。町人の戦《いくさ》らしくていいですよ」

伝吉は頰を緩め、大徳利を手にすると湯呑み茶碗に酒を注いだ。

六

町入能へ行く者が決まった。おようとお富は、赤子がいるからと遠慮し、下駄《げた》屋の女房のおさんも店番をするといった。左平次と、お増、正蔵とおれんの夫婦、金太、多助とおしんの姉弟《きょうだい》、権助、熊八、加平の十名だ。

左平次は、木戸を潜《くぐ》って、皆を集めると、町入能に行くための衣装を揃えるようにいった。

「男衆は、麻裃を用意していただきます」

「そんなもの、持ってるわけねえ」

権助が大声を上げた。

「大丈夫ですよ。この長屋には、頼りになる方がいたではありませんか」

左平次がいうと、

「あ、吉五郎さんに借りればいいのか」

正蔵が、手をぱちんと叩いた。

「あたしたちも、せっかくお城へ入れるんだから、上等なものを着たいわよね」

おしんがちょっと憧《あこが》れるような目をした。

「それも、吉五郎さんに探してもらいましょう」

「ねえねえ、お公家《くげ》さんとか、上さまとか、お大名も一緒に観るんでしょう？　おれんちゃん、美人だから、お偉い人に見初められちゃったりして」

「やだぁ、おしんさんったら。でも上さまの側室に、なんていわれたらどうしよう」

おしんとおれんが一緒になって笑うと、正蔵が真っ赤になって怒った。

「ふざけるんじゃねえ、おれの女房だぞ。お偉方でも許さねえ！」

「正蔵さん、いちいち怒るんじゃないよ。おれんちゃんも調子に乗って」

お増が噴き出しそうになるのを堪《こら》えつつ、ふたりをたしなめた。

「こたびの町入能は、上さまの代替わりのお祝いなので、皆さんも、そのつもりでいてください」

十一代将軍家斉《いえなり》が大御所となり、継嗣《けいし》家慶《いえよし》が十二代目として将軍宣下を受けたその祝いだ。

「無礼講ってのは、ほんとのことなの、差配さん？」

おれんが訊ねてきた。

「そうですねぇ、私も行った事がないのでわかりませんが。お祝い事ですから、楽しんでくればよいと思いますよ」

熊八が、少し興奮気味に皆を見回しながらいった。

「おれの職人仲間も長屋の者たちと行くそうだが、酒と菓子も振る舞われるし、傘ももらえて、そのあとに、銭もくれるそうだ」

ほおお、と店子たちが感嘆した。

「能舞台を見る場所には屋根がないので、傘は、万が一雨が降った時のためだそうですよ。それから、煙草や敷き物は禁じられていますので守ってください」

左平次は皆にそう伝えた。

町入能まで、二十日あまり。それまでに市兵衛と鬼嶋の悪事を暴く材料を揃えなければ、と左平次は思った。

その夜、左平次は店賃の台帳を繰りながら、ふとあることに気付いた。お増、おれん、――ふたりに共通しているのは――。もし、他の店子もそうだとしたら、これが住む者を選ぶ決まりではあるまいか。償いの二字が浮かんでくる。と、勝手口の戸が叩かれた。左平次は台帳を閉じ、声を上げた。

「どちらさまですか？」

「捨吉です」と、くぐもった声がした。左平次はすぐさま、心張り棒を外し、板戸を開けた。

「少々、よろしいでしょうか」

「散らかっておりますけれど、どうぞ」

捨吉が家に上がるのは初めてだ。捨吉が、提灯の明かりを吹き消して土間に置いた。

「何もありませんが、茶でよろしいですか」

「お構いなく」

捨吉は、黒文字の楊枝をちらと眺めてから、腰を下ろした。笠《かさ》は取ったが、顔を覆った手拭いは外さずにいた。

左平次は、湯呑み茶碗をふたつ、長火鉢の猫板の上に置き、茶を淹れる。

「お梅さんからの言伝《ことづて》ですか？」

はい、と捨吉が頷く。

「やなぎ長屋の伝吉さんが、与力の神崎さまにお願いした件ですが」

「あ、北町奉行所前の通りの？」

「お梅さんの所に神崎さまが、本日、お見えになりまして」

左平次は持った茶碗を落としそうになった。

「それはそれは。神崎さまがお梅さんと知り合いらしいということはわかっていましたが」

まさか家まで訪ねる間柄だとは思わなかった。

「神崎さまは、好きなようにするがいいとおっしゃいました。その代わり、折を見て奉行所から捕り方を出す。その時には、おとなしくお縄に付くことだと」

捨吉が淡々といった。

「承知いたしましたと、お伝えください。このこと、伝吉さんは」

「まだ知りません。明日、神崎家の中間が伝吉さんに返答を届けるようです」

捨吉が茶を啜《すす》った。左平次は物を口にする捨吉も初めて見た。

「不躾《ぶしつけ》ですが、神崎さまとお梅さんはどのようなかかわりがあるのでしょうか」

捨吉は、わずかに笑ったように見えた。

「お梅さんにとって神崎さまは、命の恩人だそうです」

お梅が火事を出したとき、焼け跡からふたつの死骸《しがい》が見つかった。お梅の夫とその妾《めかけ》だ。

それを、お梅と夫ということにしたのが、当時、与力を勤めていた神崎の父親だった。

「お梅さんは、ご自身で奉行所に行ったんだそうですよ。赤子だった頃の私を抱いて」

そのとき、その赤子を育てるのが償いであろうと、神崎の父に諭されたのだ、と捨吉がいった。

償い——お梅の心に、ずっとあり続けている思いだ。お梅は、いつまで償いという言葉にとらわれたままでいるのだろう。

「お梅さんは、大店のひとり娘。神崎家とは、昔からお知り合いであったようです」

なるほど、と左平次は得心した。

「立ち入ったことを伺いますが、捨吉さんは、お梅さんを恨んでいるのですか？」

捨吉は何も応えない。左平次は、首を横に振った。

「私なら、恨みます。きっと、今の捨吉さんのように、お梅さんのもとで働くこともしません。だが、捨吉さんは――」

「妾の子の私が生きているだけで、お梅さんは苦しい思いをされている。それは形は違えど母を見殺しにしたことへの復讐《ふくしゅう》ともいえるでしょう」

その一方で、お梅のために働き、実の母の代わりに、お梅に許しを得たいのかもしれない、と捨吉はいった。そして、捨吉が顎の結び目に指をかけた。

手拭いを取り去った時、左平次は目を瞠る。

「捨吉さん、あなた――」

「私が河童というわけです」

火傷《やけど》のため、捨吉の頭頂には毛がなかった。捨吉は、再び手拭いを被って結び、自嘲《じちょう》気味にいった。

「火傷は頭のてっぺんなので、なんとか髷は結えますが」

だとしても痛々しいと、左平次は目蓋をきつく閉じて、首を振る。

「見苦しいものをお見せしました」

捨吉さん、と左平次は身を乗り出した。

「お梅さんが以前、あの船宿で話してくれたことがあります。屋敷が燃え上がる中、捨吉さんの泣き声が、自分を責め立てる声に思えたと――」

捨吉はまったく表情を変えずに聞いていた。感情までも捨ててしまったような顔だった。

「もうよしませんか？　私から見ると、互いに背負った呵責《かしやく》を償い合っているのではなく、相手を思い合っているように感じます」

捨吉が、怪訝《けげん》な眼を向けた。

「だって、そうではありませんか？　お梅さんは捨吉さんを懸命に育て、捨吉さんはお梅さんのために、こうして働いている。おふたりの間に流れているのは、恨みや償いというものだけではない気がするのですよ」

さらに左平次は続けた。

「たしかに実の親子ではないかも知れません。その繋《つな》がりの始めも、辛く哀しいものかもしれません。でも、長い年月を共に生きてきた。その年月を振り返ってみてはいかがでしょう」

捨吉が、ふっと笑みを洩《も》らした。

「不思議な方ですね。ご自身も苦しい思いをされているのに……本当に、お節介なお人だ」

いきなり捨吉は立ち上がった。

「お梅さんからの言伝はお伝えしましたので、おいとまいたします」

左平次は、捨吉を制するように膝立ちになった。

「気に障られたら、申し訳ありません。ただ、私はもう十分互いに尽くしているのではないかと思っただけです」

　捨吉は左平次を見下ろしていった。

「ひとつ忘れておりました。豊太郎の後に入る方が決まりました。豆腐屋の仙蔵です」

「捨吉さん、以前、店子は決めかたがあるといっていた。台帳を見ていて店子たちとのこれまでの会話を思い出していたのですが、それは火事ではありませんか？」

　捨吉は少し考え込んでから仕方ないというふうに頷いた。

　やはり、と左平次は呟く。ここにいる誰もが、いやそれまでの店子たちもすべて、火事で身内を亡くしているのだ。そうした者たちを受け入れている、それが、お梅の償いだったのだ。

　お増はひとり娘を、定吉は父親を、おれんは兄を――金太の母親は行方知れずだが、捨吉が重たい口を開いた。火事で命を落としているという。ああ、そうだったのか。これがお梅の、いや捨吉にとっても償いなのかもしれなかった。


　左平次は、船宿「笹の葉」へと足を運び、女将《おかみ》から聞き込んで来た話を、三年長屋に来た伝吉と豊太郎に告げると、

「人の弱みにつけ込んだ、破落戸《ごろつき》のいいがかりと同じだ。そんな奴らが定町廻りや長屋の差配をやっているのが、まず許せませんね」

　伝吉は懸命に怒りを抑えながらいった。

「そんなにはっきりした証《あかし》があるなら、いっそ都合がいい。ねえ、話を詰めちゃいましょう」

　戯作者樫尾空蔵の復活よ、と豊太郎は張り切って、握った拳を高く掲げる。

「あっ、そうそう順斎さんも手伝ってくれるって」

日ごとに、秋の陽射しに変わり、木々の葉も色づき始めていた。左平次と伝吉と豊太郎、そこに順斎も加えて、幾度か打合せをした。

いよいよ町入能が明日に迫った。

店子たちは、木戸の前に集まってそわそわしている。

「あ、来た。父ちゃーん」

大八車を引く吉五郎の元へ吉助が駆け出す。

「お待たせいたしました。色々揃えるのに手間取っちまって、すまねえ」

「いいってことよ、間に合えばいいんだ」と、熊八の声が浮き立っている。長屋の木戸の前に寄せた大八車には、麻裃と晴れ着が積まれていた。

「おお、色とりどりあらあ」

熊八が早速、濃紺の肩衣《かたぎぬ》と袴《はかま》を手に取る。おしんは、多助に朱色の袴を合わせ、派手すぎかしらと、首を捻る。

「紋は気にしねえよな」

吉五郎がいうと、長屋暮らしの者に家紋なんぞねえよ、と皆がげらげら笑った。

店子たちは、夢中で裃を選んでいる。

「皆の者、苦しゅうない。好きなのを選べよ」

早速、身に着けた権助が偉そうにのたまう。おれんが、菊模様の晴れ着を肩に掛けると、正蔵が、ぽーっとした顔で眺めていた。

「女衆には帯や、櫛《くし》、簪《かんざし》も揃えてきたからな」

「吉五郎さん、かたじけない」

「なに、皆には世話になったんだ。恩返しが出来りゃあ、あっしも嬉しいぜ」

吉五郎は左平次に頭を下げた。

「どうも、吉五郎さん」

「こりゃ金太さん。吉助はいうことちゃんと聞いてますかね」

「手先が器用なので、いい職人になれますよ、吉坊は」

「遠慮なく仕込んでやってくだせえ」

吉五郎は洟《はな》を啜り上げた。

加平の姿がなかった。慌てた左平次は木戸を潜り、加平の家の障子戸を叩いた。

わずかに障子戸が開いて、女房が顔を出した。病の父親が服《の》んでいる薬湯の匂いがした。

「町入能へ着ていく裃が届きましたので、加平さんにも選んでいただけたらと」

女房は、眉《まゆ》をひそめ、視線を落とした。

「裃なら、ございますゆえ」

加平はやはり武士に戻りたいのだろう。でなければ、とっくに質屋に入れるか、古手屋に売り飛ばしているはずだ。女房は静かに戸を閉めた。

「あれ、こっちの行李《こうり》はなんだい？」

権助が開けようとするのを、左平次が慌てて戻って止めた。

「これは、私がお願いしたものです」

行李の中には、衣装や鬘《かつら》が入っていた。吉五郎へ特別に頼んだ物だ。半刻ほどかかって、ようやく店子たちは自分の裃を決めた。

その日の午後、左平次は、根岸のお梅の家へ店賃を届けに行った。捨吉の姿がなく、ほっとした。ふたりの胸底に溜《た》まっている澱《よど》みを、なんとか取り除きたいと思案していたが、まだなにも浮かんでいなかったせいだ。

お梅は煙管《きせる》を手にして、明日は大掃除かいと、訊ねてきた。

「うまく運べば、きっときれいになります。神崎さまにもよしなにお伝えください」

「わかったよ。町入能には、家主のあたしも、捨吉も行くから、楽しみにしているよ」

お梅は、火鉢の縁《へり》に雁首《がんくび》を当て、灰を落とした。

「お梅さん。三年長屋の店子の選び方がわかりました」

お梅が、ふっと息を吐く。

「そうかえ。いずれは話そうと思っていたことだ。でもね、あんたが気にかけることじゃない。あたしがそうしたいからしているんだ」

左平次は、お梅をぐっと見つめた。

「幸は不幸の裏返しだと思っています。不幸ばかりを見ていたら、その裏にある幸せには気づかない。もちろんその逆もありますが」

「——偉そうに。御行の松の下で泣いた浪人者が、あたしになにがいいたいんだい？」

お梅が険しい表情で左平次に問うてきた。

「いっそ、おふたりの名を、戻してみてはいかがでしょう？」

お梅が眼を丸くして、いきなり笑い始めた。

「あたしと捨吉は、この世にいないも同然なんだ。それこそ、あんたの得意な差し出口だ」

左平次は身を乗り出した。

「ですが、おふたりはこれまであの長屋で多くの人を救ってきたではありませんか。ちょうど合羽屋の喜八さんの堀割作りを手伝った河童たちのように」

左平次がいうと、お梅は笑うのを止めた。

「あんな小さな長屋でどれだけの人を救ったというんだい？　あたしはね、結局、自分の満足しか考えていないのさ。捨吉は嫌々ながらも、付き合ってくれているんだよ。あの子にとっちゃ、実の母親を見捨てた憎い女だけど育ての親でもあるからね」

それは違う、と左平次は思ったが、言葉を飲み込み、お梅の家を後にした。


いい天気だった。暑くもなく寒くもない。絶好の町入能日和だ。町入能は、午前と午後の二回行われる。山伏町一帯は午後の部だ。左平次は久しぶりに裃を着けた。身が張り詰める。表に出ると、皆が衣装を身につけ集まっている。

「やっぱり元お武家だな、差配さんも加平さんも。きりりと見えらぁ」

権助がいった。

「皆さんもお似合いですよ。では、参りましょう」

三年長屋の店子たちは、意気揚々と通りを歩く。お城へ入る緊張のせいか、それとも初めての裃のせいか、いつもより皆、顔が引き締まっているのが、可笑しかった。

寛永寺の脇を通り、御成道《おなりみち》に出て、神田川《かんだがわ》に架かる筋違橋《すじかいばし》を渡り、日本橋の通りに出ると、富士のお山がくっきりとその偉容を見せていた。

やはりお城へ向かう賑やかな一団と日本橋を渡り、大手門前まで来ると、急に熊八が怖《お》じ気づいた。身体の大きな熊八が、厳《いか》めしい門を見上げてひっくり返りそうになるまで、身をそらせた。その様子に、店子たちが笑った。

門の前は人々でごった返していた。

城へ入ると、皆、その大きさに圧倒され、ため息を吐くだけで声もない。

本丸の能舞台は、大広間の前に設《しつら》えられている。町人たちは、大広間と舞台脇の間の白洲に座らされる。

すでに、諸大名と公家衆が居並んでいる。大御所の家斉、新将軍の家慶が出座すると、二千五百もの人でぎゅうぎゅう詰めの人々の間から、「親玉っ」「日本一！」の声が次々飛んだ。

新将軍を祝う演目が厳かに華やかに演じられていく。開口で、新しい将軍の誕生の祝いの言葉が演者によって述べられた。

舞台が終盤に差し掛かった頃、左平次と伝吉、権助、そして加平の四人は人ごみをかき分け、次の準備に取りかかる。左平次は、警固に当たっている武家に、

「病人でございます。人いきれに当たり、気を失ってしまいました」

大声で叫んだ。伝吉と加平に支えられた権助がぐったり首を垂れている。

「不届きな奴だ。皆で早う連れ出せ」

「はい、ただいま」

伝吉と左平次は、眼を合わせ、にっと笑った。城の外では、すでに豊太郎と順斎、お富、そして吉五郎が待っている。吉五郎の大八車には金箱、文机《ふづくえ》などの道具が載せてある。

「菓子と酒と傘がもらえねえよぉ」

権助がぶつくさいった。

「うちの店から、好きなのを持っていけ」

伝吉がいい、左平次も付け加える。

「菓子は豊太郎さんがくれますよ。酒は私が飲ませてあげます」

「けど、なんでおれが、女形《おやま》なんだよぉ」

左平次と伝吉は、権助を引きずるように、急ぎ城を出た。

「権助さん、来たぜ」

以前会った三本傷の男だ。

「髪結いも呼んだ。鳶も集まってる。取りかかってもいいか」

頼みますと左平次が頭を下げると、

「あんときの差配さんか。面白ぇこと考えたな。おれたちも加勢させてもらうぜ」

北町奉行所の前は、広い通りになっている。

権助の一声で、鳶たちが柱を組み、三方を葦簀《よしず》で囲い、その内側には、丸めたござを流すように敷き詰め、即席の舞台を作った。その手際の見事さに左平次も伝吉も舌を巻く。吉五郎がそこに文机や金箱を置いた。

気の効いたことに舞台袖《そで》まで設えてあり、そこで左平次は白髪の鬘を被《かぶ》り、豊太郎と伝吉は武家髷を結い、権助は女の衣装で、島田の鬘を付けお富が化粧をした。

「準備は整いました。あとは人々が出て来るのを待ちます」

半刻ほどして、興奮覚めやらぬ人々がわらわら出てきた。

「こちらに向かって来ます。始めましょう」

三本傷の男が、拍子木を打ち鳴らした。

「東西《とざ》ぃ東ぉ西。能舞台の後のお楽しみぃ」

白髪頭の鬘を付けた左平次は筵《むしろ》に座り、金箱を手に、わははと笑う。そこへ順斎が現れ、これほどの悪相は見たことがないと、筮竹《ぜいちく》を鳴らした。

「私が悪相ですと。なにを根拠にいうのやら」

「それ、その金箱の中身は、どこからくすねてきたものかな」

「くすねたとは聞こえが悪い。これは差配の私が儲けた銭でございますよぉ」

なんだなんだと人々が集まり出した。

むむむ、と順斎はさらに筮竹を鳴らした。

「孫娘を武家奉公に出すための金子か。はてさて、どう儲けたものか」

「このいかさま占い師め、去《い》ね、去ね」

いいながら、武家髷に黒羽織、顎の髭剃《そ》り跡を青く塗った伝吉が登場した。左平次は思わず噴き出しそうになったが、ぐっと堪えた。

「ほうほう、この役人も悪相だ」

順斎が呟《つぶや》きながら、下手に去って行くと、入れ替わりに、女の格好をした権助が、

「船宿の女将でございます」

と、甲高い声を上げて走り出てきたが、衣装の裾《すそ》を踏んで、すっ転んだ。見物人たちが、どっと笑う。権助は舌打ちしながら、ずれた鬘を押さえて、起き上がる。

「お役人さま、あたしがお渡しした受取証をお返しくださいまし」

「何をいうておる。お前のところで酒食をしたのはまことではないか」

いいえ、いいえと権助が裏返った声を必死に出す。

「うちの船頭が粗相をしたといって、白紙の受取証を脅し取ったじゃありませんか。付け髷差配が、それに勝手に金高《かねだか》を書き入れ、お役人への饗応だといって町費を引き出したのでしょう」

むっといって、役人役の伝吉が十手を帯から引き抜いた。

「それ以上、でたらめをいうとしょっ引くぞ」

「あ〜れ〜お許しを」

権助が裏声を出して、尻もちをつく。

左平次は、見物人たちを見回し、書き役の甚助を捜す。甚助には、帳簿に記されていた菓子屋や料理屋の主人、女将を集めてもらったのだ。いた。甚助がこちらを見て頷いた。

伝吉が左平次に目配せしている。ああ、私の台詞《せりふ》だ。

「とんだいいがかりでございますなぁ」

左様、左様と、伝吉が重々しくいった。

「あたしは、うちの店の帳簿を持って参りました。番屋の帳簿と比べてくださいまし」

権助が襟元から、帳簿を抜いて広げる。

「さあ、さあ、さあ」

　権助が伝吉と左平次へにじり寄ったその時、甚助の周りにいた、十数人もの者たちが、やはり帳簿を持って、迫ってきた。左平次は喚《わめ》いた。

「私は一切不正などしておりませんよ。どこを叩かれたって困りません」

「ならば、番屋の帳簿を出しましょう」

　甚助が、ずいと前に出てきた。

「私は番屋の書き役ですが、このふたりにいわれるがまま、帳簿に書き記して参りました」

　見物の者たちが、ざわつき始める。

　甚助が帳簿を読み上げる。菓子屋と料理屋の主人や女将が、自分が持参した帳簿と見比べて、

「金高が違うじゃないか」と、一斉に怒鳴り始めた。

「皆さんもおかしいと思いませんか、ねえ」

　女形の権助が見物人へ流し目をくれる。調子に乗り過ぎだと、左平次は思ったが、見物人たちは、引き込まれるように見ている。芝居か現実か、興味津々といったふうだ。

「ええい、黙れ、黙れ！　うるさい女将だ」

　伝吉が一喝すると、豊太郎が武家姿で上手から出て来た。

「これこれ、何の騒ぎやら。ところで、我が藩の中屋敷の普請だがな、お主の仲介で雇った者たちから見積もりが届いた。ずいぶん高額だが」

　左平次はすかさず、金箱を押し出した。

「あの者たちは、町内の番屋の改修を請け負った信用出来る職人でございますよ。法外な見積も

りなどはいたしません。足りない分は、私が融通いたしましょう——その代わりに孫娘のこと、お頼み申します」

「おお、それは任せておけ」

「騙されちゃ駄目ですよ、お武家さま。高い見積もりは、この人たちの懐に入る仲介料を上乗せしているからなんです」

「なんと！　それは、まことか」

権助の言葉に、豊太郎がふたりを睨んだ。

「ええ、そうに決まってますよ。番屋改修を請け負ったのは、付け髷差配の知り合いばかり。入れ札だって、嘘っぱちのやりたい放題」

ああ、ひどいひどい、と権助が泣き崩れた。

そこへ現れたのは羽織、袴を着けた加平だ。

「そちのような悪党は斬る」と、静かな声でいい、鯉口《こいぐち》に指を掛ける。

見据えられた左平次の全身が粟立《あわだ》つ。加平は正真正銘の遣い手なのだ。

「お武家さま、お助け」と加平にすがった権助も、戸惑ったように身を強張らせた。加平の気にやられたのだ。

そのときだ。

「いい加減になさい！　皆の衆、こんな三文芝居を信じちゃいけません。何もかも、この人たちの作り話です」

本家本元、市兵衛本人が訴えかけるようにいいながら、人をかき分けて左平次たちの前に出て来た。横には腰巾着の徳蔵もいる。

「さあ、これぎりこれぎり～」

と、徳蔵が節をつけて大声でいった。

市兵衛の背後にいた見物人の若者のひとりが、じゃあ、付け髷差配ってのも偽りかといって、市兵衛の髷に手をかけて抜き取った。

その途端、市兵衛は、ひょろひょろの髷を隠すように頭を抱え込んだ。

七

髷を抜き取った若者が、わははと笑って腕を高く差し上げた。市兵衛の付け髷が、傾きかけた陽に照らされる。見物人たちの間から、苦笑や失笑が洩れた。権助は自分がやりたかったと、小声で悔しそうにいった。

「静まれ、静まれ」

突然、奉行所から捕り方が現れ、葦簀を巡らせた粗末な舞台前にずらりと並んだ。その中には、鬼嶋の姿があった。

与力の神崎が朗々とした声を上げる。

「祝賀の町入能の後に、かような騒ぎを起こす不届きな輩《やから》めが。皆、縄を打て！」

冗談じゃねぇよ。と見物人たちは、蜘蛛《くも》の子を散らすように四方八方へ逃げて行く。

「鬼嶋さま、助けてくださいませぇ」

市兵衛が頭を隠しながら叫んだが、鬼嶋は顔を向けようともしなかった。

「弁明したくば、わしが聞いてやろう」

神崎が市兵衛の前に立ち、笑みを浮かべた。

左平次たちはもちろん、市兵衛に徳蔵、甚助、それと菓子屋、料理屋の主人、女将たちまでが縄を打たれた。

奉行所は大騒ぎになった。奉行所内の仮牢にまずは全員押し込められたが、市兵衛と鬼嶋に騙された、脅されたと、皆が口々にいい募り、吟味与力たちは、「静かにいたせ」と、怒鳴りまくっていた。

左平次と伝吉、そして豊太郎は、吟味所に召し出され、粗筵の上に座らされた。

吟味所には、書物同心や若い与力がおり、厳しい眼を向けていた。

そこへ神崎が現れ、三人は平伏した。

「見物人に交じって芝居を見ていたが、なかなか楽しい趣向だった」

恐れ入ります、と左平次が平伏したままいった。

「顔を上げろ、なにかいいたいことはあるか」

神崎がいうと、豊太郎が残念そうに、

「加平さんが、左平次さんを斬る役だったのに。本物が出て来るのが早すぎたわよ」

肩を落として、ため息を吐いた。

「それは済まなかった。ああ、書物役、いまのは残さずともよいぞ。この者たちは、我らの代わりに町の掃除をしたのだ」

「では、お奉行さまのご裁断は？」

若い与力が神崎に訊ねた。

「よいよい。この三人は解き放て。それより、被害に遭った者らの話を丁寧に聞いてやれ。それから、定町廻りの鬼嶋を締め上げろ。泣き落としに騙されるな」

神崎の顔が厳しいものに変わった。


奉行所の調べで、市兵衛の家の穴蔵から、白紙の受取証が数十枚と、市兵衛がこれまで番屋から不正に得た金子、鬼嶋へ流れた金までを、きっちりと記した帳簿が出てきた。もちろん、そこには金箱も納められていた。

皮肉なことに、悪事を隠すために作られた二重底の穴蔵が評判となり、作事にかかわった熊八に、武家や商家からの注文が殺到した。

「近頃、親方なんて呼ばれちゃって」

と、井戸端で洗濯をしていた女房のおようが嬉しそうにいった。

「でもさ、付け髷の差配さんはどうなるの?」

隣でおしんが不安げな顔をした。

左平次は河童の祠に手を合わせながら話を聞いていたが、市兵衛にも鬼嶋にも厳しい裁断が下されるだろうと思っていた。

「欲をかくからだよ。身の丈以上のものを求めると、ろくなことにならない」

お増がやれやれと首を振りつついった。

「あたしの望みはもう叶ってるんだ。ここにずっといるってね」

そうでしたか、と左平次は笑みを向ける。

幸せに大小はない。幸せは人の数だけある。笑って、泣いて、そんな毎日の積み重ねで辻褄合《つじつま》わせが出来れば御の字なのだ。金太が、井戸端にやって来た。

「今日、例の刀の鍔を取りに来るぜ。五ツ（午前八時頃）だから、そろそろだな」

左平次は慌てて身を翻した。丁度、ひとりの武士が長屋の木戸を潜って来たのが見え、「伯父《おじ》上」と呼びかけながら、走り寄った。

「お、おまえ、左衛門ではないか！」

「お久しゅうございます。伯父上」

左平次の声に驚いて、吉助が飛び出してきた。伯父上って、差配さんのおじさんか、と吉助がぽかんと口を開けた。

「おまえを捜しておったのだぞ——よもや町人になっていようとは考えもせなんだ」

「この長屋の差配をしております」

古川仁太郎は一瞬呆れた顔をした。

「まさか、おまえが差配をしている長屋の者に、鍔を頼んだとは。なにかの導きかの」

「ここの祠には河童さまが祀《まつ》られているんだ」

すかさず吉助がいった。

「なんと、河童の導きか」と、古川は、機嫌よく笑う。

「藩に帰って来ぬか？　武士に戻れ」

私が？　と左平次は眼を見開いた。吉助が一瞬飛び上がって、駆け出した。

「それは出来ませぬ。上役の横領を知りながら、私はなにも出来ませんでした。父もまた、見て見ぬ振りをしていたのです」

左平次の言葉に、古川が唇を曲げた。

「あやつはもう処分を受けた。おまえの父、つまり私の弟が証拠を残しておったのだ」

自分のふがいなさを責めつつ、横領の手口の詳細を日記に記しておいたらしい。それが、左平次が藩を出てから見つかったという。

「左衛門、私がおまえを捜していたもうひとつの訳を知りたくはないか？」

伯父の唐突な問いに、返答が出来なかった。まさか、と左平次の身が震えた。伯父を質《ただ》そうとしたときだった。

店子たちが一斉にふたりを取り囲んだ。

差配さんを連れて行くな、と吉助が叫んだ。

「うちの差配さんは、お節介で差し出口が多いけど、いい人なんだ」

「憎たらしい付け髷の差配と御番所の役人も差配さんがやっつけたんだよ」

お増とおようが次々に口を開いた。

「子どもを授けてくれたのも差配さんだ」

定吉、お富の夫婦がいった。

「盗人《ぬすっと》も捕まえてくれたしよ」

金太がぼそっといった。

古川が、店子をじろりと睨め付けた。店子たちが、ひっと身を竦める。

「ずいぶんと慕われておるようだが、明日までに考えろ。さて、金太という者はおるか」

へい、と金太が古川の前に進み出る。

「こちらでございます。お確かめを」

桐の箱を開けた古川は、おおと感嘆した。

「見事な出来映えだ。若殿さまもさぞお喜びになろう」

「若殿さまの刀の鍔か。さすがはおいらの親方だ」と、吉助が胸を張った。

古川は明日また来るといって長屋を出た。

左平次は眠れぬまま夜を過ごした。店子たちの顔が、次々と頭に浮かぶ。雀の鳴き声を聞き、夜具から起き上がった左平次は、己の頬を二度叩いてから立ち上がった。

揚げ縁を下ろしたとき、秋風に乗って、声が聞こえてきた。こちらに段々近づいてくる。

左平次は、朝の淡い光の中を自分のほうに駆け寄ってくる姿を、しっかりと眼で捉《とら》えた。

ああ、と息を洩らした。足が一歩、二歩と前に出て、三歩目には走り出した。

「ああ、美津。美津。顔を見せてくれ」

左平次は、亡き妻の面影を宿した美津の顔を両手で包み込み、自分の頬を寄せた。

「無事であったか、無事であったか」

「父上、父上」

左平次は美津を抱き寄せた。思わず知らず涙がこぼれた。

「左衛門。美津はな、祭りの日、お前が屋根から転り落ちてきた女たちの下敷きになったから助けてくれと、藩邸に駆け込んで来たのだそうだ」

古川が、傍らに立った。美津がなぜ藩名を知っていたのか。左平次は美津を見る。

「母上が、困った時は糸井藩の古川仁太郎さまを訪ねなさいと」と、美津が応えた。

「では美津は藩邸で世話になっていたのですか？」

「藩を飛び出した者の娘まで面倒を見る訳がなかろう。ましてやお前のことなど救うはずもない。たまたま帰国する者がいてな、すぐに国許の私の家へ連れて来たのだ」

「では伯父上が――美津を」

左平次は泣き笑いした。そこで、古川が、後ろを振り返る。

左平次は美津を抱きながら、伯父の背後から現れた者を見た。捨吉が刀袋を持っていた。

「預かっていた刀をお返しいたします」

左平次は、美津を傍らに立たせ、首を振る。

「伯父上、まことにかたじけのうございます。しかし、私よりもふさわしい者がおります」


豆腐屋の仙蔵は、売り声を上げて、誰よりも早く仕事に出て行った。

「それにしても、美津ちゃんが店番するようになって、ようやく楊枝屋らしくなったな」

揚げ縁に腰掛けた権助が感心するように頷いた。美津が、恐れ入りますと頭を下げる。

「けどよ、加平さんを自分の代わりに召し抱えてくれって、差配さんもお節介だよな」

左平次は、楊枝を削りながら微笑んだ。こうして、店子といることが幸せなのだと感じたからだ。長屋を出て行く者、入って来る者、見知らぬ者同士が、助け合い、ときには喧嘩《けんか》をしながら縁を結ぶ。

人は何事もひとりで成し遂げられるわけではない。必ず誰かが見守ってくれる。手を差し延べてくれる。この長屋にはそれがある。

大八車を引く音が近づいてきた。

「あれ、また新しい店子かい？」

権助が首を伸ばす。左平次は、男の顔を見るなり、捨吉さん！　と叫んだ。

「いえ、長太でございます。おっ母《か》さんの許しを得て、こちらでご厄介になります」

おっ母さん？　お梅さんのことか——左平次は、笑みをこぼした。ふたりの間になにがあったのか、その話はあとで訊こう。

「権助さん、今夜は歓迎の宴ですよ。美津、みんなに報《しら》せて来ておくれ」

「はい、父上」と、美津が店座敷から下りる。左平次は空を仰ぐ。

初冬の陽が河童の祠にも優しく降り注いだ。

本作品は学芸通信社の配信により、静岡新聞、東海愛知新聞、留萌新聞、南信州新聞、紀南新聞、いわき民報の各紙にて２０１６年6月～２０１８年４月の期間、順次掲載したものを単行本化にあたり、大幅に加筆・修正しました。

梶よう子（かじ　ようこ）
東京都生まれ。フリーランスライターのかたわら小説執筆を開始し、2005年「い草の花」で九州さが大衆文学賞大賞を受賞。08年「一朝の夢」で松本清張賞を受賞し、同作で単行本デビューを果たす。以後、時代小説の旗手として多くの読者の支持を獲得し、16年『ヨイ豊』で直木賞候補となり、同作で第５回歴史時代作家クラブ賞作品賞を受賞。主な著作に『菊花の仇討ち』『とむらい屋颯太』『赤い風』『北斎まんだら』『連鶴』『夢の花、咲く』『桃のひこばえ 御薬園同心 水上草介』『ことり屋おけい探鳥双紙』など。小社刊に『葵の月』『お茶壺道中』がある。

三年長《さんねんなが》屋《や》

2020年２月29日　初版発行

著者／梶《かじ》よう子《こ》

発行者／郡司 聡

発行／株式会社KADOKAWA
〒102-8177　東京都千代田区富士見2-13-3
電話　0570-002-301(ナビダイヤル)

印刷所／大日本印刷株式会社

製本所／本間製本株式会社

ISBN 978-4-04-106351-4　C0093